The Complete Sherlock Holmes

The Adventures of Sherlock Holmes

by Arthur Conan Doyle

福爾摩斯探案全集 2

冒險史【收錄原著插畫】

柯南・道爾／著
蕭宇／譯

好讀出版

目次

CONTENTS

第一篇 波希米亞醜聞

在福爾摩斯的生命中有這樣一個女性——福爾摩斯對她的稱呼一直都是「那位女士」，我幾乎沒有聽過他對這個所謂的「那位女士」用過其他的稱呼。在福爾摩斯看來，跟「那位女士」相比，其他任何女人的才貌都相形見絀。可是這並不意味著福爾摩斯對這個女人有什麼特別的感覺。原因很簡單，對於福爾摩斯這種把理性和邏輯看得重於一切的人來說，情感的介入無疑地會影響他的理智和判斷，有些時候我甚至覺得他像是一個在進行推理的機器，而不是個有血有肉、活生生的人。

所以如果從感情方面來說，福爾摩斯不會是一個合格的情人——你不大可能從他嘴裡聽到甜言蜜語，反而很多時候他對你講話的方式近乎古怪，甚至於刻薄。在一般的觀察家眼裡，甜言蜜語無疑是大有用處的，因爲從這些話裡可以試探出一個人的動機和性格。然而對福爾摩斯來說，感情因素的加入會使他的分析和判斷摻入不純粹的成分，從而使他由此得出的結論沒有那麼強的說服力和可信度了。就像在一部精密的儀器裡放進了沙子，機器就不會像以前那樣正常地運轉一樣，對他來說，所謂感情就是他這樣一部思考機器中的沙子。

不過也有例外，有這樣一個女人始終存在福爾摩斯的內心深處，這個女人叫艾琳．艾德勒；她現在已經不在人世了，然而福爾摩斯的記憶裡還是有著這個女人的影子，即便這記憶有了變化，甚至已變得模糊不清。

在結婚以後，我跟福爾摩斯的來往減少了很多。新組成的家庭為我帶來的滿足感和作為一家之主所應承擔的責任，幾乎耗盡了我所有的精力。可是我的老朋友福爾摩斯卻和以前一樣，對於很多世俗的人情交往和繁文縟節，絲毫不以為意。他仍然住在我們以前住的貝克街的房子裡面，整天把自己埋在一大堆舊書中。他的生活很沒有規律，經常是一個星期服用藥物，而在接下來的一個星期裡蒙頭大睡，就這樣在亢奮和懵懂之間遊蕩無常。

他仍然和以前一樣對犯罪行為充滿興趣，由於他具有那種很強的判斷推理能力和解決問題的經驗，所以總是能將很多棘手的難題完滿地解決——其中有不少是官方辦案部門因為無從下手宣告放棄的案子。我也斷斷續續地從別人那裡聽到一些有關於他的情況：諸如應邀到奧德薩去辦理特雷波夫暗殺案；偵破瑞克馬里神秘的阿特金森兄弟慘案；以及最近為荷蘭皇家出色地完成了一件微妙的使命等等。對於這些案件，我也和一般的讀者沒有什麼區別，只是道聽塗說罷了，並沒有親身經歷，甚至沒有從他那裡得到關於這些事情的直接講述，除此之外，對於他的行蹤我一無所知。

而在結婚後的這段時間內，我已經重新開始了我的行醫生涯。一九八八年三月二十日晚上，在出診回來的路上，我正好經過貝克街。對於這房子的大門，我當然印象深刻。在我心裡，總是把它同我所追求的東西以及「血字的研究」一案中的神秘事件聯繫在一起。從那扇大門前經過的時候，我突然想進去和老朋友坐一坐、聊一聊，因爲我很想知道這個善於思考的機器腦子裡現在又在處理著怎樣的難題。燈光將他的幾間房間照得通亮，抬頭望去，透過窗戶，可以看到福爾摩斯正在屋子裡徘徊。他的頭低低地垂在胸前，雙手背在身後，在屋裡快速地走動。我很瞭解他的生活習慣和脾氣，所以看到眼前的情景，我就可以知道他正在做什麼——他又在思考案情了。他肯定是剛剛吃完藥，在藥物的作用下，正處於一種亢奮的精神狀態中，聚精會神地思索著什麼離奇的案件。我按響了門鈴，隨即被帶進這所我曾經住過的房子裡面。

看到我來了，福爾摩斯並沒有表現出特別興奮的樣子，但是我可以感覺得到他內心還是很高興的。他沒有說什麼話，不過眼神裡還是流露出對我的關心，他示意我坐在一張扶手椅上，然後把雪茄菸遞了過來，並示意我使用放在一邊的小酒精燈。他站在壁爐前望著我，眼神很特別，帶有一種深深的自我省思。

「看來你很適應婚姻和家庭生活。」他說，「你看上去比以前要重一些，有三公斤多吧！」

「是整整三公斤。」我回答。

「我還是覺得是三公斤多一點。你過去可沒有跟我說過你要重新開業行醫啊，你現在在做這個工作，對吧？」

「是的，但我確實沒有跟你提過，你是怎麼知道的？」

「觀察和推理啊！不僅這個，我還知道你最近曾經被大雨淋濕過，而且你家有一個年輕的女傭，但是做事能力不強，對吧？」

「天哪！福爾摩斯，」我說，「你太厲害了！如果是在幾百年前的黑暗時期有你這樣一個人，我想他會被燒死。你說的都是正確的，我星期四下鄉出診，回來的時候下起了大雨，我被淋得濕透了。可是這事情已經過去好幾天了，而且我已經換了衣服，你是怎麼看出來的？至於我們家的傭人嘛，她的名字叫瑪麗·珍，做事情實在讓人不太放心，我太太已經請她離開了。這些你是怎麼知道的？」

聽到我肯定了他的推測，他開心地微笑起來，輕輕地搓著自己那雙非常敏感的手。

「要看出這些，其實很簡單啊。」他說，「你左邊那隻鞋的內側，也就是燈光正好可以照到的地方，可以清楚地看到鞋面的劃痕和磨出來的痕跡是不一樣的，這些劃痕有六條之多，而且都是平行的。於是我推斷出，你曾經在很濕的地面上走過，而後為了除掉沾在鞋面上的泥點，刻意去擦你的鞋子。再繼續推理，事情就很清楚了——在濕地裡走，說明了你被雨淋過，而鞋子被擦成這個樣子，說明了你們家的傭人，是一個年輕漂亮的女性，但卻不大會做家務。至於我是怎麼知道你現在開業行醫嘛，那就更簡單了，只要看看你自己就行了。你走進來的時候，身上可以聞得到碘的氣味，你右手食指上的黑色斑點是硝酸銀留下來的殘跡，而大禮帽右側面鼓起了一塊，這應該是你放聽診器的地方吧。要是有這麼多明顯的證據，我還判斷不出一個人正在行醫的話，我豈不是太愚蠢了？」

聽他解釋得那麼簡單，我甚至有點想笑。「你分析給我聽的時候，」我說，「任何事情都是那麼的簡單，甚至讓人覺得好笑，我感覺自己也可以推理得出來。可是在你還沒對我分析這些事情之前，我甚至無法預測出你下一步要講的是什麼。這是因為我的眼力比你差嗎？但是我又不這麼認為。」

「你的眼力的確不差。」他點燃了香菸，靠在扶手椅上，回答道：「但你卻只是在看，而沒有去觀察，看和觀察之間區別很大啊！舉個例子來說吧，你經常看到這樓裡的樓梯吧？」

「當然了，每回上上下下都要看到嘛。」

「你上上下下有多少次了呢？」

「讓我想想啊，至少有好幾百次了吧。」

「那我現在問你，這個樓梯有多少個台階？」

「多少個台階？這個我還眞的不知道。」

「差別就在這裡！你只是在用你的眼睛去看，而沒有用你的內心去觀察，這就是我要跟你說的差別。我就知道這個樓梯一共有十七級台階，之所以知道，是因爲我不只是用眼睛去看，更用心去觀察這裡面的細節。對了，告訴你一個小方法，如果你對什麼事情感興趣的話，可以找個小本子，把觀察到的東西記下來，待時間一長，你就會大有收穫。」說著，他把放在自己桌子上的一張粉紅色便條遞給我。「我剛剛從郵差手裡收到了這個。」他說，「念來聽聽吧。」

從便條上看不出是誰寫的，也看不出何時寫的，或者是從什麼地方寄來的。上面寫道：

某人將於今晚七點四十五分造訪，有極為重要的事務相商。最近閣下為歐洲大陸某王室效勞得力，足以證明委託閣下承辦難以公開追查的棘手要事，深可信賴。閣下聲名遠播四方，我等早有耳聞。希望屆時不要外出。來客如戴面具，請勿介意。

「這件事絕對不簡單。」我說，「你有什麼看法？」

「目前我還找不到關於這件事的任何證據。如果沒有找到證據就亂加推測，那麼我們可能會犯下大錯。我們周圍有很多人，不是從實際出發得到自己的結論，而是先有一個既定的看法和態度，然後把他們認爲符合的事實放進去，再丟棄那些不符合他們觀點的事實。對於我們來說，現在所擁有的就是這張紙條，你能看出什麼嗎？」

我聚精會神地看著紙條上的筆跡和紙張的紙質。

「寫條子的人很有錢。」我試著用他的方法來推斷，「這種紙一打的價格就不止半克郎。紙的材質特別好，又硬又光滑。」

「你用了『特別』這個詞。」福爾摩斯說，「不過你沒有看到它真正特別的地方。其實真正特別的地方在於它根本就不是英國製的，你對著光看一看就知道了。」

在燈光的照射下，我看到紙紋裡隱隱透出「Eg」和「PGt」的字樣。

「你知道這些字母代表什麼嗎？」福爾摩斯問道。

「我想可能是造紙人的名字吧，或許這些字母是被打亂了順序的。」

「不，不是的，『Gt』代表的是『Gesellschaft』，也就是德文的『公司』，也就像我們的『Co.』這麼一個慣用的縮寫一樣。當然，『P』代表的是『Papier』——『紙』。現在就剩下『Eg』了。我們可以在《大陸地名詞典》裡找到答案。」他從書架上拿

出一本厚厚的棕色書皮的書。「Eglow，Eglonitz——有了，Egria。那是在說德語的國家裡——也就是在波希米亞，離卡爾斯巴德不遠。『因瓦倫斯坦卒於此地而聞名，同時也以玻璃工廠和造紙廠林立而著稱。』呵呵，現在你知道是怎麼一回事了吧？」他的眼睛裡放射出開心的光芒，吐出一口菸圈，高興地微笑著。

「這種紙的產地是在波希米亞。」

「這次你說對了。這張紙條是一個德國人寫的，這一點從紙條中很多奇怪的句子結構便可以看出。你能說不是嗎？法語和俄語裡沒有這樣的用法，只有在德語裡，動詞的使用才會毫無規律的。所以我們現在就要來調查這個德國人寫這張紙條的目的是什麼？爲什麼他要先寫紙條給我？爲什麼他不願意透露自己的眞實身分？——如果我沒有猜錯的話，現在來的人應該就是他，他本人也許會掃除我們所有的疑慮。」

當我們正在談論這件事情的時候，窗外傳來一陣清脆的馬蹄聲，還有車輪和路邊石頭摩擦的聲音，接著有人使勁地按門鈴。福爾摩斯吹了一下口哨，顯得很開心。

「從聲音就可以判斷出一共有兩匹馬。」他說。他向外面看了看，接著說：「那輛馬車小巧玲瓏，兩匹馬也是很漂亮的良種馬，一匹就至少需要一百五十幾尼。華生，如果不出什麼意外，這個案子我們可以大賺一筆。」

「我還是先告辭吧，福爾摩斯。」

「不用、不用，醫生，你不用走。要是你走了，可能有很多事情我一個人處理不了。而且這個案子疑點這麼多，你又這麼有好奇心，難道不想探個究竟嗎？」

「我知道你不想讓我走，可是如果找你的人不願意多我一個人在這裡的話，那就……」

「別管他，你可以幫我啊，很可能他也是這麼認爲。一會兒他來了，你就坐在那邊的椅子上，別忘了要認眞地觀察喔。」

那個人上樓梯的腳步聲聽起來特別沉重。緩緩地，緩緩地，從樓梯到過道，最後在門口處停了下來，接著響起了那個到訪者有力的敲門聲。

「請進！」福爾摩斯說。

我觀察著走進來的那個人。他身高約六英尺六英寸多，看起來很魁梧健壯。身上的衣服做工考究，不過又有點兒不對勁，那是一種讓英國人覺得很土氣的奢華鋪張。他的袖子和雙排鈕釦的上衣前襟開衩處都鑲著很寬的羔羊皮邊，深藍色的大氅用深紅色的絲綢作襯裡，一只用單顆火焰形綠寶石鑲嵌的飾針別在領口；而他腳上的皮靴，更是高到小腿肚，靴口上鑲著深棕色的毛皮，整個人給人

一種野蠻奢華的印象。他手裡拿著一頂大簷帽，臉的上半部遮護著一個黑色面具，面具蓋過了顴骨。很顯然地，他剛整理過他的面具，因爲一直到他走進屋子裡，手都還沒有離開過面具。再看他臉的下半部，我發現他嘴唇厚而下垂，下巴又長又直，顯得堅決果斷，而在這種堅決果斷中又摻雜著一種倔強，看起來很有個性。

「我寫的紙條你看過了嗎？」他用沙啞的聲音低沉地問道，從口音中可以很明顯地聽出他是個德國人。「我的到訪在給你的紙條中已經提過了。」他不停地輪流打量著我和福爾摩斯，看來他好像不是很肯定究竟誰是福爾摩斯，所以也就不能肯定該和誰說話。

「請坐。」福爾摩斯說，「這是我的朋友，也和我一起做事，他叫華生，是一個醫生。在我辦案時，他總是給我很大的幫助。不知怎麼稱呼您？」

「你就叫我馮．克拉姆伯爵吧，我是波希米亞貴族。我相信你的朋友誠實又善良，如果是這樣，我就可以放心地把事情也讓他知道，否則我最好還是只跟你一個人說，你覺得呢？」

既然他這麼說了，我覺得我最好還是離開，可是福爾摩斯卻把我推回椅子上。「隨你選擇，要不就告訴我們兩個人，要不就乾脆別說了。」福爾摩斯對那個到訪的人說，「我已經說過了，這是我的朋友，是值得信任的。如果你要跟我說，就在他面前說吧，沒有關係的。」

伯爵聳了聳他那寬闊的肩膀說道：「那麼你們要向我保證，兩年內不能把這件事讓任何人知道；至於兩年後，我就不這麼要求了。這件事情要是不能處理好，說會影響整個歐洲的歷史進程也毫不誇張。」

「我可以保密。」福爾摩斯答道。

「我也一樣。」

「你們介意我戴著這面具嗎？」他這話只是禮貌性的問問罷了，因爲還沒聽到我們的意見，他就逕自說了下去。「派我來的那個人不願意透露他的眞實身分，所以坦白說，我剛才介紹時說的並不是我眞正的身分。」

「可以理解。」福爾摩斯的神情好像表明了一切都在他的預料之中，所以他沒有任何生氣的跡象。

「這件事情很微妙，我們要做的就是想辦法阻止事情更加惡化。如果最終變成了一個大醜聞，那麼後果將不堪設想，甚至會使整個歐洲王室都蒙受損失。說得更具體一點，受到最直接、最大影響的將會是偉大的歐姆斯坦家族，也就是波希米亞世襲國王。」

「可以想像得到。」福爾摩斯說話時聲音很小，我甚至聽不太清楚他說了些什麼；說完後，他回到自己的椅子上，閉上眼睛開始陷入沉思。

我想，在這位來訪者的心目中，福爾摩斯也許就是整個歐洲最有頭腦、最善於分析問題、調查案情和解決困難的偵探吧。可是眼前福爾摩斯的表現肯定使他很訝異，因爲現在的福爾摩斯看上去的確是過於漫不經心。福爾摩斯閉上眼睛一會兒後，又慢慢地睜開了，看著他的委託人，眼神裡夾雜著一種不耐煩的情緒。

「如果陛下能拋開您高貴的身分地位對您的束縛，把案件的情況如實地告訴我，」他說，「也許會對我的調查更有幫助，同時也是在幫助您自己解決這件事情。」

聽到這裡，那個人猛地從椅子上站了起來，然後在屋子裡不停地走來走去，從神情上可以看出他很激動。過了一會兒，他把自己的面具扔在地上，一種絕望從他的眼神裡透露出來。

「不錯，也許你已經猜出來了，」他說話的聲音很大，「我就是國王，事到如今我也沒什麼好隱瞞的了！」

「哦？是嗎？」福爾摩斯說話的聲音還是小得讓人聽不大清楚。「其實陛下還沒開口的時候，我就推斷出您就是卡斯爾—費爾施泰因大公、波希米亞的世襲國王——威廉·戈特賴希·西吉斯蒙德·馮·歐姆施泰因了。」

「希望你能諒解。」這個奇怪的客人又重新坐下，用手摸著他那高聳白皙的鼻子，說道：

「我想你能想像得到，我很少親自處理這樣的事情。可是現在遇到的這件事情極其微妙，如果我把它告訴一個偵探，那我就很可能處於一種被這個偵探擺佈的境地。所以我才不遠萬里，裝扮成剛才那個樣子，從布拉格專程來到這裡請求你幫忙。」

「說吧，什麼事情。」福爾摩斯說著，又閉上了眼睛。

「我說得簡單點吧，大約五年前，我在華沙有一次較長時間的訪問，在那段時間裡，我認識了當時很有名氣的女冒險家艾琳．艾德勒。我想這個名字你應該很熟吧。」

「醫生，請你在我搜集的資料裡找找看有沒有這個名字。」福爾摩斯喃喃地說，眼睛仍然閉著。多年來，他總保持著這樣一個好習慣，就是把他處理過、接觸過，甚至是透過其他途徑得到的人名全都記在一個本子裡。所以，只要你說出一個人名或者一個地名，他總是能很快地做出反應，無一例外。當然這次也一樣，我很快就找到了那個女人的資料。因爲這份資料和一個猶太法學博士有關，也和寫過一篇深海魚類專題論文的參謀官有關，所以被保存了下來。

「拿來我看看。」福爾摩斯說，「嗯！新澤西州人，一八五八年生。女低音——嗯！義大利歌劇院——嗯！華沙帝國歌劇院首席女歌手——對了！退出了歌劇舞臺——哈！住在倫敦——一點也不錯！如果我沒有猜錯的話，陛下應該曾經和這位女士過從甚密，而且她手裡還留著一些文字資料，它們能證明你們之間的那種關係，現在您迫不及待地要收回這些資料。」

「完全正確，可是我怎樣才能……」

「您曾經和她秘密地結婚嗎？」

「沒有。」

「那麼具法律效力的資料或證明呢？」

「沒有。」

「那我就不懂了，陛下。如果這位女士想用信件來訛詐或做其他事情，她怎麼能使別人相信這些信件是眞的呢？」

「因爲那些字是我親筆寫的啊。」

「但也有可能是她找人模仿您的筆跡寫的啊。」

「我用的是我私人才使用的信紙。」

「可能是她偷來的。」

「我蓋上了我自己的印章。」

「那也有可能是仿造的啊。」

「更糟糕的是我寄了自己的照片給她。」

「照片是可以從別人手裡買來的。」

「可是，照片是我們兩個人的合照。」

「啊？不會吧！這樣的話就比較麻煩了，陛下的生活也確實有些疏於檢點，不是嗎？」

「我想我當時眞的是有點瘋狂了，不知道自己究竟在幹什麼。」

「那麼說，這件事爲您帶來不小的傷害了？」

「當時我確實是年幼無知，因爲那時我只是一個王儲，做事不計後果。說實話，我現在也不過三十出頭。」

「那麼您現在要做的，就是把照片從那個女人的手裡要回來。」

「我已經這麼做了，可是沒有要回來。」

「出錢收買怎麼樣？」

「她不可能賣那張照片的。」

「那只好用不太光彩的偷竊方式了。」

「我早就這麼做了，而且不止一次，有五次了。其中有兩次我派出去的人搜遍了她的整座房子，但還是什麼都沒有找到。我們還在她去旅行的時候把她的行李偷偷地換掉，甚至連攔路搶劫這種卑鄙的手段我們都用過，可是最後還是什麼都沒有找到。」

「所以關於那張照片，你們現在是一點線索都沒有了？」

「一點都沒有。」

福爾摩斯笑了，說道：「這只不過是一個小問題罷了。」

「可是對我來說，這個問題很嚴重。」很顯然地，國王對於福爾摩斯的態度很不滿，立刻反駁。

「是的，您說得對，對您來說，這照片的影響將是非常嚴重的。」

「不錯，它甚至會毀掉我。」

「哦？毀掉您？」

「我馬上就要結婚了。」

「這個我聽說了。」

「我的新娘將會是斯堪地那維亞國王的二公主克洛蒂爾德・洛特曼・馮・達克斯邁寧根。我想你應該對她家嚴格的家規有所耳聞吧，而她本人對周遭的事情也很敏感。如果她對我的行爲產生任何懷疑，這樁婚事就會告吹。」

「那艾琳・艾德勒會怎麼做呢？」

「她威脅我說要把照片給公主看，而我也明白，她是那種說到做到的人。你可能不是很瞭解她，她的個性很剛強。從外表看來，她有一副漂亮女人的嬌弱容顏，可是內心深處卻具有男性般的剛毅。如果我要和另外一個女人結婚，她肯定什麼事都做得出來。」

「那您知不知道照片現在是在她手裡，還是已經被送出去了？」

「我敢肯定還在她手裡。」

「理由呢？」

「因爲她說，她會在我宣布和別的女人結婚時把照片寄出去，也就是下週一。」

「哦，那我們還有三天時間。」福爾摩斯說著，打了一個呵欠。「有這麼長的時間對我們來說實在很幸運，因爲在取回照片之前，我們還有兩件很重要的事情要去調查。那麼，陛下在這段時間內不會離開倫敦吧？」

「是的。我現在住在蘭厄姆旅館，化名爲馮・克拉姆伯爵。」

「那，如果有什麼最新情況，我會寫信通知您的。」

「這樣最好，我很想知道事情的進展。」

「那我們辦案所需的經費怎麼解決？」

「聽你的。」

「沒有任何限制嗎？」

「我可以這麼說，爲了取回那張照片，就算你向我要我們國家的一個省，我都會答應。」

「我說的是現在調查中要用到的錢怎麼辦？」

福爾摩斯剛說完，國王就拿出一個羚羊皮袋，把它放在桌上。

「三百鎊金幣和七百鎊現金。」他說。

福爾摩斯飛快地寫了一張收據交給國王。

「那個女人住在哪裡？」他問道。

「聖約翰伍德，塞彭泰恩大街，卜利翁尼府第。」

福爾摩斯迅速地記了下來。「還有一點，」他說道，「照片多大，六英寸嗎？」

「是的。」

「那麼，國王陛下，您現在可以回您下榻的地方休息了，如果有什麼最新的進展，我們會儘快的通知您的。華生，你也回去休息吧。」在他對我說這些話時，那輛皇家四輪馬車正向街心駛去。「明天下午三點請你過來一下，我們得商量商量這件小事。」

＊＊＊

第二天我到達貝克街的時候，沒人在屋裡，福爾摩斯還沒回來。女房東告訴我說，早上八點剛過福爾摩斯就出去了。於是我在壁爐旁邊坐下，決定等他回來，儘管不知道他什麼時候會回來，但因爲我已經對要調查的這件事情很感興趣了。雖然這個案子沒有我之前記錄的案子裡那種殘忍、血腥或者複雜，可是它的特殊意義以及被牽扯進去的人的身分和地位，卻使得它顯得特別吸引人。此外，包括福爾摩斯調查時所表現出來的機警和推理時的井井有條、不慌不忙，以及解決難題時迅速而精細的方法，都是值得我學習和研究的，而且我也很喜歡這種感覺。在福爾摩斯所做過的事情中，都是以成功告終的，對於這一點，我已司空見慣，因此，很難想像到他有一天也會遇到失敗。

大約四點鐘時，一個喝得醉醺醺的馬夫闖了進來。他看上去很邋遢，留著落腮鬍，面紅耳赤，衣服也破舊不堪。儘管我已經習慣於我朋友的那種高超的化妝術，但是要我肯定眼前的這個人就是他，還是要費很大的功夫。他向我點了點頭，算是打招呼。不到五分鐘，他就像往常一樣，穿著花呢衣服站在我面前，一副風度翩翩的樣子。只見他把手插在衣袋裡，在壁爐前舒展雙腿，恣意地笑著。

「噢，是嗎？」他喊道，忽然喉嚨被嗆住，接著又笑了起來，直笑到軟弱無力地躺在椅上。

「怎麼了？」

「太有意思了。我敢說你肯定猜不到我早上幹什麼去了，和有什麼收穫。」

「我是猜不到。也許你一直在注意觀察艾琳·艾德勒小姐的生活習慣，還觀察了她的房了。」

「完全正確，可是結果很不平常。不過我願意把這件事情告訴你。今天剛過八點我就離開了住所，把自己打扮成一個失業馬夫的模

樣。那些馬夫之間感情很好，他們互相同情，興趣相投。如果你走進他們的生活，就會知道你想知道的一切。我很快就找到了卜利翁尼府第。那座別墅很小巧，後面是一座花園。這是一座兩層樓房，朝向馬路，門上掛著洽伯鎖。右邊的客廳很寬敞，裡面裝修豪華，窗戶幾乎落地，然而那些可笑的英國窗閂恐怕連小孩子都能夠打開。這一切都很普通，唯一引起我注意的是從馬房的房頂可以通過窗戶進入過道。我繞著別墅轉了一圈，仔細觀察一番，卻沒有什麼地方能引起我的興趣。

「後來我沿著街道走下去，果然不出我所料，在花園外面不遠處有個小馬棚。我和那些馬夫一起洗馬作爲回報，他們給了我兩便士、一杯混合酒、兩菸斗裝得滿滿的板菸絲，而且還告訴我一些關於那個女人的事，而這些正是我最想知道的。不僅僅是關於那個女人，他們還跟我講了其他住在附近的七、八個人的情況，儘管這些對我沒什麼用處，我也沒興趣聽，可還是不得不聽下去。」

「那麼艾琳．艾德勒呢？」我問道。

「噢，她魅力無窮，那一帶幾乎所有的男人都拜倒在她的石榴裙下。她可以說是世上最美麗的女人了，在塞彭泰恩大街馬房的所有人都是這麼說的。她的生活很平靜，只是在舞台上唱唱歌。每天早上九點出去，晚上五點回來，生活過得很簡單。跟她交往的男人只有一個，關係很密切。那個男人的皮膚很黑，體格健壯，很有活力。他通常每天會來看她兩次，偶爾是一次。他叫戈弗雷・諾頓，住在坦普爾。你知道作爲一個心腹馬車夫有什麼好處嗎？這些馬車夫爲她趕車至少也有十幾次了，把她從塞彭泰恩大街馬房送回到家裡，對她的事情幾乎無所不知。聽完了他們所說的一切後，我就在卜利翁尼府第附近慢慢地走來走去，考慮下一步的行動計畫。

「那個叫戈弗雷・諾頓的男人是這件事情的核心，他是做律師的，這個職業聽起來對我們不利。不知道他和那個女人到底是什麼關係？他常來找她做什麼？那個女人是委託這個律師做什麼呢？他們是朋友還是情侶？如果那個律師是那個女人找來委託辦事的，那照片現在大概已經在律師的手裡了。如果他們是情人關係，那女人應該不會把照片交給他。這個問題的解答將決定我們是要繼續在卜利翁尼府第的調查工作，還是改變策略去調查那位先生在坦普爾的住所。這一點非常關鍵，我們一定要做好決策，因爲我們的調查範圍將會擴大。我擔心你會厭煩這些瑣碎小事，但如果你要全面瞭解眞實的情況，就必須瞭解我現在所面臨的一些困難。」

「我正在認眞聽呢。」我答道。

「當我還在權衡這件事的利害得失時，突然看見一輛雙輪馬車到了卜利翁尼府第門前，一個紳士從車上跳了下來。這人長得很帥氣，皮膚黝黑、鷹鉤鼻子，留著落腮鬍子——很明顯地，他就是馬車夫所說的那個律師了。他看上去十分急切，大聲衝著車夫喊，要車夫在原地等他。當他和開門的女僕擦身而過時，連一聲禮貌性的招呼都不打，一副毫無拘束的神態。

「他在屋裡逗留了大約半個小時。透過客廳的窗戶，我可以看到他不停地走來走去，顯得很興奮，一邊走一邊不知在說著什麼。不過我沒有看見那個女人。之後那男人就走了出來，看樣子比進去的時候還要緊張。在上車的時候，他從口袋裡掏出一只金錶，看了看時間然後喊道：『快，一定要儘快，先到攝政街格羅斯．漢基旅館，然後到埃奇豐爾路的聖莫尼卡教堂。如果你能在半個小時之內到達，我就賞你半個畿尼。』

「他們轉眼間就離開了。正當我還在想是不是要跟上去時，突然從小巷裡駛出一輛四輪馬車，是很小巧精緻的那種。那馬車夫的上衣釦子只扣了一半，領帶歪在耳邊，馬匹輓具上所有的金屬箍頭都從帶釦中突出來。還沒等馬車完全停穩，她就急著衝進馬車裡。在她上車的那一剎那，我瞥見了她，雖然只是一眼，可是我看得出來，她的容貌的確能讓男人爲之傾倒。

『約翰，去聖莫尼卡教堂，』她喊道，『我將獎賞你半磅金幣，作爲你在二十分鐘之內到達那裡的獎勵。』

「華生，這可是一個不容錯過的機會啊。當我正在權衡是要趕上去呢，還是攀在馬車後時，恰巧一輛出租馬車從那條街經過。車夫對我所能出得起的微薄車費看了半天。在他還沒有想好是不是値得載我一程的時候，我抓緊時間跳進了車裡。『聖莫尼卡教堂，』我說，『如果你能在二十分鐘之內趕到，我給你半磅金幣。』當時是十一點三十五分，接下來要發生的事情就很清楚了。

「我的馬車趕得像快飛起來似的，這是我未曾體驗過的，不過在我到達的時候，那個女人和那個律師還是比我先到了那裡，兩匹馬因爲跑得太快而累得在那裡喘著粗氣。我付了車錢後就急忙走進教堂。教堂裡只有我要追蹤的那個女人、跟那個女人有著特殊關係的律師，和一個牧師，此外沒有其他人。他們三個人站在聖壇前面，圍成一個圈子。我就像一個偶爾到教堂裡來遊手好閒的人一樣，百般無聊地順著過道走下去。圍繞著聖壇的三個人突然都轉過頭來看著我，這使我感到很驚奇。然後戈弗雷．諾頓拚命向我跑來。

『感謝上帝，太好了！』他喊道，『你來了就好辦了。來！來！』

『你要幹什麼？先生。』我問道。

『過來，老兄，過來，只需要你三分鐘的時間，我們就能使這件事情合法了。』

「我幾乎是被拖到聖壇上去的。在我還沒弄清楚站在什麼地方以前，我發現自己正喃喃地對我耳邊低得都聽不清的話語做出答覆，爲我一無所知的事情作證。簡單地說，就是我正在爲那個未婚的女人和那個單身的律師的結合做見證。很快地，這件事就完成了。然後那男

人在這一邊對我說謝謝，那女人在我的另一邊對我說謝謝，而牧師則在我對面對我的配合表示感謝。我想這恐怕是我有生以來碰過最荒唐的事情吧。剛才我就是在想這件事，一想到它，我就忍不住想笑。看來他們結婚的程序並不完全合法，因爲沒有其他人出席見證，所以牧師也不能爲他們證婚，而我的出現讓新郎不至於在大喜的日子裡跑到大街上去找個陌生人來爲自己的婚姻做見證人。新娘給了我一磅金幣作爲獎賞，我打算把它拴在錶鍊上戴著，好記住這次遇到的怪事。」

「這件事眞的出乎我們的預料。」我說道，「接下來怎麼樣了呢？」

「唉，我覺得有些事情正嚴重地威脅著我的計畫，看來他們兩個馬上就要離開這裡了，因此我必須迅速而正確地做出判斷。在教堂門口，他們各自回到自己的住處。他坐車回坦普爾，而她則回到自己的住所。『我會和以前一樣，五點鐘坐車到公園去。』他們道別的時候，她說的話我能聽到的就是這些了。然後他們往不同的方向離開教堂，我也離開去爲自己做一些準備。」

「你做了什麼準備？」

「一些滷牛肉和一杯啤酒。」他按了一下電鈴答道，「我一直在忙，沒工夫想到要吃點東西，今天晚上可能會更忙。哎，對了，我希望你可以幫我做這件事。」

「我很樂意。」

「你不怕我們會犯法嗎？」

「一點都不怕。」

「萬一被逮捕了呢？你也不怕嗎？」
「我什麼都不怕，只要我們所做的事是爲了一個高尚的目標。」
「是的，這個目標的確是非常高尚的。」
「所以我要在你身邊，給予你必要的幫助。」
「我早就知道你會這樣。」
「那麼你打算怎麼辦呢？」
「等特納太太端盤子來，我就告訴你。」他接過房東太太端來的簡單食品，看起來的確很餓，邊吃邊說道：「看來跟你說這事時必須同時吃東西了，因爲我們確實沒時間了。馬上就要五點了，兩個小時之內我們一定要趕到目的地，也就是那個女人的住處。艾琳小姐，不，應該叫夫人了，她回來的時間應該是七點。我們必須在卜利翁尼府第找到她。」
「然後幹什麼？」
「這之後的事情就交給我吧，對於可能發生的事情我早有準備。只是有一點要特別注意，那就是無論如何，你都不要插手。你明白嗎？」
「我什麼都不能做嗎？」
「什麼事你都不要管。待會兒可能會發生一些不愉快的事情，但不管怎樣，你都不要插手。等我被他們送進屋子裡，這些所謂的不愉快就都結束了。大概四、五分鐘後，有人會把客廳的門窗打開。你就在緊挨著窗口的地方等著。」

「好的。」

「你一定要緊緊盯著我，我保證會讓你可以一直看得到我。」

「好吧。」

「當我舉起手時，你就把我交給你的東西扔到屋子裡，同時大喊『著火了』。你明白了嗎？」

「完全明白。」

「其實也沒什麼大不了的。」他從口袋裡掏出一只長長的捲筒，看起來有點像雪茄菸，「這是一支鉛管工人用的普通煙火筒，兩頭都可以打開，能夠自燃。我需要你做的就是管好這個東西。當聽到你大喊著火以後，一定會有很多人趕過來救火。到時你走到街道的另一頭，我會在十分鐘內去跟你會合。你聽懂了吧？」

「對於將要發生的事我都不用管；我應該站在窗戶旁邊；始終注視著你的行動；接到你給我的信號後把這東西扔進窗戶裡；大喊著火了；然後就跑到街道的另一頭等著你來找我。」

「完全正確。」

「那好吧，我會順利完成的。」

「太好了。那麼，現在我也該爲即將到來的表演打扮打扮了。」

於是他回到臥室去了。幾分鐘後，從臥室裡走出一個和藹可親、單純樸素的新教牧師。他那頂寬大的黑色帽子、寬大下垂的褲子、白領帶、富有同情心的微笑以及深情、仁慈、充滿好奇心的神態，只有約翰．里爾先生才能與之相比。福爾摩斯換掉的不僅僅是他的裝束，就連表情、態度，甚至於精神，似乎都隨著所裝扮的新角色而發生了變化。他現在是一個出色的犯罪研究專家，但是，如果有機會去舞台表演的話，那他一定也是非常優秀的演員，甚至可以說，要是他去做科學研究，也一定會成爲一個非常優秀的科學家。

六點一刻，我們離開了貝克街。到達塞彭泰恩大街時，比原計畫提早了十分鐘。那時已近黃昏，我們在卜利翁尼府第外面徘徊著等屋主回來。正在此時，燈亮了。根據福爾摩斯的描述，眼前的情景和我想像的差不多。不過屋子所在的地點要喧鬧一些，甚至可以說與我所想像的完全相反——附近，包括一條小街在內，都很清靜，所以這房子所在的地方倒顯得很熱鬧了。一群衣衫襤褸的人在街道的拐角處抽著菸，有說有笑，其中一個是用腳踏磨輪磨剪刀的，兩個警衛正在和保姆調情，另外還有幾個衣著體面、嘴裡叼著雪茄菸、行爲放蕩的年輕人。「你看，」當我們在

房子前面走來走去的時候，福爾摩斯說道，「他們的婚姻關係使這件事情簡單多了。那照片現在成了一把雙刃刀，就像我們的委託人害怕公主看到一樣，很有可能那個女人也害怕被戈弗雷・諾頓看到那照片。我們現在的問題是要到哪裡去找這照片。」

「你覺得要去哪裡找呢？」

「在她身上找到的可能性很小，畢竟那張照片有六寸，要想藏在一個人身上並不容易。而且她也很清楚，國王是會搶劫、搜查她的——這種事情已經發生兩次了。所以基本上可以肯定，那張照片現在不在她身上。」

「那會在哪兒？」

「在她的銀行家或者律師的手裡，這都有可能。不過我又覺得這兩種做法都不實際。女人習慣把內心的秘密封閉起來，也經常會把認爲對自己很重要的東西藏起來。照這樣看來，她怎麼可能把照片交給別人呢？她應該自信有這個能力保護這東西才對。可是話又說回來，眞正處理這些事時，一個人也說不定會受到什麼影響。除此之外，值得注意的是這照片幾天後將要派上用場，所以一定被放在離她很近的地方，最有可能是在她房間裡。」

「她的屋子不是已經被國王派去的人搜過兩次了嗎？」

「哼！他們不知道該去哪裡找。」

「那麼你準備怎麼找呢？」

「我不用找。」

「那怎麼辦？」

「我會讓她自己把照片交給我。」

「她不可能那麼做的。」

「她必須那麼做。車輪聲近了，應該是她坐的馬車。從現在起，你要完全按照我說的去做。」

在他說話時，馬車兩側車燈射出的燈光順著彎曲的街道照了過來。一輛精緻的四輪小馬車駛到了卜利翁尼府第門前。馬車剛停，一個流浪漢便衝上去開車門，希望可以得到一個銅板的賞賜；但是另一個流浪漢也想拿這個銅板，搶在他前面把他擠開了，接著他們就激烈地爭吵起來。兩個警衛覺得第一個流浪漢有理，而磨剪刀的則認爲另一個流浪漢應該得到這個銅板。有了支持者，兩個流浪漢爭吵得更厲害了。接著也不知道是誰先動手，兩個人打了起來，夫人這時正好從車上下來，被擠到了爭吵的人群中間。那些人面紅耳赤，拳打腳踢，互相撕打，十分野蠻。突然，福爾摩斯跑到人群中想去保護夫人。但是，剛擠到她身邊，他就慘叫一聲跌倒在地，血流滿面。看見他流血了，兩個警衛馬上跑掉，那兩個流浪漢也朝另一個方向頭也不回地跑了。這時，周圍的其他人慢慢圍了上來，這些人當時沒有參與打架，而且穿著舉止都很端莊。他們幫夫人把跌倒的人從人群中扶起來，並照顧著他。艾琳．艾德勒——我還是願意這麼稱呼她，而不叫她

「那位女士」——匆忙跑上了台階。但走到最後一級台階時，她站住了。藉著門廳裡照射出來的燈光，可以看出這個女人身材很窈窕。她向街道這邊回過頭來。

「那個可憐的先生傷勢怎麼樣了？」她問道。

「他已經死了。」好幾個人一起喊道。

「沒有、沒有，還活著呢！」另一個人大聲地說，「不過可能在你們把他送到醫院之前，他就沒命了。」

「這個男人很勇敢。」一個女人說道，「如果沒有他的幫助，夫人手邊的錢包肯定早被那些流浪漢給搶走了。他們聚眾鬧事是有預謀的，而且非常粗暴。啊！他現在只剩一口氣了。」

「我們不能就讓他這麼躺著。夫人，能把他抬到您的房間裡嗎？」

「當然可以。還是先把他放在客廳裡吧，客廳裡的沙發很舒服。請過來吧。」他

們小心翼翼、滿懷崇敬地把他抬進了卜利翁尼府第，安置在正房裡。這些過程我站在窗戶外面看得清清楚楚。燈光亮了起來，不過窗簾是敞開的，所以對於福爾摩斯是怎樣被放置在長沙發上的，我看得很清楚。我不知道他是否對現在所做的事情感到羞愧，不過我很清楚，這樣去欺騙一位美麗而有風度、有氣質的女士，還被她那樣關懷著，如果換成是我，肯定會產生莫大的愧疚感。但是我又不能對福爾摩斯交給我的任務置之不理，那樣的話就背叛了我最好的朋友。所以我狠下心，終於決定把放在衣服裡的煙筒拿出來，準備行動。我這樣說服自己：我們並不是要傷害這位美麗的女士，只是在做一些事情來阻止這個女士去傷害其他人。

福爾摩斯靠在那張長沙發上。從我站的角度看去，他正在假裝成一個快要窒息的人——想呼吸新鮮的空氣。一個女僕看到他這樣，趕緊把窗戶給推開了。就在窗戶被打開的一瞬間，我看到福爾摩斯把他的手伸了出來——這是信號，於是我把煙筒從窗戶扔了進去，並且大聲地喊著：「失火啦！」當我剛喊完這句話，那些看熱鬧的人，不管穿著體面還是邋遢，不管是紳士、馬夫還是女僕，都齊聲尖叫起來：「失火啦！」煙很濃，弄得整個屋子都是，而且還順著敞開的窗戶冒了出去，向外蔓延著，人們都慌忙跑掉了。過了一會兒，我聽到福爾摩斯在屋子裡大聲地喊著，告訴大家那只是虛驚一場，不要驚慌。我迅速穿過人群，到達等待福爾摩斯的那個街道的轉角處。

不到十分鐘，我的朋友就出現在我眼前，他拉著我的胳膊，我們一起離開了現場。在我們轉到埃泊韋爾路一條安靜的街道之前，他一言不發，匆匆地快步疾行。

「醫生，你幹得很漂亮。」他說道，「眞是再漂亮不過，一切都順利完成了。」

「照片找到了？」

「至少我知道了藏照片的位置。」

「你怎麼知道的？」

「我不是跟你說過了嗎？她會自己把照片給我的。」

「我不明白。」

「我不願把這件事說得很神秘，」他笑著說道，「因爲其實很簡單。你應該看得出來，今天晚上街上的人跟我們都是一夥的——是我雇他們來幫忙的。」

「這個我猜出來了。」

「那兩個流浪漢在爭吵的時候，我手裡握著一小塊濕的紅顏料。當我衝上去勸阻並摔倒在地時，就趕緊把手搗在臉上，裝出一副可憐兮兮的樣子。當然，這很老套。」

「這個我也猜出來了。」

「之後我被他們抬到屋子裡面——她不得不答應那些人把我抬進去，除此之外，她別無選擇。我被放在客廳裡，這正合我意。假如照片就在這間房間或在她的臥室裡，我應該能想辦法知道究竟是哪一間。被放在沙發上以後，我做出需要空氣的樣子，他們就打開窗戶，這也爲你的行動創造了機會。」

「可是這對你有什麼幫助呢？」

「這很重要啊。當一個女人看到她的房間著火了，肯定會下意識去保護她認爲最珍貴的東西，這種衝動是無法用理智來阻止的，這個原理我已經利用過不止一次了。在達林頓頂替醜聞案中，我利用了它，在阿恩沃思城堡案中也用過。有家庭的女人會趕緊抱起她的嬰孩；單身的女人則首先把手伸向珠寶盒。現在我敢肯定，這房子所有東西中，對於我們正在調查的這位女士來說，我們想要的東西就是她認爲最重要的東西。她一定會去搶救那東西，確保它的安全。失火警報做得很好，面對噴出的煙霧和警報聲，即使是再堅強、再冷靜的人也會失去理智。她的反應對我們來說實在是太有用了。那張照片就收藏在壁龕裡，這個壁龕恰好位於右邊鈴的拉索上面那塊能挪動的嵌板後面。我看到她在那裡待了一會兒，把照片抽出一半。然後我大聲地喊那只是虛驚一場，她就趕緊把照片放回去。她看了一眼煙火筒，就跑出那屋子，那也是我最後一次看到她。我站起來，趁人不注意時離開了那房子。當時我曾經猶豫過，是不是應該馬上偷偷地把照片取出來拿走，但不巧馬車夫走了進來。他緊緊地盯著我，所以我只能等待時機，這樣更安全些，要不然只要稍一魯莽，整件事就可能全砸了。」

「現在怎麼辦？」我問道。

「我們的調查實際上已經結束了。明天我會帶著國王一起到她那裡去，你要是願意就跟我們一起去吧。到時候會有人領我們到客廳等夫人；不過恐怕當她出來見我們的時候，會發現沒有人在那裡等著見她，而且她的照片也已經不見了。陛下一定會對這個結果很滿意，因爲他有機會親手去把照片取回來。」

「你們準備幾點出發去拜訪她呢？」

「早上八點。趁那個時候她還沒有起床，我們可以放手去做。另外我們必須馬上做好準備工作，因爲結婚可能完全改變了她的生活習慣。我要先發一封電報給國王。」

這時我們已經走到貝克街，在門口停了下來。他從口袋裡掏出鑰匙，這個時候正好有人路過這裡，並打了聲招呼：

「晚安，福爾摩斯先生。」

當時有好幾個人在街道上，不過我們判斷跟我們說話的應該是那個身穿長外套、個子高高的年輕人，他說這話時還急匆匆地趕著路。

「這聲音我以前聽過，」福爾摩

斯驚訝地凝視著昏暗的街道說，「但我還不能確定和我打招呼的那個人是誰。」

＊＊＊

那天晚上，我在貝克街過夜。早上起來，我們的早餐是烤麵包和牛奶。當我們正在吃飯時，波希米亞國王闖了進來。

「你眞的拿到那張照片了嗎？」他兩手抓住福爾摩斯肩頭熱切地看著他，高聲喊道。

「現在還沒有拿到。」

「但是你有把握拿到它，是嗎？」

「是的，有希望。」

「那快走吧，我眞想馬上拿到手。」

「我們雇一輛出租馬車吧。」

「不用了，我的四輪馬車在外面等著呢。」

「這就更方便了。」我們走下台階，再次動身前往卜利翁尼府第。

「艾琳．艾德勒已經嫁人了。」福爾摩斯說道。

「嫁人了？什麼時候？」

「昨天。」

「嫁給誰了？」

「一個叫諾頓的英國人，是個律師。」

「但是，不可能啊，她是不會愛那個男人的。」

「我倒希望她愛他。」

「爲什麼？」

「因爲這樣陛下就不必擔心將來再有什麼麻煩了。如果這位女士跟她的丈夫是眞心相愛的，就說明她不愛陛下了，也就不會再去干涉陛下和其他女人的婚事了。」

「說得有理。可是……啊，如果她擁有和我一樣或者相似的出身和地位就好了，她將是一位非常出色的皇后！」說完，他陷入了沉思，一句話也不說，直到我們到達目的地。

卜利翁尼府第的大門敞開著。一個上了年紀的婦人站在台階上，瞧著我們從四輪馬車下來，眼裡充滿了蔑視。

「你就是夏洛克・福爾摩斯先生吧？」她說道。

「是的，我就是福爾摩斯。」我的夥伴驚奇、甚至有些驚愕地注視著她答道。

「眞是！我的女主人告訴我你應該會來的。今天早晨她跟她先生一起走了，他們乘五點一刻的火車，從蔡林克羅斯到歐洲大陸去了。」

「什麼？」夏洛克·福爾摩斯向後打了個踉蹌，因爲懊惱和驚異而顯得臉色蒼白。

「你是說她已經離開英國了嗎？」

「而且他們再也不會回英國了。」

「那張照片怎麼辦呢？」國王絕望地問道，「全都完了！」

「我們還是看一下吧。」福爾摩斯推開僕人，奔進了客廳，國王和我緊跟在後。裡面的家具亂七八糟地散擺著，架子拆了下來，抽屜拉開了，看樣子好像是那位女士曾在離開前匆忙地搜查過一遍。福爾摩斯衝到鈴的拉索處，拉開一扇小拉門，把手伸進去，掏出了一張照片和一封信。照片是艾琳·艾德勒本人穿著晚禮服的照片。信封上寫著：夏洛克·福爾摩斯先生親啓。我的朋友把信拆開，我們三人圍在一起看這封信，寫信日期是今天凌晨。信中寫道：

親愛的夏洛克·福爾摩斯先生：

你的確幹得很漂亮，我完全被你騙了，直到警報拉響的那一刻，我對你還一點疑心都沒有。不過後來我意識到自己已經暴露了秘密，開始認真地回憶和分析這是怎麼一回事。幾個月前，別人就警告我要防備你了。還有人告訴我，要是國王準備雇用一個偵探，他一定會找你的。他們甚至給了我你的地址。儘管這樣，你還是使我洩露了你想要知道的秘密。甚至在我已經對你有了懷疑後，還是不敢相信這樣一位上了年紀、和藹可親的牧師，怎麼會是福爾摩斯，怎麼會對我懷有惡意呢？但是，你應該知道，我也是經過訓練的專業演員，很熟悉男演員的服裝。我自己就常常女扮男裝，並趁機利用它所帶來的自由。那個約翰——馬車夫——就是我派去監視你的行動的，然後我就跑上樓，換上散步的便服。當你離開時，我也從樓上走了下來。

之後我跟蹤你，一直到你家門口，這樣我就能完全肯定你就是著名的夏洛克・福爾摩斯先生了。後來我的做法有點冒失——我大聲地祝你晚安，接著就動身到坦普爾去看我的丈夫。

我們倆個對這件事的看法一致——既然成了您調查的對象，那麼離開也許是我們最好的選擇了。所以你明天來到這裡時，裡面已經沒有人住了。至於那張照片，請告訴你的委託人，他可以完全放心了。我愛上了另一個人，這個人要比他強，更重要的是，這個人也愛著我。國王想要做什麼事情，就放手去做吧，不用擔心他曾經辜負過的人會做出什麼對他不利的事情來。我只是為了要保護自己才收藏著那張照片。留有這張照片，就可以保證，即使他以後有什麼企圖，甚至想要傷害我，也不敢輕舉妄動。而我則把這張獨照留給他，不知道他是不是還願意留下它做個紀念。謹此向您——親愛的夏洛克・福爾摩斯先生致敬。

艾琳・艾德勒・諾頓敬上

「這個女人太了不起了——噢，簡直是太了不起了！」當我們三個人一起念完這封信時，波希米亞國王這麼喊道。

「我已經跟你們說過，她做事非常機敏、果斷。如果她有機會成為我的王后，將會是一位十分令人欽佩的王后，可惜我們的身分和地位相差太大！」

「從我們和她的接觸來看，這位女士確實有著和陛下不一樣的水準。」福爾摩斯冷冷說道，「我很遺憾沒給陛下一個更加完美的結局。」

「不不不，」國王說道，「我認為這樣的結局就已經是最完美的了，我相信她會說到做到。我現在對那張照片可以完全放心了，就好像它已經被燒毀了一樣。」

「你能這麼想，我感到很高興。」

「非常感謝你對我的幫助。你說，我應該怎麼感謝你呢？這枚戒指……」他從手指上脫下一枚蛇形的綠寶石戒指，放在手掌上遞給福爾摩斯。

「我覺得有一件東西比這枚戒指更值錢。」福爾摩斯說道。

「你說吧，你要什麼，我都可以滿足你。」

「我要這張照片！」

國王驚異地睜大眼睛注視著他。

「什麼？艾琳的相片！」他喊道，「你要是想

要的話，當然可以。」

「謝謝陛下。那麼這件事算是辦完了吧，請允許我祝您日安。」他鞠了個躬，然後轉身離開，國王伸出手表示要握手，可是他連看都不看。我們一起回到了他的住所。

這就是波希米亞國王怎樣被一樁醜聞折磨著，而福爾摩斯運用自己的智慧幫助國王解決困難，可是我們要調查的對象——那位女士——卻十分機警地躲過了我們調查的經過。福爾摩斯以前總認爲女人所謂的聰明才智算不了什麼，近來他很少這樣嘲笑女人的智慧了。當說到艾琳．艾德勒或是提到她那張照片時，他總是用「那位女士」這種尊敬的稱呼。

第二篇　紅髮會

去年秋天，有一天我去拜訪夏洛克·福爾摩斯。當時，他正在和一位老先生談著什麼。那老先生身材矮小，面色紅潤，有著一頭很奇怪的紅髮。我進去後，對於打斷了他們的談話，很是過意不去，於是想從房間裡退出來，可是福爾摩斯一把將我抓了回去——這可眞有些出乎我的意料。他把我拉進房間之後，就把門給關上了。

他親切地說：「親愛的華生，你來得眞是時候。」

「我還怕打擾到你正在進行的工作呢。」

「不錯，我現在的確很忙。」

「那我到隔壁去等你忙完了再說吧。」

「不，不，威爾遜先生，這是我的朋友，也是我的好幫手，在很多案件的調查處理中他都曾幫了很多。我敢肯定在這件案子中一定也是如此。」

那位又胖又矮的先生從座位上起身向我彎腰致意，他掃視我的眼神中透露出一絲不易察覺的懷疑。他的眼睛很小，眼皮卻很厚。

「你坐在長背椅上吧。」福爾摩斯說道，說完又回到他的椅子上，兩手指尖合攏。這表示他正在認眞地思考問題。「親愛的華生，你很像我，不喜歡生活中平凡的瑣事，只喜歡那些稀奇古怪的事情。你在記錄下這些東西時充滿了熱情，說明你確實很感興趣。不知道你會不會介意我這麼說，你的記錄使我小小的冒險活動增添了很多光彩。」

我回答說：「確實，對於你曾經辦理過的案件，我非常感興趣。」

「那麼你應該記得瑪麗·薩瑟蘭小姐所提的那個很簡單的問題之前說的那段話吧：爲了獲得意想不到的效果和非比尋常的配合，我們必須深入地融入生活，實際上生活要比任何冒險活動有著更大的冒險性。」

「請恕我冒昧，對於你這種說法我不完全同意。」

「是嗎？醫生。不過你必須同意我的看法，不然我會列舉出一系列的事實使你的看法站不住腳，最後承認我所說的是正確的。好啦，這位是傑貝茲·威爾遜先生，今天早上專程來找我，一開始時他就跟我說，他要講述的事情可能是我好些時候以來聽到最奇怪的。我以前曾經和你說過，那些看上去最爲離奇、古怪的事情，往往和大陰謀是毫不相干的；相反地，倒是和那些很小的陰謀糾纏在一起，甚至有時我都懷疑是不是眞的存在著罪犯。據我所知，我還沒有把握去判斷現在這件事情究竟是不是一件案件，不過事情經過確實是我聽到的故事裡最離奇的。威爾遜先生，麻煩你了，能不能把故事再重新講述一次呢？你最好從頭開始，一來我的朋友沒有聽過開始的那一段，再者，這件事情實在是太奇怪了，我想知道裡頭的每一個細節。一般情況下，我聽到一些重要的細節時，腦子裡總能出現幾千個和它相類似的案件來提醒我。不過這一次我卻不得不承認，這件案子確實非常奇特。」

這位矮胖的委託人挺起胸膛，一副很驕傲的樣子。他從大衣口袋裡掏出一張報紙放在膝蓋上，那張報紙很舊，而且已經有了皺褶，他彎下身子去看上面刊登的廣告。這時我認真地觀察這個人，想仿照我朋友的方式，根據他的服裝和舉止做出一些推斷來。

不過儘管我觀察得很仔細，卻沒有看出什麼名堂來。從外表的特徵上看來，他是一個非常普通的英國商人，很胖，似乎有點浮腫，當然動作也就很遲鈍了。他穿著一條鬆垂的灰格褲子，一件不太乾淨的燕尾服，前面的扣子沒有釦上，裡面穿著一件土褐色背心，背心上面繫有一條艾爾伯特式的粗銅鏈，還有一小塊中間有一個四方窟窿的金屬片作爲裝飾品，來回晃動著。在他附近的椅子上有一頂磨損了的禮帽和一件褪了色的棕色大衣，大衣的線絨領子已經有點皺褶。在我看來，這個人只有紅色的頭髮、一臉憤怒和不滿的表情，算得上是他的特別之處。

夏洛克．福爾摩斯目光敏銳地看出了我在做什麼，而且也注意到我眼神中的疑惑，但他只是微微地笑了笑，搖了搖頭。「他從事過體力勞動的工作，吸過鼻菸，是共濟會的成員，去過中國，最近寫了不少東西。這些就是我能推斷出來最明顯的情況。」

傑貝茲・威爾遜先生突然在椅子上挺直了身子，他的手還壓在報紙上，不過注意力已被吸引了過來。

他問道：「我的天哪！福爾摩斯先生，你怎麼會知道這麼多？比如你怎麼知道我曾經從事過體力勞動的工作呢？你說的完全正確，我以前的確是做過木匠。」

「先生，你看看自己的手吧，右手比左手要大很多，這證明你是用右手幹活的，所以右手會比左手的肌肉發達。」

「噢，那麼你是怎麼知道我吸鼻菸和是共濟會會員呢？」

「這個就不用我來告訴你了吧，如果我直接說了就有褻瀆你智力的嫌疑，更何況很顯然地，你違背了你們團體的嚴格規定，戴了一個弓形指南針模樣的別針。」

「哦，是這個啊，我倒是忘了。那麼你怎麼知道我最近在寫作呢？」

「你右手袖子上方五寸長的地方閃閃發光就說明了這一點，而且你左手袖子靠近手腕的地方還因經常貼在桌面上而打了個整潔的補丁。」

「關於我去過中國的事情呢？」

「你的右手腕上刺青的圖案只可能是在中國刺的。我曾經研究過刺花紋，甚至還寫過關於這個題材的文章呢。只有在中國，才有人可以把這麼細膩的粉紅色花粉鑲嵌在魚身上。而你錶鏈上所掛的那個中國錢幣，不是更直接地說明了你去過中國嗎？」

傑貝茲・威爾遜大聲地笑了。他說：「好，太厲害了，我怎麼也沒想到你是這麼知道的！剛開始時，我還以爲你有什麼神機妙算的特異功能呢，等你解釋完後，我倒覺得其實也沒有什麼特別神秘的。」

福爾摩斯說：「華生，我突然想到，我眞不應該把這些事情全都攤開來，最好來個『大智若愚』。你也知道，我本來就沒有什麼特別好的名聲，有時候做人太實在了反倒會身敗名裂。威爾遜先生，你找到那則廣告了嗎？」

「找到了，就在這裡。」他一邊說一邊用他又粗又紅的手指指著那欄廣告的中間。他說：「就是這裡了，就是這則廣告引出了所有的事情。先生，你最好還是自己來看這則廣告吧。」

我拿過報紙，看到上面寫著：

紅髮會：

由於原住美國賓夕法尼亞州已故黎巴嫩人伊齊基亞・霍普金斯的遺贈，現有一空缺職位，紅髮會的成員均具有申請資格。每週可獲得四英鎊的報酬，工作則只是掛名而已。紅髮會的所有男性成員，年滿二十一歲，身體健康，智力健全者即屬符合條件。有意競聘這一職位者，請於星期一上午十一時，親至艦隊街教皇院七號紅髮會辦公室鄧肯・羅斯處提出申請。

這則非同尋常的廣告我看了兩次還是疑惑不解，禁不住大叫了出來：「這是怎麼一回事？」

福爾摩斯坐在椅子上咯咯地笑著，高興得連身體都開始扭動了——這是他高興時一貫的表現。他說：「這則廣告有蹊蹺，對吧？好啦，威爾遜先生，你現在就把你的一切，以及那些和你住在一起的人的一切，還有這則廣告爲你帶來了怎樣的好處，全都說給我們聽吧。醫生，你記錄一下報紙的名稱和日期。」

「這是一八九〇年四月二十七日的《紀事年報》，距離現在正好是兩個月。」

「做得好，那麼，威爾遜先生，現在你可以開始講述了。」

「唔，夏洛克・福爾摩斯先生，我剛才跟你說過，」傑貝茲一面用手擦了擦他的前額一面說，「我在市區附近的薩克斯——科伯格廣場開了間小當舖。那可不是什麼大買賣，這些年來我也只是依靠它勉強糊口。以前資金充裕還允許我雇用兩個工人，現在只能雇用一個了。說實話，要不是這個工人說要學做工而寧願拿一半薪水的話，我連他也雇不起了。」

福爾摩斯問道：「這位樂於助人的年輕人叫什麼名字？」

「他叫文森特・思博爾丁。其實他也不小了，不過我判斷不出他眞實的年齡。福爾摩斯先生，這個夥計很能幹，又很聰明。當然，我很明白，他完全可以過更好一點的生活，賺一份是我給他的兩倍的工資。不過話又說回來，既然他都對自己目前的境遇感到滿意，我又何必要提醒他多一些心眼呢？」

「哦，眞的嗎？你竟然可以付比別人少的薪水雇用他，看來眞是幸運。對你這種年紀的雇主來說，這可不是一件平常的事。這個夥計是不是也和你看到的那則廣告一樣，有些不大對勁？」

威爾遜先生說：「哦，是的，他也是有缺點的。他特別喜歡攝影，常拿著照相機到處去尋找素材，卻沒有什麼上進心。每次照完他就跑到地下室去洗照片，速度快得就像一隻兔子鑽進自己的洞裡。這恐怕就是他最大的缺點了吧，不過總的來看他是一個好員工，沒有什麼壞心眼。」

「我猜，他現在還和你住在一起吧。」

「是的，先生。除了他以外，還有一個十四歲的小姑娘，這個小姑娘負責打掃環境和煮飯。這些就是我屋子裡所有的人，因爲我是一個光棍，沒有結婚，所以我們三個人就這樣在一起過著簡單的生活；如果欠了債，我們會一起努力把它還清。

「直到這則廣告打破了我們平靜的生活。正好是八個星期之前，思博爾丁手裡拿著這張報紙走到我的辦公室裡。他說：

「『威爾遜先生，我願意對上帝發誓，我多麼希望自己有一頭火紅的頭髮啊。』

「我問他，『哦？爲什麼？』

「他說：『爲什麼？紅髮會現在又有一個空缺了！誰能夠得到這個職位，誰就發財了。根據我的瞭解，空缺的職位比去應聘的人還要多，被委託管理那些資金的委員會成員簡直不知道該怎麼去花那些錢。要是我有一頭火紅的頭髮，就能去這個安樂窩了。』我問他，『這到底是怎麼一回事？』福爾摩斯先生，你可能知道，我這個人跟外界很少來往，因爲我的顧客都是自己上門來的，我沒有必要到外面去，所以很多時候一連幾個星期我都不曾離開居所。因此，對於外界所發生的事我幾乎一無所知，自然很想打聽一些關於外面的新聞。

「思博爾丁兩隻眼睛瞪得大大地反問我說：『難道你沒聽過紅髮會這個組織嗎？』

「『從來沒有。』

「『你的回答眞讓人吃驚，因爲你自己就可以去申請這個職位了啊。年薪可是有二百英鎊，而且這個職位很輕鬆，即使你同時還做著其他生意，也不會受到什麼影響。』

「我想你們應該猜到，他的話確實引起了我的注意力，因爲這麼多年來生意一直都不是很好做，如果可以不費什麼力氣就拿到二百英鎊，那眞是太幸運了。

「所以我對他說：『你趕快告訴我到底是怎麼一回事。』

「他把廣告遞給我，同時告訴我說：『你先自己看看吧，紅髮會現在有一個職缺，地址能在這則廣告上找到，你可以到那裡去辦理應徵手續。根據我的了解，紅髮會的發起人是一位名叫伊齊基亞・霍普金斯的美國百萬富翁。他很古怪，因爲他的頭髮是紅色的，所以對於所有頭髮是紅顏色的人都有一種特殊感情。在他去世之後大家才知道，他把巨額遺產交給了一個委員會管理，委員會成員都是紅頭髮的，他這麼做就是想讓紅頭髮的人可以依靠他財富的利息找到一份合適的工作。我聽說待遇很好，而且要做的工作又少又簡單。』

「我說：『不過，到時候去應徵的紅頭髮男人肯定會有很多啊。』

「他回答說：『不會有你想像中那麼多。你想一想，事實上眞正會來的也只有倫敦人，而且僅僅限於男性，還必須是成年人。這位美國人年輕時是在倫敦創業的，他希望用自己的努力爲這座古老的城市做點好事。還有啊，據說那些頭髮是淺紅色或深紅色，不是眞正發亮火紅色的人，去應徵成功的機率不大。好啦，威爾遜先生，要是你決定要申請，現在就去吧。不過我不知道在你看來，爲了幾百英鎊去應徵這個職位是不是値得。』

「先生們，你們可以看到，我的頭髮是眞正鮮豔的紅色。因此，我覺得如果應徵這個職位需要經過競爭的話，那麼最後能夠戰勝別人的一定是我。思博爾丁看來好像對這件事情很清楚，我覺得他或許可以幫我，所以我就叫他把百葉窗拉上，立刻出發。對於可以休息一天，他顯得很高興，於是我們就暫時關閉店面，朝著廣告上刊登的那個地方前進。

「福爾摩斯先生，我可不想再看到那天的情景了。來自四面八方的人，頭髮的顏色和光澤相差很多，可是全都湧到城裡按那則廣告去應徵。艦隊街擠滿了紅頭髮的人群，主教院裡也都是紅頭髮的人，看上去像一個人推著一輛小貨車，車子上裝滿了橘子。沒想到一個廣告可以把這麼多人召集到倫敦來。他們頭髮的顏色可說是各式各樣——稻草黃色、檸檬色、橙色、磚紅色、愛爾蘭長毛獵狗那種顏色、肝色、土黃色等等。但思博爾丁說得對，眞正鮮豔的火紅色的沒有多少。當我看到那麼多人在等著，失望得想要放棄了。可是，思博爾丁絕對不會答應讓我那麼做。你很難想像他當時是怎樣連推帶拉，帶著我擠過人群，來到辦公室的台階前。樓梯上有兩股人潮，一些往上走，神情充滿希望；一些往下走，看上去垂頭喪氣。我們用盡全力擠進人群，沒有多久就進到那間辦公室裡。」

說到這裡，委託人停了一下，吸了一口鼻菸。這時，福爾摩斯說：「你這經歷的確非常有趣，繼續講吧。」

「辦公室裡只有幾把木椅和一張辦公桌，此外什麼也沒有。辦公桌後面有位小個子男人，頭髮比我還要紅。對於每位候選人，他總是先交談幾句，然後想辦法從他們身上找到各式各樣的毛病來回絕他們，看來要得到這一個職位並不容易。不過輪到我時，這位小個子男人倒顯得十分友善。爲了進行單獨談話，在我們進去之後，他把門都關上了。

「我的夥計說：『這位是傑貝茲・威爾遜先生，他想要獲得這個空缺的職位。』

「小個子男人說：『這個職位對他來說簡直是太合適了。我們要求的各種條件他都符合。在我的印象裡，這可是我看過最完美的紅髮了。』他後退了一步，歪著腦袋，仔細觀察著我的頭髮，直看得我有點兒不好意思了。然後他一個箭步向前拉住我的手，向我表示熱烈的祝賀，說我獲得了這個職位。

「他說：『當然，到了這個時候如果還猶豫不決，那就不大好了。不過很抱歉，我不得不小心行事，希望你們不要介意。』說著，他兩隻手緊緊地抓住我的頭髮使勁地拔，疼得我喊了出來，他才停下來。放開手後，他對我說：『你都流出眼淚了。現在我看清楚了，一切都很理想。可是我還是得十分小心謹慎，因爲我曾經被騙好幾次，兩次是染紅頭髮的人，還有一次是戴著假髮的人。我可以告訴你一些有關鞋蠟的故事，你聽了會感覺很噁心的。』說著他走到窗戶旁邊，大聲喊著：『我們的職位已經找到合適的人選了。』一陣陣嘆息聲從樓下傳了過來，人們成批地向各個方向散開了。他們離開後，我能看到的紅頭髮的人，就只有我和那辦公室裡的人了。

「他說：『我是鄧肯．羅斯先生。我自己就是我們高貴的施主遺留基金的養老金領取者之一。威爾遜先生，你結婚了嗎？』

「我回答說：『還沒有。』

「他臉色一沉，嚴肅地說：『哎唷！這可非同小可！你這種情況讓我覺得很遺憾。當然，設立這個基金就是爲了保護紅頭髮的人的利益，但也是爲了生育出更多紅頭髮的人。現在這件事比較麻煩了，因爲你竟然還沒有結婚。』

「福爾摩斯先生，聽到這些話我真的感到非常失望。當時我覺得，哎，到最後還是得不到這個職位。不過經過一番考慮後，他又說，其實那也沒什麼大不了。

「他說：『如果換了其他人，這個缺憾可能是不幸的。不過對你來說就不一樣了，你的頭髮顏色實在是長得太好了，所以我們可以破例照顧。那麼你什麼時候可以開始你的工作？』

「我說：『哦，事情沒有那麼簡單，我現在有一家自己的店。』

「文森特．思博爾丁說：『那不要緊，我們會幫你照顧生意的。』

「我問：『上班時間是幾點到幾點？』

「『上午十點到下午兩點。』

「福爾摩斯先生，開當舖的人的買賣多半在晚上，尤其是在星期四、星期五晚上，這正是發薪前兩天，因此能夠在上午多賺點錢對我來說是很合適的。而且我覺得我的夥計很不錯，肯定能幫我照料生意。

「我說：『這對我很合適。薪水多少？』

「『每週四英鎊。』

「『那麼我要做些什麼？』

「『只是掛掛名而已。』

「『什麼意思？』

『唔，在我們要求你辦公的時間內，你必須一直待在辦公室裡，或至少也要待在那棟樓裡；如果離開，會導致你永遠失去這個職位。關於這一點在遺囑裡說得很清楚。如果你在辦公時間稍微離開一下辦公室，也算違背我們的規定。』

「我說：『總共才四個小時嘛，我能挺得住。』

「鄧肯・羅斯先生說：『你不准以任何藉口離開，不管是生病、有事或其他理由都不行。如果你沒有一直待在位置上，就會永遠失去這個職位，明白嗎？』

「『那我要做些什麼呢？』

「『你的工作是抄寫《大英百科全書》，這裡有第一卷。墨水、筆和吸墨紙你要自己準備，我們只負責提供你這桌子和椅子。明天開始工作可以嗎？』

「我回答說：『當然可以。』

「『那麼，傑貝茲・威爾遜先生，再見，請允許我再一次祝賀你獲得了這麼好的一個職位。』他向我鞠躬，之後我就和我的夥計一起離開那裡，回家去了。對於自己有這麼好的運氣，我真是高興得不知所措。

「哦，一整天我都在思考這件事。可是到了晚

上，我感到有些消沉，畢竟這件事看來太像是一樁陰謀了，儘管我還不能肯定他們究竟想要得到什麼。不管是有人立下這樣的遺囑，還是給予一個做抄寫《大英百科全書》的人這麼高的薪水，都讓人覺得不可思議。思博爾丁用各種方法來安慰我。到睡覺之前，我已經對這件事情有了最終結論——不管是怎麼回事，我第二天都要去看一看。我花一便士買了一瓶墨水、一根羽毛筆、七大張書寫紙，之後就出發到教堂去了。

「唔，令我又驚又喜的是，一切都很順利。我到的時候桌子已經準備好了，鄧肯・羅斯先生在那裡忙著，爲的是讓我能順利進行工作。他讓我從字母A抄起，之後就走了，但仍不時過來看看我的工作進行得順不順利。下午二點鐘時他向我說再見，並且誇獎我的工作進度，然後在我離開辦公室之後鎖上門。

「福爾摩斯先生，事情就這麼一天天繼續著。到了星期六，那位負責人付給我一個星期的報酬——四英鎊。接下去的一個星期是這樣，再一個星期還是這樣，我早上十點到達工作的地方，下午兩點回去。後來鄧肯・羅斯先生來看我的次數逐漸減少了，有時整個上午只來一次；又過了一段時間，他根本就不出現了。當然，我還是不敢離開辦公室，畢竟我不知道他什麼時候會突然過來看我，而且對我來說，這個職務可眞是一個肥缺，很適合我，我不想冒任何丟掉它的風險。

「就這樣，我做了八個星期，完成了『男修道院院長』、『盔甲』、『建築學』和『雅典人』等詞彙；而且我想如果我一直這樣努力工作，不久就可以開始抄寫詞條B了。買書寫紙花了我不少錢，而我完成的抄寫任務幾乎占據了一個架子。可是不久後這件事情卻突然結束了。」

「結束了？」

「是的，先生，事情就發生在今天上午。我像平常一樣早上十點到達教堂，不過到那裡時發現門是關上的，而且還上了鎖，在門的嵌板中間用圖釘釘著一張方形小卡片。你看，這就是那張卡片。」

他拿著一張約有便條紙大小的白色卡片，上面這樣寫著：

紅髮會已宣布解散，特此通告。

一八九〇年十月九日

我和福爾摩斯看了看這張簡短的通告，又看了看那人滿面的愁容，覺得這整件事情最引人注意之處就是它的滑稽可笑，於是我們兩個人都禁不住大笑起來。

我們的委託人見到這情景，氣得臉都紅了，大聲嚷嚷著：「我可不覺得這件事有什麼好笑的。如果你們不能幫助我解決這個問題，我可以去找其他人，你們不必這樣笑話我吧。」

福爾摩斯大聲說：「不，不，」這時威爾遜已經快要站起身了，福爾摩斯又把他推回椅子上，說：「不管發生什麼事，我都不會終止對這案子的調查的。它實在太不可思議了，確實使人耳目一新。不過如果你不介意，我還是要說，我覺得這整件事情實在有點可笑。你能告訴我，在發現門上的紙條時，你做了些什麼嗎？」

「先生，我當時感到非常震驚，也不知道該怎麼辦。我在辦公室周圍的街坊打聽，不過好像沒有人知道這件事。最後我去找房東，他是一個會計，就住在辦公室樓下。我問他知不知道紅髮會出了什麼事，他告訴我說他從來不知道有這麼一個組織。然後，我問他鄧肯．羅斯先生是什麼人，他說他也不知道這個人。

「我說：『唔，就是那個住在七號的先生啊。』

「『什麼？那個紅頭髮的人？』

「『是的。』

「他說：『噢，他叫威廉．莫里斯，是個律師，由於新居還沒裝修好，所以暫時住在我這裡，昨天他就搬走了。』

「『那我應該到什麼地方去找他呢？』

『噢，你可以去他的新辦公室，他把那裡的住址給了我。愛德華王街十七號，就在聖保羅教堂附近。』

「之後我立刻到那裡去，但是找到那個地方時才發現它是個鍋爐廠，而且廠裡誰也沒有聽說過有個叫威廉·莫里斯或叫鄧肯·羅斯的人。」

福爾摩斯問道：「那你怎麼辦呢？」

「我回到我在薩克斯——科伯格廣場的家。我聽從了夥計的勸告，可惜他的勸告對我來說沒有什麼用處。他請我耐心等待，也許紅髮會會寄信給我，告訴我到底發生了什麼事情。不過，福爾摩斯先生，這話聽來眞讓人不怎麼舒服。對於失去這麼好的一個差事，我不想什麼挽回動作都不做。據說你總是樂於幫助那些可憐的人們，所以我就過來找你了。」

福爾摩斯說：「你的作法很明智。你所涉及的可不是一件小案子，我很願意調查。根據你告訴我的情況，這件案子看上去並不簡單。」

傑貝茲·威爾遜先生說：「的確很嚴重啊，我一個星期就會損失四英鎊。」

福爾摩斯又說：「就你個人而言，對於這個看上去很怪的組織，其實你沒有什麼好抱怨的。而且，據我所知，你已經毫不費力地賺了三十多英鎊，況且你抄了那麼多以字母A爲開頭的詞，還學到不少東西呢。做這件事情對你來說並沒有什麼損失。」

「的確沒有什麼損失。不過，先生，我很想知道究竟發生了什麼事，那些人是幹什麼的？他們為什麼要跟我開這樣的玩笑——如果整件事情確實是一個玩笑的話。為了這個玩笑，他們可是花掉了三十二英鎊呢。」

「這個嘛，我們會盡力幫你搞清楚的。但是，威爾遜先生，首先你要回答我幾個問題。第一，讓你去看廣告的那位夥計在你這裡工作多長時間了？」

「發生這件事的一個多月前。」

「他是怎麼到你這裡來的？」

「看到廣告之後來應徵的。」

「當時申請的就只有他一個人嗎？」

「不是，一共有十幾個人呢。」

「那你最後為什麼決定要用他？」

「因為他做事很俐落，而且也沒有要求很高的薪水。」

「實際上他只要了一半的薪水？」

「不錯。」

「這個文森特．思博爾丁長什麼樣子？」

「個子不是很高，身體非常健壯，行動迅速；儘管看上去已經超過三十歲了，但皮膚卻保養得很好。他的前額有一塊被硫酸燒傷的白色傷疤。」

福爾摩斯在椅子上直起身子，顯得很興奮。他說：「這些我都猜到了。你有沒有注意到他的耳朵穿了耳洞？」

「注意到了，先生。他告訴我，他年輕時是一個吉普賽人。」

「唔……」福爾摩斯慢慢地，開始陷入沉思，「他現在還繼續爲你工作嗎？」

「噢，不錯，我剛才來之前他還在我那裡呢。」

「你要是不在，生意就都交給他照顧嗎？」

「是的，先生，對於他的工作能力我沒有什麼可挑剔的，而且上午的生意本來就不怎麼好。」

「行啦，威爾遜先生，我很高興能幫你，我想我可以在一兩天之內告訴你結果。今天是星期六，我想到下個星期一我們就可以給你答覆了。」

客人離開之後，福爾摩斯對我說：「好啦，華生，你覺得這是怎麼一回事呢？」

我老實地回答說：「我一點頭緒都沒有，這件事情實在是太奇怪了。」

福爾摩斯說：「一般情況下，那些看上去稀奇古怪的事情，眞相大白的時候總是很普通；而那些看上去很一般的案件，實際上才眞正讓人迷惑，就好像一個臉上沒有什麼特徵的人最難辨認一樣。不過，我還是必須立刻採取行動去調查這件事情。」

我問他：「你打算怎麼做？」

他說：「抽菸，解決這個問題之前我要抽三斗菸；還有，在五十分鐘之內你先不要跟我說話。」他蜷縮在椅子裡，瘦削的膝蓋幾乎碰著鷹鉤鼻，雙眼緊閉，安靜地坐在那裡，叼著他那黑色陶製菸斗，很像某種珍禽異鳥那又尖又長的嘴。當時我覺得他很有可能已經開始作夢了，而我也有了點睡意。就在這時，他忽然從椅子上跳了起來，看上去似乎已胸有成竹，隨即把菸斗放在壁爐檯上。

他說：「今天下午薩拉沙特在聖詹姆士會堂演出。華生，你覺得怎麼樣？你可以先放下你的病人騰出幾個小時嗎？」

「我今天不忙，而且我的工作不是那麼走不開。」

「那麼戴上帽子，咱們走吧。我們去那裡的路上會經過市區，可以在那裡吃午飯。我發現節目單上有不少德國音樂，和義大利音樂或法國音樂相較，我覺得德國的音樂更動聽，它可以激發你去思考。我現在需要的就是深刻思考，我們走吧。」

我們坐地鐵到奧爾德斯蓋特，再步行一小段路，就到達薩克斯——科伯格廣場，就是我們上

午聽到的那個奇怪故事發生的地方。這些街道狹窄破落而又虛擺場面，四排灰暗的兩層磚房排列在一面周圍有鐵欄杆的圍牆之內。院落裡的草坪上都是一些雜草，在這煙霧瀰漫和雜草叢生的環境中，還生長著一些植物。一塊棕色木板和三個鍍金的圓球被安置在街道轉角的一間房子上方，上面刻著「傑貝茲・威爾遜」幾個白色大字，這個招牌告訴我們，這就是那個紅頭髮委託人做生意的地方。福爾摩斯在那房子前面停了下來，斜著腦袋認眞地看著這房子，眼睛在皺紋密佈的眼皮中間炯炯發光。然後他漫步到街道上，接著又返回那個轉角，目光始終停留在那房子上面。

最後他回到那家當鋪坐落的地方，用手杖使勁地敲了敲街道的地面，之後便走到當鋪的門口敲門。幫他開門的是位看上去很精明能幹、鬍子刮得乾乾淨淨的小夥子，並邀請他進去坐。

福爾摩斯說：「謝謝你，我只是想問一下怎麼才能到斯特蘭德去。」

那夥計馬上答道：「到第三個路口往右轉，到第四個路口再往左轉。」然後就把門關上了。

我們離開那裡時，福爾摩斯說：「我覺得這個小夥子眞的很精明。依我看，在倫敦最聰明的人裡他應該排第四了；但說到膽識，我還不敢肯定他是不是能排到第三。以前我就對他有所瞭解了。」

我說：「很明顯地，威爾遜先生的夥計和我們所調查的這件紅髮會的案子關係重大。我敢肯定你去問路一定是另有目的。」

「我可不是爲了去看他那個人。」

「那是要看什麼？」

「看他褲子膝蓋那個地方。」

「你看到了什麼？」

「我看到了我想看的東西。」

「你爲什麼要敲打人行道？」

「醫生，現在我們要做的是仔細觀察，而不是聊天。我們現在在調查的地區是敵人的地盤。我們已經知道一些薩克斯——科伯格廣場的情況，現在該去調查調查廣場的後面。」

當我們從那偏僻的薩克斯——科伯格廣場轉角轉過彎時，出現在我們面前的道路是截然不同的另一番景象，那種差異就像是一幅畫的正面和背面一樣完全不同。那是市區通向西北的主要幹道，街道被一股擁擠的生意人洪流堵住了；在這洪流中，有的往裡走，有的往外去。人行道則被蜂擁而來的無數行人踩得發黑。當那一排華麗的商店和富麗堂皇的商業樓宇出現在我們眼前時，我們簡直不敢相信這些樓宇和我們剛離開的死氣沉沉廣場之間相隔得這麼近。

福爾摩斯站在一個轉角順著那一排房子看過去，說：「讓我們來想一想，我很想記住這些商店的順序。我有一種癖好，就是想非常仔細地瞭解倫敦。這裡有一家菸草店，叫莫蒂然，緊接著是一家賣報紙的小店！再過去是城市與郊區銀行的科伯格分行、素食餐館、麥克法蘭馬車製造廠，一直延伸到另一個街區。好啦，醫生，我們的工作做完了，現在是休息的時候了。吃個三明治，喝杯咖啡，然後到演奏現場去看一看，那裡的一切都是悅耳、優雅、和諧的，沒有紅頭髮的委託人給我們添麻煩。」

我的朋友可以說是一個音樂家，而且是很瘋狂的那種，甚至他自己就是一個演奏家，而且技藝精湛，同時他作曲的才華也非常驚人。整個下午他和其他觀眾坐在一起，看上去精神很好，隨著音樂的節拍有節奏地舞動著手。那是一雙多麼瘦的手啊！他臉上掛著微笑，但眼神卻略帶憂傷，就像已經進入睡夢中一樣。這時的福

爾摩斯與那個鐵面無私、多謀善斷、果敢敏捷的刑事案件偵探可不太一樣了，簡直是判若兩人。他性格古怪而且有著雙重特質；我經常想，他的極其細緻、敏銳和有時在他身上占主導地位的、富有詩意的沉思神態相比，是多麼鮮明的對照啊。他的性格就是這樣使他在兩個極端之間不停搖擺，在憔悴勞累和精力充沛之間轉換。我非常清楚，他最嚴肅的時候就是連續幾天坐在椅子上認眞思考或者創作什麼時。而一種強烈的追捕欲望又會驅動他，這時他的推理能力是最高超的，甚至已經成爲一種直覺，所以對他的作法不瞭解的人會覺得很奇怪，把他看成是一個什麼都懂的萬事通。那天下午，看著他在聖詹姆士會堂完全陶醉在音樂中時，我覺得，這次誰要是成了他要追捕的對象，那人一定要倒楣了。

聽完音樂出來的時候，他說：「醫生，你一定想回家了吧。」

「是啊，該回家了。」

「我還要花幾個小時來處理一些事情。發生在科伯格廣場的事是椿大案。」

「根據什麼來判斷是椿大案呢？」

「有人正在密謀策劃一椿重大犯罪。我完全有把握及時制止這件事情的發生，不過今天是星期六，這使得事情可能有點複雜。我需要你今天晚上過來幫我。」

「幾點？」

「十點就夠早了。」

「我十點會到貝克街的。」

「那很好。不過，醫生，我要告訴你，這可能有點危險，你最好把你在軍隊裡使用過的那把手槍放在口袋裡。」他揮了揮手，轉過身去，一會兒就消失在人群中。

我敢說，我這個人可不比我那些朋友們笨，但是，在我和福爾摩斯的交往中，總有一種壓力：我感覺自己太笨了。以這件事爲例，我聽到了所有他聽到的，也看到了所有他看到的，可是從他的談話中可以明顯地感覺到，他不僅僅知道發生過什麼事情，而且還知道將要發生什麼事情；而在我眼裡，這件事情還是一團亂。在我回肯辛頓的家路上，我又從頭到尾把這件事想了一遍，從抄寫《大英百科全書》的那個紅頭髮人的奇異遭遇，到去拜訪薩克斯——科伯格廣場，到福爾摩斯和我道別時所說的不祥預感。爲什麼要晚上出去調查？爲什麼要我帶武器去？我們要去什麼地方？要做些什麼？我從福爾摩斯那裡得到暗示，當鋪老闆的那個臉龐光滑的夥計可不是好對付的，這傢伙可能很狡猾。我想在這些事情中找到什麼頭緒，可是結果總是讓我很失望，於是只好暫時放下這些事情，反正到晚上一切都會眞相大白的。

九點一刻，我離開家，穿過公園、走過牛津街，然後到達貝克街。門口停著兩輛雙輪雙座馬車。我走在過道上，覺得樓上有聲音。在福爾摩斯的房間裡，我看見他正在和兩個人熱烈地交談。我認出其中一個是警察局的官方偵探彼得・鍾斯；另一個是個面容削瘦的高個子男人，他頭上的帽子光澤閃閃，禮服大衣厚重而做工講究。

福爾摩斯說：「哈哈，我們的人全都來了。」他一邊說著，一邊把粗呢上衣的鈕子扣上，並從架上把他那根笨重的打獵鞭子取下來。他又說：「華生，你應該認識蘇格蘭警場的鍾斯先生吧？讓我來爲你介紹梅利威瑟先生，他也要參加我們今天晚上的冒險活動。」

鍾斯說話時的神情很傲慢，「醫生，你瞧，我們又一次成爲追捕罪犯的搭檔了。我們這位朋友可是很擅長追捕的，他所需要的只是一隻獵狗去把獵物給叼回來。」

梅利威瑟悲觀地說：「但願這次我們不會白忙一場。」

那位警探趾高氣揚地說：「先生，對於福爾摩斯先生的偵探才能你應該表現出足夠的信心，他有自己一套辦法。這套辦法，恕我直言，有點紙上談兵和異想天開的意味，不過他具有一個優秀的偵探需要的所有特質。有那麼幾次，比如肖爾托兇殺案和阿格拉珍寶盜竊案，他的判斷都比官方準確。我這樣說可是一點都不誇張。」

那位陌生人附和道：「鍾斯先生，你要這麼說我沒意見。不過，我還是要讓你知道，我錯過了打橋牌的時間，二十七年來我每個星期六晚上都要打橋牌。」

福爾摩斯說：「我想你會發現，今天晚上你要下的賭注是你下過中最大的一次，而且這次打牌的場面會更加激動人心。梅利威瑟先生，對你來說，賭注的價值大約是三萬英鎊；而鍾斯先生，對你來說，賭注是你追捕的罪犯。」

「約翰・克萊是個殺人犯、盜竊犯、搶劫犯、詐騙犯，年紀不大，梅利威瑟先生，不過他卻領導著這群罪犯。我認爲逮捕他比逮捕倫敦任何一個罪犯都要緊急，他很値得我們注意。這個年輕的約翰・克萊是王室公爵的孫子，他在伊頓公學和牛津大學讀過書，頭腦就像他的雙手一樣靈活。雖然他的蹤跡可以在每個拐角找到，但是要捉到他這個人並不容易。他這一個星期在蘇格蘭砸爛一張兒童床，而下一個星期卻在康沃爾籌款興建一間孤兒院。多年來我一直在追蹤他，可是一直沒有結果。」

「但願今天晚上我可以榮幸地爲你介紹一番。我也和這個約翰・克萊有過一兩次接觸。我同意你剛才說的，他領導著一個竊盜集團。好啦，現在已經十點多了，我們該出發了。如果你們兩位坐第一輛馬車，那麼我和華生就坐第二輛馬車跟在你們後面。」

漫長的行程中，福爾摩斯什麼話也沒有說；他向後靠在車廂的座位上，嘴裡哼著的樂曲正是我們下午聽過的。馬車轔轔地在像迷宮一樣點著許多煤氣燈的馬路上行駛，直達法林頓街。

我的朋友說：「現在我們已經很接近那裡了。梅利威瑟是個銀行董事，他本人對這個案子也很感興趣。我想，讓鍾斯和我們一塊來是有好處的。他這人不錯，儘管對於所從事的工作來說，他算是比較失敗的。然而，他的某些優點還是應該受肯定的，要是罪犯給他捉住了，他就勇猛得像條獒犬，頑強得像尾龍蝦。這裡就是我們要找的地方，他們已經在這裡等著我們了。」

我們到達早上勘察過的那條平時人來人往、擁擠不堪的大馬路。跟馬車夫結了帳後，梅利威瑟先生帶著我們走過一條狹窄的通道，經由他爲我們打開的旁門進去。進去後裡面的走廊很小，走道盡頭是一扇巨大的鐵門。梅利威瑟先生打開那扇鐵門，鐵門裡面是盤旋式石板台階通向另一扇大門，那大門讓人望而生畏。梅利威瑟先生站住了，點亮了燈，接著帶著我們順著一條通道往下走；這通道散發著一股泥土的清香，接著又是一扇門，這已經是第三扇門了。進了這扇門就進了一間巨大的地下室，地下室的四周堆積著板條箱和很大的箱子。

福爾摩斯提起燈來觀察周圍。他說：「要從上面攻破你們這間地下室可眞是困難啊。」

梅利威瑟先生一面用手杖敲打著地上的石板一邊說：「從底下攻破也是很難的。」忽然他抬起頭來，很驚訝地說：「哎喲！從聲音判斷這下面是空的。」

福爾摩斯嚴厲地說：「我不得不要求你安靜下來！你已經影響了我們這次行動取得完全勝利的把握。請你找個箱子坐著，別影響我好不好？」

這位莊重的梅利威瑟先生只好坐到一個板條箱上，滿臉的委屈。這時，福爾摩斯跪在石板地上，用提燈和放大鏡認眞研究著地面上的縫隙。他只檢查了一會兒，然後就站了起來，把放大鏡收起來。

他說：「我們至少還要等一個小時。因爲在那個當鋪老闆睡下之前，他們什麼都不能做。而且，他們動手一定要爭取每一分鐘甚至每一秒，因爲他們行動的速度直接關係到他們逃跑時所剩餘的時間。醫生，我想你一定猜得到，我們現在所在的這個地下室，屬於一家倫敦大銀行的分行。梅利威瑟先生是這家銀行的董事長，他會告訴你爲什麼倫敦那些大膽的罪犯會對這間地下室表現出這麼大的興趣。」

那位董事長低聲說：「我們在這裡儲藏了法國的黃金。已經有好幾次，我們被警告說有人會對這些黃金採取行動。」

「這些法國黃金是你們的？」

「不錯，幾個月之前，我們爲了要增加資金來源，所以向法國銀行借了三萬枚金幣。現在所有的人都知道我們沒來得及打開這些箱子，所以它們還在地下室裡。被我坐著的這個箱子裡就有兩千枚金幣，是用錫箔一層一層包裝的。我們現在儲藏的黃金遠遠超過一家分行一般的儲量，所以董事們對這件事一直很不放心。」

福爾摩斯說：「他們的擔心是有道理的。應該爲我們的行動做一下計畫了。我估計一小時之內我們就會知道事情的眞相，現在，梅利威瑟先生，我們應該遮住這個提燈的燈光。」

「我們要坐在黑暗裡等待嗎？」

「恐怕是這樣了。我在口袋裡裝了一副牌，原來是打算我們四個人一起打橋牌的，不過現在我想敵人已經在醞釀他們的行動了，所以我們不能亮出燈光來。首先，我們要選好等待的地點。這幫傢伙膽子很大，不過我們的行動絕對出乎他們意料。但我們必須十分謹愼，否則就有可能被他們傷到。我用這個板條箱擋住自己，你們就利用那邊的那些箱子吧。稍後當我用燈光照射他們的時候，你們趕緊跑過去。華生，要是他們先開槍，你就毫不猶豫的還擊。」

我把裝好子彈的左輪手槍放在我前面的那個木箱上面。福爾摩斯非常迅速地用提燈滑板遮擋住燈的光線，於是我們便陷於一片漆黑之中——那黑暗是我從未經歷過的。金屬由於被加溫而散發出來的氣味使我們相信，燈並沒有被熄滅，在得到信號時燈就會亮起來了。我非常緊張地等待著，不敢出聲。地下室裡又濕又冷，那種突然降臨的黑暗讓我感到壓抑，還有一絲沮喪。

福爾摩斯小聲地說：「他們要出去只有一條路，那就是退到那間屋子，然後再退到薩克斯——科伯格廣場去。鍾斯，我吩咐的事情你已經完成了嗎？」

「我已派了一個巡官和兩個警官守候在前門那裡。」

「那麼現在已經堵住了所有出路，我們就靜靜地等著吧。」

時間過得眞慢！事後從錶上顯示的時間計算，我們一共等了一個小時又一刻鍾，不過我卻感覺像是等了一整晚，似乎天都快亮了。因爲我必須待在自己的位置不動，所以手和腳都麻了。我的神經已經緊張到了極點，不光可以聽到夥伴們那輕輕的呼吸聲，就連那個大塊頭鍾斯又深又粗的吸氣和那銀行董事很輕的嘆息我都能區分得很清楚。站在箱子後面從上面看過去，我可以看到石板地那個方向。突然間，我發現了若隱若現的燈光。

開始時，那些星星點點的光亮很灰暗，而且出現在很遠的地方；後來這些黃色的光點連接成了一條光帶。突然間，地面好像出現了一條裂縫似的，從裡面伸出一隻手，那隻手看上去就像是婦女的手一樣又白又嫩，在有亮光的那一小塊地方的中央摸索著。大概一分鐘後，這隻手便伸出了地面，隨後又馬上縮了回去，就像它剛才迅速伸出來一樣，黑暗又占據了所有的空間，石板壁被一絲灰黃的燈光照射著。

然而，那隻手只消失了一會兒的功夫。突然，一陣刺耳的聲音傳來，像是某種東西被撕裂開來，地板中間一塊很寬很大的石板底朝天了，那裡迅速地出現了一個四方形裂口，然後從裂縫處射來了提燈的光亮。一張孩子般的秀氣臉孔出現在邊緣處。這個人警戒地迅速向四周看了看，然後兩隻手攀著邊緣向上爬著，他的肩膀和腰部到達邊緣的時候，就把一個膝蓋跪在地上。沒花多長的時間，他已經站在洞口的一邊了，並把他的一個夥伴也拉了上來。他的同夥也是一個小夥子，動作和他一樣敏捷，臉色看上去很蒼白，頭髮蓬鬆、雜亂，而且是紅色的。

他壓低了聲音說：「進展得很順利。你帶來鑿子和袋子了嗎？天啊，大事不好了！阿爾坡，跳，趕緊跳，其他的事情交給我來處理！」

福爾摩斯一躍而起，一下子就抓住了那個偷偷潛入的傢伙的領子。另一個人則迅速地跳進那個洞裡去，接著傳來衣服被撕破的聲音，鍾斯當時一把抓住了他衣服下襬。一支左輪手槍的槍管在光亮中突現，不過福爾摩斯的打獵鞭子突然打到了那個人的手腕，手槍立刻掉到地上。

福爾摩斯像什麼都沒有發生一樣，說道：「約翰．克萊，別做徒勞無功的事了，這回你跑不掉了。」

對方倒顯得很冷靜，說道：「我也這麼覺得。不過我想我的那個朋友卻會平安無事的，儘管你們剛才抓住了他的衣領。」

福爾摩斯說：「他出去的時候會發現外面有三個人正等著他呢。」

「啊？什麼？看來你們的確做好了充分的準備。我應該向你們致敬！」

福爾摩斯回道：「你也很厲害嘛。你想到的那個關於紅髮的點子很新穎，效果也很不錯。」

鍾斯說：「一會兒你就會很高興看到你的夥伴的。他鑽洞的速度可是比我快多了。伸出手來，讓我銬上。」

當我們要捉的人被手銬銬住時，他說：「請你們不要用手碰我，免得弄髒了我的身體。也許你們還不知道吧，我可是皇族的後裔。而且，請你們在跟我談話時，務必加上『請』和『先生』。」

鍾斯瞪大眼睛，不禁笑了出來：「好吧，唔，『先生』，請您上臺階吧，到上面之後我們會找一輛馬車把先生您送到警察局，這樣可以嗎？」

約翰·克萊平靜地說：「這樣好一點。」他迅速地向我們三個人分別鞠躬，然後在警官的看管下離開了，一句話都沒有說。

當我們走在他們後面，從地下室回到地面的時候，梅利威瑟先生說：「我真不知道該怎麼做才能報答你們對銀行的幫助。毫無疑問的，你們用了最周嚴和科學的方法偵破了此案，這是我見過最精心策劃的一件銀行盜竊案了。」

福爾摩斯說：「我跟約翰·克萊還有一段私人恩怨要了結呢。爲了偵破這個案子，我自己已經花了不少錢，我想這筆錢銀行應該會還給我吧。不過除了這個，我在這次案件的偵破過程中也得到了一些東西，這個案件中的很多經驗是在其他案件中不可能碰到的。僅僅是這個紅髮會的故事，就編得讓我獲益匪淺呢。」

早上，我們在貝克街喝加蘇打水的威士忌時，福爾摩斯向我解釋道：「華生，你可以看到，其實這件事情從一開始就很明顯，這個古怪的紅髮會之所以要編出那樣一個故事、要登出那樣的廣告和招聘人去做那樣的工作，就是要使這個糊塗的老闆每天都有幾個小時不在自己的店舖裡。

這樣做的確很奇怪，不過也很難想出比這更好的辦法了。毫無疑問，克萊還是費了一番功夫的，他利用了他同夥的頭髮顏色，每星期四英鎊的優厚待遇肯定就是引他上鉤的魚餌了。因爲他是想把成千上萬資產弄到手的人，這點錢對他來說根本算不了什麼。在刊登了廣告後，他們一個人臨時租了一間辦公室，另外一個人則鼓動店鋪老闆去應徵這個職位。他們合夥來讓這個店鋪的老闆每天都有好幾個小時不在店鋪裡。我第一次聽老闆說那個夥計只要一半的薪水時，就肯定那夥計別有居心。」

「不過你是怎麼知道他究竟想得到什麼呢？」

「如果那個店鋪裡有女人的話，我會以爲是爲了那些庸俗的事情。不過事實上根本不是那麼一回事。這個當鋪老闆的生意規模並不大，當鋪裡的東西也不怎麼值錢，完全不值得他們如此精心策劃，花那麼多錢。所以，當鋪肯定不是他們的目標。那麼他們想要什麼呢？我聯想到了這個夥計對攝影的喜愛，想到了他經常進進出出地下室，那一定是個陰謀。地下室！就是這個錯綜複雜的案件中最關鍵的一條線索。之後，我調查了這個神秘的傢伙。知道了我的對手是整個倫敦頭腦最冷靜、膽量最大的傢伙。他在地下室動了手腳，而且這需要連續好幾個月每天工作幾小時。繼續推理下去，他們想幹什麼呢？我想只有一種可能了，那就是他們要挖一條通往其他地方的通道。」

「當我對他們的活動地點進行調查時，我心裡就明白了。當我用手杖去敲地板時你感到很奇怪，其實我是在測試這個通道是往前還是往後的，結果我看出這不是往前的。之後我去按門鈴，出來開門的就是那個夥計，這也正是我所希望的。我們之前曾經較量過，不過這件事之前我們從來沒有面對面的接觸過，我甚至不知道他長什麼樣子。他的膝蓋是我觀察的要件，你也一定看到了，他褲子的膝蓋部分非常破舊、發皺、骯髒。說明他花了很多時間去挖那個地道。推理到這裡，剩下的問題就是他爲什麼要挖這個通道？於是我觀察了轉角周圍的地區，發現那銀行和當鋪是緊挨著的，於是所有的問題都解決了。我們聽完了音樂，你坐車回家的時候，我走訪了蘇格蘭警場和這家銀行的董事長，至於結果，你也已經看到了。」

我問他：「那你怎麼知道他們會在哪一天晚上行動呢？」

「唔，他們把紅髮會所謂的辦公室關了，是個很重要的訊號：他們已經不在乎傑貝茲・威爾遜先生是不是在當舖裡了。也就是說，他們的地道已經挖通了。不過最重要的是，可能有人會發現這個地道，然後把黃金給搬走，所以他們一定要儘快利用這個通道。對他們來說，星期六恐怕是最合適的日子吧，這樣他們會有兩天的時間能逃跑。根據上述種種理由，我幾乎可以斷定他們會在今天動手。」

我實在是掩飾不住對他的欽佩，讚嘆道：「你的推理實在是太棒了。這個推理的鏈子可眞夠長的，可是最後每個環節都證明了你是正確的。」

他回答說：「這使我不會感到無聊。」他打了個呵欠，接著說，「哎，生活對我來說眞夠無聊的。我的一生都在努力避免使自己這麼無聊地過下去，這些小案件正好幫了我的忙。」

我說：「你也眞的幫助了所有人啊！」

他聳了聳肩，說道：「哦，總之，也許我還有點用處。正如居斯塔夫・福樓拜在給喬治・桑的信中所說的，『個人是渺小的，作品代表一切』。」

第三篇　失蹤的新郎

我和福爾摩斯面對面坐在貝克街他住處的壁爐前，屋中十分溫暖。他習慣性地感慨道：「老兄，生活遠比人們的想像更巧妙。有些事情就在現實中存在，但我們卻想當然耳地認爲不可能。如果我們能夠手拉手翱翔在這個大城市的上空，輕輕地揭開那些屋頂，就可以窺見裡邊正在發生的不尋常事物：奇怪的巧合、密室裡的策劃、鬧彆扭、以及一連串令人咋舌的事，它們不斷發生著，形成稀奇古怪的結果，使得許多小說變得索然無味，讓人一看開頭就知道結果。」

我不以爲然，「我不信。報紙上發表的案件，一般來說都是既單調又庸俗的。警察的報告是現實主義寫作的典範，其結果既不有趣，又無藝術性。」

福爾摩斯說：「要產生實際效果必須通過一些必要的篩選和判斷。警察報告裡哪有這些，重點都放到地方長官的陳詞腔濫調上去了，根本不是放在整個事件必不可少的實質性細節上。當然也就沒有什麼像司空見慣的東西那樣不自然的了。」

我笑著搖搖頭，「我十分理解你這種想法。當然嘍，你所處的地位，是整個三大洲每一個陷於困境的人的非正式顧問和助手，所以有機會接觸到不同於尋常的人和事。可是在這兒，」——我從地上撿起一份晨報，「我們做一個實驗，這是我看到的第一個標題：《丈夫虐待妻子》。這條新聞占了半欄篇幅，可是我不看就完全可以猜到裡邊會說些什麼。一定會牽涉到另一個女人、狂歡濫飲、推推拉拉、拳打腳踢、傷痕累累以及富有同情心的閨中密友或者房東太太等等。哪怕最笨的作者也寫不出比這更粗製濫造的東西了。」

福爾摩斯拿過報紙，草草掃了一下，說：「實際上，你舉的例子並不能很恰當的支持你的觀點。這是鄧達斯家分居的案子，發生的時候，我把同此案有關的一些細節弄了清楚。丈夫滴酒不沾，沒有別的女人；被控的行爲是，他養成了一種習慣，吃完飯時，總要取下假牙，向他的妻子扔去。你是否認爲這件事也枯燥無味呢？醫生，來一點鼻菸吧，你得承認，從你所舉的例子來看，我贏了。」

他伸手拿出他的舊鼻菸壺，壺蓋的中心嵌上了一顆紫色水晶。它的光彩奪目與他一向簡單樸素的生活作風形成鮮明對比，於是我不得不加以評論。

「哦，」他說，「我忘了我有幾個星期沒見到你了。這是波希米亞國王酬謝我的。我在艾琳・艾德勒相片案中幫了他的忙，這不過是個小紀念品。」

「那個戒指呢？」我看了看他手指上華貴的鑽石戒指問道。

「這是荷蘭王室送給我的，因爲我爲他們破的案子非常微妙，即便是對你這麼一位一直勤奮地爲我揚名的朋友，我也不便透露。」

「那麼，現在你手頭上有案子嗎？」我很感興趣地問他。

「有十一、二件吧，但是沒有一件是特別有趣的。它們很重要，你知道，但是並不有趣。的確，我發現在通常不重要的案件裡倒有值得觀察和分析因果關係的餘地，這樣調查工作就很有味兒了。罪行越大，往往越簡單；因爲一般來說，罪行越大，動機就越明顯。這些案件中，除了從馬賽來的那個案件還有些複雜以外，其他就沒有一件特別有趣了。不過，或許再稍等片刻，就會有更有趣的案件送上門來，因爲如果我沒猜錯的話，現在就有一位委託人來了。」

他從椅子上站起來，走到窗前俯視那條灰暗而蕭條的倫敦街道。我從他的肩上往外看去，對面人行道上站著一個高大的女人，脖子上圍著厚毛皮圍巾，一支大而捲曲的羽毛歪戴在一隻耳朵上面，很有德文郡公爵夫人賣弄風情的姿態。在這樣盛裝之下，她神情緊張、猶疑不決地向上張望著我們的窗子，同時身體輕輕地前後搖晃著，手指不安地撥弄著手套上的鈕釦。突然，像游泳者從岸上一躍入水那樣，她決然地穿過馬路，於是我們便聽到一陣刺耳的門鈴聲。

福爾摩斯把菸頭扔到壁爐裡，說：「我以前見過這種徵兆。在人行道上搖搖晃晃，通常代表發生了桃色事件。她想要徵詢一下別人的意見，但是又拿不定主意是否應把這樣隱密的事情告訴別人。不過，就在這點上也有區別。當一個女人覺得男人做了很對不起她的事的時候，她就不再搖晃了，通常的徵兆是急得要把門鈴線都給扯斷了。現在這個我們可以看作是一樁戀愛事件，因為她並不怎麼憤怒，只是有些迷惘或者憂傷。好在現在她親自登門造訪，我們的迷惑也很快就可以解開了。」

他正說著，忽然有人敲門，男傭進來報告說瑪麗・薩瑟蘭小姐來訪。剛說完，這位女客就出現在他那矮小身軀的後面，彷彿隨著領港小船揚帆而來的一艘商船。福爾摩斯落落大方而又彬彬有禮地歡迎了她，並隨手推上門，微微鞠躬，請她在扶手椅上坐下，片刻之間，就用他特有的那種看似心不在焉的神態把她打量了一番。

然後他開口說道：「你既然近視，還要打那麼多字，不覺得有點費勁嗎？」

女客回答道：「開始確實有點費勁，但是現在不用看就能知道字母的位置了。」突然，她體會到他這問話的意義，十分震驚地抬起頭來仰視著，寬而平和的臉上露出又驚又怕的神色。她叫道：「福爾摩斯先生，您聽說過我嗎？您怎麼會知道這件事呢？」

福爾摩斯笑著說：「別害怕，我的工作就是要知道一些事情。也許我已經把自己訓練得能夠瞭解到一些別人忽略的事情，不然你怎麼會來找我呢？」

「先生，我是從埃思里波太太那裡聽說了您才來找您的。當初，警察和大家都認爲她的丈夫已經死了，不用再去找，而您卻不費力地就找到了。哦，福爾摩斯先生，我盼望您也能幫幫我。我沒有多少錢，但是除了打字所得那一點點收入外，憑我自己繼承的財產，每年還有一百英鎊的額外收入。只要能打聽到霍斯默・安吉爾先生的消息，我願意全部拿出來。」

福爾摩斯問：「你爲什麼這樣急著離開家來找我呢？」他的手指尖頂著手指尖，眼睛望著天花板，彷彿漫不經心的問。

瑪麗・薩瑟蘭小姐有些悵然若失的臉上再次浮現出驚訝的神色。她說：「是的，我是突然決定出來的。因爲溫蒂班克先生——也就是我的父親——對此事漠不關心，令我非常氣憤。他不肯去報警，也不肯到您這兒來，最後他什麼都不做，只是不斷地說：『沒事、沒事』，這讓我很生氣，就自己跑來找您了。」

「你的父親，」福爾摩斯說，「一定是你的繼父，因爲不同姓。」

「不錯，是我的繼父。但我得叫他父親，儘管聽起來很可笑，他只比我大五歲零兩個月。」

「你母親還在嗎？」

「健在。福爾摩斯先生，我父親剛死不久，她就再婚了，而且那男人幾乎小了她十五歲，這使我很不高興。我父親在托特納姆法院路做管子生意，留下一個相當大的企業，現在由我母親和工頭哈迪先生繼續經營。可是，溫蒂班克先生一來就勸我母親把公司賣了，因爲他是葡萄酒的旅行推銷員，很擅長說服別人。他們把商譽也賣了，連同利息，一共得了四千七百英鎊。但如果我父親還活著，得到的錢會比這個多得多。」

我本以爲福爾摩斯會不喜歡聽這樣雜亂無章、沒頭沒腦的敘述，誰知道他竟聽得十分專注。他問：「你的額外收入是從這個企業裡得來的嗎？」

「啊，先生，不是。那是另外一筆收入，是在奧克蘭的奈德伯父留給我的。是紐西蘭股票，利率是四分五釐，股票金額是兩千五百英鎊，但是我只有使用利息的權利。」

福爾摩斯說：「我對你所說的很感興趣。既然你每年能得到一百英鎊那樣一筆鉅款，加上你工作賺的錢，你完全可以去旅行，過著舒適的生活。我相信，大約六十英鎊就能讓一位獨身的女士生活得很好了。」

「福爾摩斯先生，哪怕是比這個數目少得多，我也能過得很好。不過，您知道，只要我住在家裡，就不願意成爲他們的負擔，所以我們住在一起的時候，他們就用我的錢；當然，這不過是暫時的。溫蒂班克先生每季都會把我的利息提出來交給我母親，我覺得自己光打字賺的那點錢就可以維持生活了。每打一張賺兩便士，一天往往能打十五到二十張呢。」

福爾摩斯說：「你的情況我已經很清楚了。這位是我的朋友華生醫生，在他面前你可以跟在我面前一樣，不必拘束。請你把你與霍斯默．安吉爾先生的關係全部告訴我們吧。」

薩瑟蘭小姐的臉微微紅了，她緊張地用手撫弄著短外衣的鑲邊。她說：「我第一次遇見他是在煤氣裝修工的舞會上。我父親還活著的時候，他們總要送票給他；父親過世後，他們還記得我們，便把票送給我母親。溫蒂班克先生不喜歡我們參加舞會。他不喜歡我們到任何地方去，即使我想去教堂做禮拜，他也會很生氣。可是這次我下定決心一定要去。我就是要去，他有什麼權力阻止我？他說，我父親所有的朋友都會出席，我們不適合結識那些人。他還說，我沒有合適的衣服穿，但我那件紫色長毛絨的衣服，幾乎從來沒穿過呢。最後，他沒有別的辦法，他為了公司的事到法國去了。母親和我兩個人就隨同哈迪先生一起去。就是在那個舞會上，我遇到了霍斯默．安吉爾先生。」

福爾摩斯說：「我想，溫蒂班克先生從法國回來後，知道你去過舞會了，一定很惱火。」

「是啊，不過他表現得倒還不錯。他當時笑了笑，聳聳肩，說不讓女人做她喜歡做的事是沒有用的，她只要想，就一定會這麼做。」

「明白了。我想你是在煤氣裝修工舞會上遇見了一位叫霍斯默．安吉爾的先生。」

「是的，先生。那天晚上我遇見了他，第二天他來訪，看看我們是否平安到家。此後，我們又回訪過他。福爾摩斯先生，我指的是我們一起散過兩次步，但後來我父親又回來了，霍斯默．

安吉爾先生就不能再到我家來了。」

「不能嗎？」

「對啊，您知道我父親不喜歡那樣。只要有可能，他總是極力拒絕任何客人來訪，他總是說，女人家應該只和自己家人待在一起。不過我常對母親說，女人首先要有她自己的小社交圈，但我自己都沒有。」

「那麼，霍斯默．安吉爾先生又怎麼樣了呢？他沒有想辦法來看看你嗎？」

「我父親一星期後又回法國了，霍斯默來信說，我們最好不要在他走之前見面，這樣會更保險。在這期間我們可以通信，而且他總是每天都來信。我一早就把信收起來了，因爲沒有必要讓父親知道。」

「你這時和那位先生訂婚了沒有？」

「啊，訂了，福爾摩斯先生。我們第一次散步回來就訂了婚。霍斯默．安吉爾先生是萊登霍爾街一家辦公室的出納員，而且……」

「哪個辦公室？」

「福爾摩斯先生，這就是最大的問題，我不知道是哪家。」

「那麼，他住在哪裡呢？」

「就住在辦公室。」

「你竟然不知道他住在哪裡？」

「不知道，只知道是在萊登霍爾街。」

「那麼，你的信寄到哪裡呢？」

「寄到萊登霍爾街郵局，由本人去取。他說，如果寄到辦公室，其他辦事員都會嘲笑他和女人往來。我建議像他那樣用打字機來打信，但他又不肯；他說，看到我親筆寫的信，就像見到我本人一樣，而打的信總覺得中間隔著一部機器似的。福爾摩斯先生，這正好表明他喜歡我，哪怕是小事他也想得很周到。」

福爾摩斯說：「這最能說明問題了。長期以來，我一直認爲小事情很重要。你還記得霍斯默·安吉爾先生的其他細節嗎？」

「福爾摩斯先生，他人非常靦腆。他只跟我在晚上散步，不願在白天散步，因爲他說他非常不願意受人關注。他舉止文雅、態度悠閒，說話的聲音很柔和。他說，他小時候得過扁桃腺炎和頸腺腫大，從那以後嗓子一直不大好，所以說起話來才會含含糊糊、細聲細語的。他穿衣服很講究，總是十分整潔素雅，但是他的視力不好，這點和我一樣，所以要戴上淺色眼鏡來遮擋刺眼的亮光。」

「我知道了。你繼父溫蒂班克先生回到法國以後又怎樣呢？」

「霍斯默·安吉爾先生又來我家裡，提議要我們在父親回來前就結婚。他非常認眞，要我對聖著經發誓，不管發生什麼事，都要永遠忠於他。我母親說，他要我發誓是正確的，這正表明他的熱情。我母親從一開始就對他很有好感，甚至比我還喜歡他。就這樣，他們談論到要在一星期內舉行婚禮時，我提起了父親。但他們都說，不用擔心父親，只要在事後告訴他一聲就可以了。母親還說，她會跟父親商量好這件事。福爾摩斯先生，我不喜歡這樣做。說來未免可笑，他不過比我大幾歲，但我一定要得到他的允許，因爲我不想偷偷摸摸做任何事，所以我就寫信給父親，寄到公司駐法國辦事處的所在地波爾多；但就在我結婚那天早晨，信被退回來了。」

「你是說，他沒有收到這封信？」

「是的，先生。因爲這封信寄到時，他剛好已經動身回英國來了。」

「哈哈！眞不巧。你們安排在星期五舉行婚禮，是預定在教堂舉行嗎？」

「是的，先生，但是一點也沒有張揚。我們決定在皇家十字路口的聖救世主教堂舉行婚禮，婚禮後到聖潘克拉飯店共進早餐。霍斯默乘著一輛雙輪雙座馬車來家裡接我們。但是因爲我們有兩個人，他就讓我們兩個坐上這輛馬車；當時街上剛巧有另外一輛四輪馬車，他就自己坐在那一輛馬車上。我們先到教堂，四輪馬車跟著就到了。我們等著他下車，卻始終沒有見他走出車廂。馬車夫從座位上走過去找人，可是人卻失蹤、憑空消失了！車夫說他想不透人能到哪裡去，因爲他眼睜睜看著他坐進車廂的。福爾摩斯先生，那是上星期五的事，從那以後，我就再也沒有他的消息了。」

福爾摩斯說：「他那樣對待你，是極大的侮辱。」

「啊，不，不，先生。他對我很好，很體貼，不會就這樣離開我的。他一早就對我說，不管發生什麼事，我都要忠於他；哪怕有什麼預料不到的事情把我們分開，我也要永遠記住我對他已經有了誓約，他遲早有一天會要求我實踐諾言的。在結婚當天早晨說這樣的話似乎有點匪夷所思，但事後看來，那應該是有寓意的。」

「可以肯定這話很有深意。你本人也認爲他遇到了意外？」

「是的，先生。我相信他是預見了某些危險，不然他不會這麼說。我想他所預見的事發生了。」

「你沒有想過可能會發生什麼事嗎？」

「沒有。」

「還有一個問題，你母親怎麼看這件事？」

「她很生氣的說，永遠不要再提這件事了。」

「你父親呢？他知道了嗎？」

「知道，他似乎跟我有一樣的看法，認爲是出了什麼事，但是我想我會再得到霍斯默的消息的。照他的說法，把我帶到教堂門口就丟下，對任何人來說都沒有好處。如果是他欠我錢，或者我們結了婚，我已經把財產轉讓給他，也許還講得通，但霍斯默在金錢上一向是完全獨立的，對我的錢，哪怕只是一個先令也從來不屑一顧。既然如此，還會發生什麼事呢？爲什麼連信也沒有一封呢？唉，想起來眞要把我給逼瘋了。」她從皮袋子裡抽出一塊手帕，蒙著臉哭了起來。

福爾摩斯站起來說道：「我會爲你辦這件案子，我們會找到答案的，這一點毋庸置疑。現在，把擔子交給我吧，你就別再操心了。尤其重要的是，忘了霍斯默先生吧，就像他已經從你的生活中消失了一樣。」

「那我還會見到他嗎？」

「恐怕不會了。」

「他是出了什麼事呢？」

「這個問題就交給我吧。我想得到關於這個人的準確描述，還有你手上保留他的信件。」

她說：「上星期六我在《紀事報》上登過尋找他的廣告。就是這則廣告，而這裡是他寫給我的四封信。」

「謝謝。你的通信地址呢？」

「坎伯韋爾區，里昂街三十一號。」

「我知道你沒有安吉爾先生的地址；那麼，你父親的地址呢？」

「他是芬丘奇特的法國紅葡萄酒大進口商韋斯特豪斯．馬班克商行的旅行推銷員。」

「謝謝，你已經把情況說得很清楚了。請你把這些文件留下來，並且記住我給你的忠告。這件事情就到此爲止，不要再讓它影響你的生活了。」

「福爾摩斯先生，您眞是太好了，可是我一定要忠於霍斯默。他一回來我就要和他結婚。」

我們的客人，儘管戴著一頂可笑的帽子，還有些茫然若失，但是她那純樸、忠誠和高尚的情操，讓我們不由得肅然起敬。她把一小疊文件放在桌上就離開了，並答應我們一旦需要，她會馬上趕來。

福爾摩斯沉默了幾分鐘，他仍然用手指尖頂著手指尖，兩腿向前伸著，眼睛盯著天花板。然後，他從架子上取下那個用了很多年、滿是油膩的陶製菸斗，這菸斗對他而言如同一個顧問。把菸絲點燃後，他朝後靠在椅子上，看著濃濃的藍色煙霧嫋嫋上升，臉上現出沉思的神情。

他說：「那姑娘非常有趣。我覺得她本人比她的問題更有意思。其實，她的問題很平常，如果翻閱一下我的案例，在一八七七年安多弗索引裡就能找到同樣的例子，而且去年在海牙也發生過類似事件。那都是些老手法，不過其中有一兩個情節比較新鮮。但這位姑娘本人卻發人深省。」

我說：「你似乎能從她身上看出很多我沒有注意到的東西。」

「那是因爲你不知道該看哪裡，所以忽略了所有重要的東西。我從來沒有讓你認識到袖子的重要性，你也還沒學會從大拇指的指甲中解決問題，更不會在鞋帶上發現大問題。說說看，你從這姑娘的外表發現了什麼？講一下吧。」

「唔，她戴著一頂藍灰色的寬邊草帽，上面插著一根磚紅色的羽毛。她的短外衣是灰黑色的，上面縫著黑色珠子，邊上有小黑玉作裝飾。上衣是褐色的，比咖啡色深，領部和釦子上鑲著窄條的紫色長毛絨。手套是淺灰色的，右手的食指部分已經磨破了。她穿著什麼鞋我倒沒有注意。她稍微有點胖，戴著下垂的金耳環，總的看來相當有錢，神態很平和。」

福爾摩斯輕輕拍了拍手，抿嘴而笑。

「華生，不是我在誇你，你進步很多。你描述得很好，雖然忽略了所有重要的東西，但是已經掌握了方法。你的眼睛對顏色很敏感。老弟，你絕對不可以憑藉一般印象，你要集中精神觀察細節。我首先著眼的總是女人的袖子，但看一個男人，也許應該先觀察他褲子上膝蓋的部位。如你所見，這個女人的袖子上有長毛絨，這種材料很能說明問題。手腕再往上一點的兩條紋路是打字員接觸桌子的地方，看上去十分明顯。雖然手搖式的縫紉機也會留下類似痕跡，但那是在左臂上，並且是在離大拇指最遠的一邊，而不是像打字痕跡那樣正好橫過最寬的部分。她臉上鼻樑兩邊都有夾鼻眼鏡留下的凹痕，因此我斷定她近視，並且經常打字，這好像讓她很驚訝。」

「我也很驚訝。」

「但事實如此。我接著往下看，儘管她穿著兩隻靴子，但實際上並不是一對。一隻靴尖上有帶花紋的皮包頭，另一隻上卻沒有；其中一隻的五個釦子中只扣了下面兩個，另一隻則扣了第一、三、五個釦子。如果你看見一位年輕女子穿戴得很整潔，但出門時卻穿著不配對的靴子，靴上釦子還只扣上一半，那只能說明她離家時非常匆忙。這算不上是一個多了不起的判斷吧。」

「還有呢？」我問。他透徹的推理，總能引起我的強烈興趣。

「順便說一說，我猜她在出家門之前寫了一張字條，而且這張紙條是在穿戴好之後寫的。你觀察到她右手套的食指那個地方破了，但你顯然沒有注意到手套和食指都沾了藍色的墨水。因爲她寫得很匆忙，蘸墨水時筆插得太深了；而且事情一定發生在今天早上，不然墨水的印記不會還留在手指上。這些雖然簡單，但卻很有意思。現在我得回到正題上來，華生，爲我念一念那則尋人啓事好嗎？」

我把那則啓事湊到燈前，開始念道：「霍斯默．安吉爾先生於十四日清晨失蹤。身高五英尺七英寸，體格健壯，膚色淡黃，頭髮烏黑，稍稍禿頂，留有濃密漆黑的頰鬚和唇髭，戴著淺色墨鏡，講話低聲細語。其失蹤時身穿絲鑲邊黑色大禮服，黑色背心，哈里斯花呢灰褲，褐色綁腿，皮靴兩邊有鬆緊帶，背心上掛有一條亞伯特式金鏈。此人曾在萊登霍爾街的一家事務所任職。若有……」

「行了。」福爾摩斯說，「至於那些信件，」他看了我一眼，繼續說：「沒什麼用處。除了引用過一次巴爾札克的話以外，其餘沒有任何關係到霍斯默先生的線索。不過有一點值得注意，它會讓你大吃一驚。」

「他們都是用打字機打的。」我說。

「不僅如此，連簽名也是打出來的。你看這幾個字打得工工整整的：『霍斯默・安吉爾』。還有日期，但地址卻很含糊，除了『萊登霍爾街』外，再沒有其他。這個簽名說明了問題，事實上，可以說它具有決定性的意義。」

「關於哪方面的？」

「我的好夥伴，難道你還沒看出簽名與本案的重要關係嗎？」

「我不敢說我看出來了，我認爲他是想在一旦有人對他的毀約行爲提出告訴時，用以否認是自己的簽名。」

「不，這不是關鍵。不過，我要寫兩封信，或許能對解決問題有些幫助。一封給倫敦的一家商行，另一封給那姑娘的繼父溫蒂班克，問一下他明晚六點鐘是否有空，能否跟我們在這裡見面。我們不妨試著跟男親屬打打交道。好了，醫生，在還沒有收到這兩封信的回音之前，我們暫時是自由之身，可以先把這個小問題放在一邊。」

我有充分的理由相信他在行動中一向推理嚴密、精力過人，所以看到他在這樣一個毫無頭緒的謎案面前，依舊保持從容不迫，我想一定是有原因的；他只失敗過一次，就是波希米亞國王和艾琳·艾德勒照片的那個案子。但是一想到「四簽名」以及「血字的研究」那種怪事，我就覺得如果有連他都解決不了的案子，恐怕這世上也沒有幾個人能夠偵破了。

我離開時，他還在抽那黑色的陶製菸斗，一副若有所思的樣子。我相信明晚再來時他就會告訴我，他已掌握了所有最終能確認瑪麗·薩瑟蘭小姐失蹤的未婚夫到底是何許人的相關線索。

那天，我遇到一個病情嚴重的患者，忙得不可開交。第二天又在病床邊忙碌了整整一天，將近傍晚六點鐘時我才有空暇，便趕緊跳上一輛雙輪小馬車直駛貝克街。我有些擔心去晚了就無法爲了結此案助一臂之力。我見到福爾摩斯時，他正一個人待在家裡，瘦長的身子蜷縮在深陷下去的扶手椅中，處於半睡半醒之間。一排排令人望而生畏的燒瓶和試管散發出新鮮而刺鼻的鹽酸氣味，說明他又做了一天的化學實驗。他酷愛化學試驗，常整日埋首其中。

「喂，解決了嗎？」我邊問邊走進屋裡。

「解決了，是硫酸氫鋇。」

「不，不，我說的是那個案子！」我叫道。

「呵，那個！我以爲你指的是我一直在做實驗的這種鹽。雖然我昨天說過，這案子毫無神秘之處，但有些細節還是值得推敲的。唯一讓我缺憾的是，我擔心沒有一條法律可以制裁那個惡棍。」

「那個人究竟是誰？他爲什麼要拋棄薩瑟蘭小姐呢？」

我的話音剛落地，福爾摩斯還沒來得及回答，我們就聽到樓梯間響起一陣沉重的腳步聲，然後有人嗒嗒嗒的敲門。

「一定是那姑娘的繼父詹姆斯·溫蒂班克。」福爾摩斯很有把握地說道，「他寫信給我說，他會在六點來。請進吧！」一個三十來歲的男人走了進來。他身體結實，中等身材，鬍鬚刮得很乾淨。他的膚色淡黃，神色間有些殷勤巴結、曲意奉承的樣子。但他長了一雙銳利逼人的灰色眼睛，彷彿能看到人的心裡去。他探詢地掃了我們倆一眼，把那頂有光澤的圓式帽子擱在邊架上，微微鞠了個躬，側身坐在就近的椅子上。

「晚上好，詹姆斯·溫蒂班克先生，」福爾摩斯說，「我想這封打字的信是出自你的手吧，你在信中和我們約定六點鐘見面，是嗎？」

「是的，先生。恐怕我有些遲到了，不過我身是不由己啊。很抱歉讓薩瑟蘭小姐拿這種小事情來麻煩你們。我覺得家醜還是不要外揚的好，她來找你們，是沒有經過我同意的。你們也看到了，她是個有些任性和衝動的女孩子，一旦決定要幹什麼就一定要這麼做。當然，我不介意你們知道這件事，因爲你們與警察沒有關係；不過讓這種家庭醜事張揚到社會上去畢竟不是什麼令人愉快的事。而且，我想你們對這件事恐怕也是愛莫能助，因爲你能到哪裡找霍斯默・安吉爾這個人呢？」

「恰恰相反。」福爾摩斯耐心地聽他叨絮完，很平靜地說，「我十分有把握能找到霍斯默・安吉爾。」

溫蒂班克聽了身子猛地震了一下，手套也掉到地上，他說：「聽到你這麼有把握，我眞是太高興了。」

「不過，這世上有些事眞的很玄妙。」福爾摩斯說，「打字竟也能像一般手寫書信一樣表現出一個人的個性。除非打字機是新的，否則兩台打字機打出來的字不會是一模一樣的。有的字母比別的字母磨損得更厲害些，有的字母則只磨損了一邊。溫蒂班克先生，請看看你自己打的這封短信，字母『e』總是有點模糊不清，字母『r』的尾巴總有點兒缺損。此外，還有其他十四個更加明顯的特徵。」

「我們的來往信函都是使用事務所裡的打字機打的，當然會有點兒磨損了。」我們的客人說著，小眼睛閃閃地迅速瞥了一下福爾摩斯。

「溫蒂班克先生，現在我要讓你看看什麼是眞正有趣的研究。」福爾摩斯自顧自地說，「我想在這幾天再寫一篇短的專論來闡述打字機以及打字機與犯罪的關係。這是我最新研究的一個題目。我手邊有四封來自那個失蹤男人的信，全是打出來的。不僅每封信當中字母『e』都是模糊的，字母『r』都是缺尾巴的，而且如果你願意用我的放大鏡看一看，那麼我提到的其餘十四個特徵也很明顯。」福爾摩斯頗有深意地望了客人一眼。

溫蒂班克從椅子上跳了起來，撿起帽子，氣呼呼地說：「福爾摩斯先生，我不想把時間浪費在聽這類無稽之談上。假如你能捉到那個人，就去捉好了，捉到他時，麻煩你告訴我一聲。」

福爾摩斯搶步上前，把門鎖鎖上，望著他說：「那麼我就告訴你，我現在已經捉到他了。」

「什麼，他在哪兒？」溫蒂班克喊道，嚇得

連嘴唇都發白了，小眼睛緊張地眨巴著，像掉進了捕鼠籠裡的老鼠那樣望著福爾摩斯。

「哎呀，你別嚷，嚷嚷一點用處也沒有。」福爾摩斯溫和地說，「溫蒂班克先生，這根本不可能賴掉的，事情再清楚不過了。你說我解決不了如此簡單的問題，實在是太低估我了。問題確實很簡單！請坐，我們來談談吧。」

溫蒂班克整個人癱坐在椅子上，臉色蒼白，額上汗水涔涔，結結巴巴地說：「這還不到提出訴訟的程度吧。」

「確實，還沒辦法提出訴訟。但是，溫蒂班克先生，就你我二人來說，這實在是我所見過最自私、殘酷、喪心病狂不過的把戲了。現在我先把事情從頭到尾說一遍，你可以反駁。」

那個人坐在椅子中縮成一團，腦袋垂到胸前，一副徹底被打垮了的模樣。福爾摩斯把腳擱在壁爐台的壁角上，手插進口袋裡，向後仰著身子，自言自語似地開始說起來。

「那個男人是爲了貪圖金錢才跟一個年齡比他大許多的女人結婚的。」他說道，「只要女兒願意跟他們一起生活，他就可以享用她的錢。就他們所處的地位來說，這筆錢財還是相當可觀的，失掉這筆錢，他們的生活將大不相同，所以得拚命保住這筆錢。女兒心地善良，個性溫柔多情，顯而易見，以她這樣的品貌和收入遲早會嫁人的。但如果她嫁了人，就意味著他每年會損失一百英鎊的收入，那麼她的繼父該怎樣防止這樁親事發生呢？他顯然想把她關在家中，禁止她和同年紀的朋友交往。不久，他發現這樣做並非長久之計，因爲她不那麼聽話了，堅持自己的權利，最後竟然聲稱一定要參加舞會。那麼，她那個詭計多端的繼父該怎麼辦呢？他想出了一條毒計。在妻子的默許和協助之下，他僞裝起自己，戴上墨鏡以遮掩銳利的眼睛，在臉上貼上假鬍和毛蓬蓬的假落腮鬍子，裝出柔聲媚氣的耳語；由於女兒近視，他的僞裝就更加萬無一失了。他以霍斯默．安吉爾先生的名義出現。向女兒求愛，以免她嫁給別人。」

「我當初不過是想跟她開玩笑，」客人哼哼唧唧地說，「我們根本沒有料到她會那麼癡情。」

「這絕對不是開玩笑。不過，那位年輕姑娘確實是被感情沖昏了頭，一心以爲她的繼父在法國，從來不懷疑自己是上了大當。她因受到殷勤奉承而高興，而她母親的讚揚更加使她高興。於是安吉爾先生開始來訪，因爲一旦奏效，戲就要繼續演下去。會過幾次面，訂了婚，這就保證了姑娘不會再嫁給別人。但是騙局不可能永遠繼續下去，總裝著去法國出差也著實麻煩，所以就乾脆把事情來一個戲劇性收場，以便在年輕姑娘心上留下永不磨滅的印象，這樣就可以防止她有朝一日可能會看上其他向她求婚的男子。於是就出現了手按聖經發誓白頭偕老，舉行婚禮那天的早晨暗示可能發生某種事情的言語。他們希望薩瑟蘭小姐能對霍斯默．安吉爾先生忠貞不渝，但又無法完全肯定他的生死。總之，只要能讓她在往後十年內不愛上其他男人的話，就大功告成了。霍斯默陪她到教堂門口，就不能再往前走了，他耍起老花招，從四輪馬車的這扇門鑽進去，又從那扇門鑽出來，悠哉遊哉地逃掉了。這就是整個事情的經過，溫蒂班克先生！」

在福爾摩斯講述的時候，我們的客人恢復了一點點自信，他從椅子上站了起來，蒼白的臉帶著點譏誚的神態。

「也許是眞，也許是假，福爾摩斯先生，」溫蒂班克說道，「你眞是聰明過人啊，不過你應該再聰明一點才好，這樣你就會看到犯法的是你，而不是我。我始終沒有幹下什麼足以構成訴訟的事，但是就你鎖門一件事，我就可以告你『人身攻擊』和『非法拘留』。」

「就算像你說的，法律無法懲罰你，」福爾摩斯說著打開鎖，推開門，「可是你絕對應該受到懲罰。假如這姑娘有兄弟或者朋友的話，他們應當用鞭子狠很地抽你的脊梁！好好揍你一頓才是！」那男人臉上露出刻薄的冷笑，福爾摩斯氣得臉都漲紅了，他接著說：「這本不是我的分內事，但是我手邊正好有條獵鞭，我想我還是替那姑娘好好地抽……」他跑去取鞭子，但是鞭子還沒拿到手，樓梯就響起了一陣沒命似地乒乒乓乓的腳步聲，大廳門沉重的碰的一聲，透過窗子，我們看見詹姆斯·溫蒂班克在馬路上沒命地奔跑。

「這人眞是個冷酷無情的惡棍！」福爾摩斯邊說邊笑，又一屁股坐進他的扶手椅裡，「那傢伙多次犯罪，總有一天他會因罪大惡極被送去砍頭。從幾個方面來看，這個案件還不是完全索然無味。」

「我現在還不能瞭解你全部的推理過程。」我說。

「唔，顯然第一步應該想到，」福爾摩斯說，「這個霍斯默・安吉爾先生的奇怪行爲必然有所企圖；同樣清楚的是，唯一能從這事件中眞正得到好處的人只有這個繼父。然後請看這個事實：這兩個男人從來沒有一起出現過，而且總是當一個人不在時另一個人才出現，這很有意思。墨鏡、怪異的聲音、毛蓬蓬的落腮鬍都表明了有著僞裝。他把簽名打出來，由此可以推想應該是因爲怕她熟悉他的筆跡，哪怕只看到一點細微的相似也能認出是他寫的。這個作法更加深了我的懷疑。你看，把所有這些孤立的事實和許多細節湊在一起，都表明了一個事實。」

「你怎樣證實它們呢？」

「一旦認出了犯人，想證實罪行就很容易了。我知道這個人工作的商行。一接到那份印刷出來的尋人啓事，就從啓事描述的外貌特徵中剃掉了可能是僞裝的部分——落腮鬍子啦、墨鏡啦、聲音啦——然後把尋人啓事寄給商行，請他們告訴我商行裡是否有人符合去掉了僞裝部分的外貌特徵。我已注意到打字機的特點，所以寫信給他本人，請他來這裡一趟。如我所料，他仍用打字機回信，從回信中可以看出打字機的種種同樣細微但極有特徵的毛病。同一個郵局爲我送來了一封芬丘奇街韋斯特豪斯・馬班克商行的信，信中說，外貌描述極像他們的雇員詹姆斯・溫蒂班克。這就是全部的過程。」

「那可憐的薩瑟蘭小姐呢？」

「即使我把眞相告訴她，她也絕不會相信的。你還記得一句波斯諺語嗎？『打消女人心中的癡想，就像從虎爪下搶奪幼虎一樣危險。』哈菲茲的道理跟賀拉斯一樣豐富，哈菲茲的人情世故也像賀拉斯一樣深刻。」

第四篇　波思克姆比溪谷秘案

一天清晨，我和妻子正在吃早飯，女僕送來了一張電報。電報是福爾摩斯發的，裡面寫著：

> 不知你這幾天有沒有空？我剛剛得到英國西部關於波思克姆比溪谷慘案一事的來電。你的到來將會使我欣喜萬分。這個地方有著非常優美的景色和新鮮的空氣。
> 希望你可以在十一時十五分從帕丁頓出發。

「親愛的，你覺得如何？」餐桌另一邊的妻子看了看我說，「你想去嗎？」

「我也不知道該怎麼說才好。我現在有很多事要做。」

「噢，安斯特魯瑟會接替你的工作的。最近你的臉色總是有點蒼白。我想，換個環境對你也許會有好處；再說，對於福爾摩斯所參與的案件你不是一直都很有興趣嗎？」

「在辦案的過程中，我確實也學到了不少東西，就因爲這樣，如果他需要我幫助而我不過去的確是對不起他。」我回答道，「不過，如果要去那裡，我現在就要開始收拾行李了，因爲半個小時後就得出發。」

我曾經在阿富汗參戰，在那裡學會了如何快速地行動、做出反應，以及隨時起身就走。必須攜帶的生活用品並不是很多，因此半個小時後我就坐在計程車上，帶著我的行李箱，車聲轔轔地向帕丁頓車站前進。福爾摩斯在站台上徘徊著。他身上穿著一件長長的灰色旅行斗篷，頭上戴了一頂緊緊箍著頭的便帽，這樣的裝束更加顯現了他身材的瘦長。

「華生，你能來眞是太好了。」他說道，「現在有一個可靠的人在我身邊，情況就很不一樣了。當地有關方面的協助有時候毫無用處，甚至還帶有先入爲主的偏見。你去占著那個角落的兩個空位，我去買車票。」

在車廂裡，陪伴我和福爾摩斯一起乘車的是他帶來的那些亂七八糟的報紙。他先翻閱著這些報紙，看完後就在紙上記錄著什麼，有時又非常安靜地思考著，在我們的列車經過雷丁之前他一直都是這樣。之後，他又突然把這些報紙全都捲起來扔到行李架上。

「對於這個案件，你聽說過什麼嗎？」他問道。

「沒有，我已經很長一段時間不看報紙了。」

「倫敦報紙裡的描述都差不多，我一直希望能從最近的報紙上找到一點有用的資訊。根據我的推測，這個案件應該是看上去很簡單，但實際要去偵破卻很困難。」

「你這話怎麼說得自相矛盾呢？」

「但這話涵義深刻。不正常的現象總是可以提供一些線索給我們。不過，有些案件看上去相當平常，沒有什麼異樣，可是我們連是不是犯罪都難以斷定。然而，對於這個案件，他們卻已經認定是一宗兒子殺害父親的案件了。」

「你是說，那是個謀殺案？」

「唔，這也只是他們的猜想。我只有在親自調查了這個案件後才會做出判斷。我現在就把到目前爲止我瞭解的情況向你大概地說一下。

「波思克姆比溪谷位於赫里福德郡，是一個鄉村，但是距離羅斯不遠。約翰·特納先生擁有那個地區最大的農場。他在澳洲賺了一大筆錢，回來後投資了農場。他把自己農場裡的一塊叫作哈瑟里的農地租給了同樣在澳洲奮鬥過的查理斯·麥凱西先生。兩個人就是在那個殖民地上認識的。因此，很自然地，他們定居時選擇了距離彼此很近的地方。顯然，特納比較富有，所以麥凱西成了他的佃戶。不過看上去他們還是和以前一樣，很平等。

「麥凱西有一個十八歲的兒子，特納則有一個十八歲的女兒，這是他唯一的女兒。他們兩個人的妻子都已經去世了，多年以來一直不大與周圍的英國鄰居來往。麥凱西父子兩人很喜歡運動，所以人們經常在附近的賽馬場上看到他們父子倆的身影。麥凱西有一男一女兩個僕人。特納家族很大，大約有五、六口人。以上這些就是我儘可能搜集到的，有關於這兩個家庭的情況。現在我們再來談談案發情況。

「六月三日，也就是上個星期一下午三點鐘左右，麥凱西從他在哈瑟里的住所出發，步行到波思克姆比池塘。這個池塘其實是一個小湖，由從波思克姆比溪谷傾瀉而下的溪流滙集而成。他曾經在上午時和僕人一起到過羅斯，並且告訴僕人說，他要抓緊時間辦事，因為下午三點他還要跟一個很重要的人碰面，可是他去赴約後就再也沒有回來了。

「哈瑟里農場距離波思克姆比池塘約四分之一英里，在這路上有兩個人看見過他。其中一個是一位老太太，至於她的名字我沒有在報紙上找到，另一個是特納先生雇來看守獵場的，叫威廉·科勞德。在這兩個人的證詞中，都說麥凱西先生當時是一個人走過這段路的。那個看守獵場的人還說，他看見麥凱西先生走過去幾分鐘之後，麥凱西先生的兒子詹姆斯·麥凱西也跟了上去，他腋下還夾著一把獵槍。他可以肯定，當時走在前面的麥凱西先生一定在追隨其後的兒子的視野之內。直到晚上聽說了那件慘案，他才想起白天這件事。

「在獵場看守人威廉·科勞德目睹了麥凱西父子從那裡經過，後來又消失在他的視線之內以後，其他人也看到了他們父子兩人。波思克姆比池塘周圍的樹林很茂密，離池塘比較遠的周圍草叢也很茂密。有一個十四歲的女孩子——波思克姆比溪谷莊園看門人的女兒佩欣斯・莫蘭，她當時就在附近的一片叢林裡採摘鮮花。她說她當時看到麥凱西先生和他的兒子在樹林邊靠近池塘的地方，那時他們父子兩人好像在爭吵著什麼，她聽見老麥凱西先生大罵他的兒子，甚至看到那個兒子舉起雙手，好像要打自己父親似的。他們的暴力行為把這個小姑娘給嚇跑了，到家之後她告訴了母親自己看到的情形。她離開樹林時，麥凱西父子倆還在波思克姆比池塘附近爭執著，她怕他們會眞的動起手來。

「她的話還沒有說完，小麥凱西就跑來說他看到父親死在樹林裡，請求看門人的幫助。他當時看起來很激動，連帽子和槍都沒有帶，在他的袖子和衣服上可以看到斑斑血跡。他把他們帶到池塘邊，發現了池塘邊草地上的屍體。死者的頭部由於受到某種又重又鈍的武器襲擊而凹陷下去。從傷口來判斷，他兒子用自己的槍托打死父親的可能性很大，那支槍就扔在離池塘不遠的草地上。所以警察隨即逮捕了這個小兒子，並在星期二宣布他涉嫌謀殺，星期三將提交

羅斯地方法官審判，羅斯地方法官現在已把這個案件提交巡迴審判法庭去審理。以上這些是驗屍官和違警罪法庭處理這件案件後的陳述。」

我馬上接道：「我簡直無法想像還有比這更惡毒的事了。如果有案子靠現場證據就足以判斷的話，這件案子就是屬於此類。」

福爾摩斯一邊在思考著什麼一邊回答，「以現場作爲證據很靠不住。表面上看，它似乎是揭穿了某件案子的全部眞相，不過，只要你稍微改變一下觀點，就會發現這些現場同樣可以作爲相反情況的證明，而且同樣是明確的。不過，可以肯定的是，現在的證據對這個年輕人很不利，他是殺人犯這種可能性是存在的。可是周圍確實有些人相信他是無辜的，其中包括農場主人的女兒特納小姐，她還委託了雷思垂德來接手這件案子，爲小麥凱西的清白辯護——你或許還記得雷思垂德，就是與『血字的研究』案件有關的那個人——但是，雷思垂德覺得這個案子實在不好處理，於是又找上了我。正因爲這樣，兩個中年紳士放棄了在家吃飽飯後舒舒服服的休息，而以每小時五十公里的速度迅速地趕往案發現場。」

我說：「我覺得事實太明顯了，如果你要處理這件案子可能得不到多大突破。」

他笑著回答說：「明顯的事實是最容易迷惑人的，不過也許我們可以很幸運地找到另外一些很明顯的事實，儘管這些事實在雷思垂德看來也許是不明顯的。對於雷思垂德的說法，我們可以找到根據證明它，或者徹底推翻它，而且使用的方法將是他根本想像不到的，甚至是理解不了的。你很瞭解我，不會覺得我是在自我吹噓吧？隨便舉個例子，我很清楚地看到了，你們家的窗戶在右邊，但對雷思垂德先生來說，這樣的事實恐怕卻不明顯。」

「這你是怎麼知道的？」

「我親愛的朋友，我太瞭解你了，我知道你保持著軍人所特有的整潔習慣。你的鬍子必定是每天早上刮的，而這樣的季節，陽光可以作爲很好的光源。在你刮左邊的時候，越靠近下面的部分就越不乾淨，這樣一直延續到下巴時，就刮得更不乾淨了。很明顯，左邊的光線沒有右邊的光線好。你是一個很愛整潔的人，我很難想像，要是兩邊的光線一樣，你怎麼會把鬍子刮成這樣呢？我提到這個細節是用來作爲我進行推理和判斷的例證。這個是我所擅長的，或許對於我們現在正在進行的調查會有所幫助。所以，對於在傳訊過程中所提出的幾個不是很重要的問題，很值得我們懷疑。」

「什麼問題？」

「看來他們並不是在案發現場逮捕他的，而是在哈瑟里農場。當巡官告訴他說他被逮捕的時候，他說對此他並不感到奇怪，這是他罪有應得。他這麼說，很自然地就消除了驗屍陪審團心中僅存的一點點懷疑。」

我忍不住喊了出來：「那是他自己認罪了啊！」

「不過在那之後，有些人認爲他是無辜的。」

「在這一連串的證據之下，那看法非常不可信。」

福爾摩斯說：「不，那是在目前的情況下，在黑暗之中我們可以看到最明亮的一道線索。就算他再無知，也不可能沒發現擺在他面前的不利形勢。假設在被逮捕的時候，他故意表現出很吃驚或者是很生氣的樣子，我反而會覺得很值得懷疑；因爲在這樣的情況下，驚訝和生氣極不自然，而這正好可以作爲一個詭計多端的人用來迷惑別人的手段。對於當時的情況，他很坦然地承認了，這說明了要不他是無辜的，要不他就是格外鎮靜。而他說這些都是他罪有應得這樣的話，只要換個角度想，你會覺得那也很自然——他當時正站在自己生身父親屍體的旁邊，而且恰恰就是在這一天，他曾和父親爭吵過；根據那個提供了重要證據的小女孩說法，他甚至曾經舉起手來作勢要打自己的父親。所以，從他所說的話裡，我們可以看出一個正常的兒子該有的自責與懺悔，而不是一個罪犯的樣子。」

我搖了搖頭，「可是有很多被判處死刑的人，被判刑的時候能證明他們犯罪的證據比這個案子少之又少。」

「不錯，很多人就是這樣被送上絞刑架的，但他們很可能是冤死。」

「那個年輕人自己怎麼說？」

「對於支持他的那些人，他交代的情況也不樂觀，但還是能給我們一點兒啓發的。你自己可以找到，看看吧。」

在一大捆報紙裡，他找出了一張赫里福德郡當地的報紙，將一頁翻過來折起，指了指那個不幸的青年交代的一大段話。我穩穩地坐在車廂的角落裡仔細地讀著這些東西。他是這麼交代的：

死者唯一的兒子詹姆斯・麥凱西先生在法庭上做出這樣的證詞：

「我在布里斯托待了三天，上個星期一（三號）回到了家裡。父親當時不在家，女傭人告訴我，他和馬車夫約翰・科布驅車到羅斯去了。到家後不久，我聽見他乘著馬車回來了，當我向窗外看時，發現下車之後他很快就往外走，當時我並不知道他要去哪裡。於是我拿著槍慢慢地向波思克姆比池塘那個方向走去，打算到池塘那一邊的養兔場看看。獵場看守人威廉・科勞德在證詞裡說他有看到我，事實上我也有看到他，不過他卻錯誤地認為我是在跟蹤我父親，其實我根本不知道父親在前面。在距離池塘有一百碼的地方，我聽到了「庫伊！」的喊聲，這是我父親叫我的時候所用的信號。所以我迅速地向前跑去，在池塘旁邊發現了他。見到我之後他好像很驚訝，還粗聲粗氣地問我為什麼會在那個地方。於是我們談了一會兒話，後來爭吵了起來，我還差點動了手，因為我父親的脾氣很不好。我看到他的火氣慢慢快要控制不住了，就趕快離開他，轉身返回哈瑟里農場。不過當我離開還不到一百五十碼的時候，一個很可怕的聲音從身後傳來，於是我又跑了回去。我看到我父親躺在地上，頭上受了很重的傷，已經奄奄一息了。我扔下槍抱起他，可是幾乎就在那一瞬間他斷了氣。我在他身邊跪了幾分鐘，之後就去求特納先生的看門人幫助我，因為當時我所在位置離他家最近。當我回到我父親那裡時，周圍沒有任何人，我根本就不知道是誰殺了他。他的人際關係並不是很好，因為他待人冷漠，讓人敬畏；不過據我所知，還沒有誰會想殺他。這些就是我所知道的全部。」

驗屍官：「你父親去世之前有沒有跟你說什麼？」

證人：「當時他的聲音很含糊，不過我聽到他提到一個好像是『拉特』的名字。」

驗屍官：「你覺得他想說什麼？」

證人：「我不知道，我覺得他當時已經神智不清了。」

驗屍官：「當天你為什麼和你父親發生爭吵？」

證人：「我拒絕回答這個問題。」

驗屍官：「你必須回答這個問題。」

證人：「我真的不能告訴你。但我可以保證，這和謀殺案絕對沒有關係。」

驗屍官：「有沒有關係要法庭說了算。不用我說你也應該明白，你不回答問題，將來在法庭上會對你很不利。」

證人：「不過我還是堅持拒絕回答這個問題。」

驗屍官：「根據我所知道的情況，『庫伊』這種叫法是你和你父親之間經常使用的一種稱呼。」

證人：「沒錯。」

驗屍官：「那麼，在他沒有看到你，甚至不知道你已從布里斯托回來的情況下，他怎麼會使用這個信號叫你呢？」

證人（神情非常慌亂）：「這我不清楚。」

一個陪審員：「當你聽到了喊聲，並且看到你的父親被人重傷時，沒有在現場發現任何可疑的東西嗎？」

證人：「沒有什麼具體的東西可疑。」

驗屍官：「什麼意思？」

證人：「當時我迅速地跑到池塘邊的空地上，心裡很亂、很緊張，我腦子裡想到的都是我父親。但我有一個模糊的印象：當時我往前跑，在我左邊地上好像有一個灰色的東西，看樣子像是大衣之類的，也可能是件方格呢的披風。當我從我父親身邊站起來之後想回去找那件衣服時，已經不見了。」

「你的意思是在你回去之前這衣服就不見了？」

「沒錯，已經找不到了。」

「你不能肯定那到底是什麼嗎？」

「不能，我只知道那裡肯定有某種東西。」

「那東西距離屍體多遠？」

「大約十幾碼遠。」

「距離樹林的邊緣地帶嗎？」

「幾乎和屍體是一樣的距離。」

「也就是說，即使有人拿走了它，也是在你離開它只有十幾碼的時候。」

「是的，它被拿走的時候我應該是背對著它。」

以上就是對嫌疑犯審訊的全部過程。

看著這個專欄，我說道：「我覺得對那個年輕人來說，驗屍官那句話很嚴厲。那是他在提醒提供證詞的人注意證詞中出現了互相矛盾的地方，也就是他父親在還沒有看見他時，不可能發出只屬於他們父子之間的信號；他還希望證人注意，他拒絕回答他和父親吵架的原因，以及他父親在臨死之前所說的那些奇怪的話。他在暗示，這些對死者的兒子來說都非常不利。」

福爾摩斯暗暗地想笑。他伸長自己的腿，近乎躺著靠在軟墊靠椅上，說：「你和驗屍官一樣，都想打破那些看上去很牢不可破的關鍵，以造成對這個年輕人的不利狀況。但你還不清楚嗎？你一會兒說這個年輕人的想像力太豐富了，一會兒又說他實在沒有什麼想像力，這是什麼意思？你覺得他缺乏想像力，因爲他沒有編造出合適的謊言來解釋他和父親吵架的原因，並且可以藉此使陪審團同情他；你覺得他的想像力太豐富了，因爲從他的內在感官發出了所謂死者臨終前提及的『拉特』怪叫聲，以及轉眼間就消失了的衣服。事情並不是這樣的，華生，現在我要先假設這個年輕人說的都是事實，並以此爲基點來調查這件案子，我們看看順著這樣的假設可以得出什麼樣的結論。這是我的彼特拉克詩集袖珍本，你拿去讀一讀吧。在到達案件現場之前，我不想再談論這個案子了。我們在斯文登吃午飯。看來二十分鐘之內我們就可以到達目的地了。」

我們穿過風景秀麗的斯特勞德溪谷，跨越了河面寬廣、波光粼粼的塞文河後，終於到達羅斯這個美麗的小村子。一個男人正站在月台上等著我們，他身形瘦長，看上去好像是一個偵探，神情很詭異。雖然他模仿周圍村民穿了淺棕色的風衣，綁了皮裹腿，可是我還是立即就認出他是蘇格蘭警場的雷思垂德。我們一起坐車到赫里福德阿姆斯旅館，他已經在那裡幫我們訂好房間。

我們坐下來喝茶的時候，雷思垂德說：「馬車我已經雇好了。我知道你的脾氣，一定想立刻到案發現場去。」

福爾摩斯回答說：「你說得太客氣了，我要不要去完全取決於溫度計呢。」

聽到他這麼說，雷思垂德感到很詫異。他說：「我不知道你說這話是什麼意思。」

「溫度計上顯示多少度？我感覺是二十九度，沒有風也沒有雲。我這裡有一整盒香菸要抽呢，而且這裡的沙發和一般農村裡的旅館設備比起來可要好多了。我想今晚馬車是用不上了。」

雷思垂德笑了起來。他說：「很顯然地，你已經根據報紙上的報導對這整件案子有了自己的結論。這案件已經很清楚了，而且隨著對這案子越深入你會益發清楚。當然，對於這麼一位女士的要求，我們是不能拒絕的。你的名聲很響亮，她也聽說了你，儘管我不停地跟她說，只要是我解決不了的問題，你也解決不了的。哦，天哪，她的馬車已經在門前了。」

他的話音剛落，一位女士走進了我們的房間，那是我見過最美麗的女士了！她的眼睛是藍色的，而且炯炯有神。她張著嘴，面頰微紅，看上去很緊張、很憂鬱，以至於把她天生的矜持也拋到九霄雲外去了。

她朝我們兩個喊了一聲：「噢，夏洛克．福爾摩斯先生。」同時來回地打量著我們，最後憑著女人天生的直覺把目光停在我同伴身上，「我很高興你能來，我趕過來是要向你說明，我知道詹姆斯並沒有殺死他的父親。我希望在開始調查時

你就知道這一點，而且千萬不要懷疑。我從小就認識他，對於他的缺點我最清楚了；他這個人心腸很軟，甚至不敢去傷害一隻蒼蠅。只要是瞭解他的人都會認為這種指控簡直太荒謬了。」

福爾摩斯說：「我也希望可以洗刷他的罪名。請相信，我一定會盡力的。」

「證詞你已經看過了，對於這案子你已經有結論了吧？你應該看到其中有漏洞，難道你還不相信他無罪嗎？」

「是的，我覺得他很有可能無罪。」

她把頭向後一仰，輕蔑地看著雷思垂德，大聲地說：「好了，你聽見了，他給了我解決這件事的希望。」

雷思垂德的肩膀垂了下去。他說：「我想，這個結論下得未免也太快了吧。」

「不過他的結論是正確的。哦，我知道詹姆斯絕對不會這麼做的，而他隱瞞他和他父親爭吵的原因，是為了避免把我牽扯進去，因為他們爭吵的原因涉及到我。」

福爾摩斯問道：「你怎麼會被牽扯進去呢？」

「如果我再隱瞞，時間就來不及了。詹姆斯和他父親對我的態度迥然不同。麥凱西先生急切地盼望我們結婚，但我和詹姆斯從小就親如兄妹。當然了，他年紀還不夠大，缺乏生活經驗，而且……而且……唔，他當然不希望馬上結婚。因此他們吵了起來，我敢肯定這一定是他們爭吵的一個原因。」

福爾摩斯問道：「那你父親的態度呢？他同意婚事嗎？」

「不，他不贊成。其實企盼著這樁婚姻的只有麥凱西先生一個人。」

當福爾摩斯十分懷疑地注視著這位女士時，她年輕的臉上這時突然出現了緋紅。

他說：「謝謝你告訴我這些事。要是明天我有機會光臨貴府，不知道能不能見到令尊呢？」

「我擔心醫生不會同意你去見他的。」

「這和醫生有什麼關係？」

「難道你不知道嗎？我那命苦的父親多年來身體一直不大好，而這件事幾乎使他完全垮掉。他現在必須臥床休息，威羅醫生告訴我說，他的身體已極度損傷，神經非常脆弱。麥凱西先生在世的時候，在維多利亞，他是我父親唯一認識的人。」

「哈！在維多利亞！這點很重要。」

「不錯，在維多利亞的礦場。」

「那個礦場是一個金礦吧。據我所知，特納先生就是從那裡發跡的。」

「不錯，正是這樣。」

「非常感謝，特納小姐。你提供的資訊對我們很有幫助，而且這種幫助意義重大。」

「明天只要你得到什麼消息，請馬上告訴我。你肯定會去監牢探望詹姆斯的。噢，要是你去的話，福爾摩斯先生，請你一定要轉告他，說我相信他是無辜的。」

「我一定照辦，特納小姐。」

「現在我要回家了，因爲我父親病得不輕，而且我不在他身邊時，他總是放不下心。再見，乞求上帝祝福你們一切順利。」說完，她就離開了，就像來時一樣顯得非常匆忙。接著我們就聽到馬車在街上行駛時轔轔的車輪滾動聲。

雷思垂德有好幾分鐘都不說話，之後他嚴肅地說道：「福爾摩斯，我爲你的所作所爲感到羞愧。對於這種根本沒有希望解決的事，你卻要人家心存希望。不是我心腸太軟，但我覺得你這樣做實在是太殘忍了。」

福爾摩斯說：「我覺得我有能力證明詹姆斯．麥凱西是無辜的。你取得去監牢探望他的許可了嗎？」

「拿到了，但只能我們兩個人進去。」

「那我就要重新考慮一下什麼時候進去了。我們可以在今天晚上坐車到赫里福德去看他嗎？」

「這倒可以。」

「那我們就去吧。華生，你或許會覺得事情進展得不夠快，但是我這次出行只需要一兩個小時就回來了。」

我們一起走到火車站，在這個小城鎮的街道上閒逛了一陣子，最後又回到了投宿的地方。躺在沙發上，我拿起一本黃色封面的廉價通俗小說讀了起來，希望可以讀到一些有趣的東西，好用來打發無聊的時間。但那些小說中的情節實在是太簡單，跟我們正在調查的案件根本無法相比。所以，我的注意力一直不能完全集中在小說虛構的情節上，反而一再地回到現實的案件中來；最後我乾脆把那小說扔到遠處，聚精會神地思考著正在調查的案件。如果我們假設這個可憐的年輕人所說的都是眞的，那麼在他離開到聽到父親的尖叫聲而急忙趕回那裡之前，究竟發生了什麼完全超乎我們的想像、顯得異常古怪的事呢？那肯定是讓人聽了非常震驚的怪事，可是究竟是什麼事呢？難道作爲一個醫生，不能從死者的傷痕上看出一點提示嗎？

我按了鈴，要他們爲我送來縣裡出版的報紙。對於法庭上的審訊過程，週報上做了一字不漏的記錄。法醫的驗屍報告是這樣寫的：死者腦後的第三個左頂骨和枕骨的左半部破裂，是某種非常沉重的器械所致。我在自己的頭上比劃著那受傷的地方，很明顯地，這個非常猛烈的攻擊是來自死者的後方。從某種意義上來講，這對被告是有利的，因爲證人說他和他父親是面對面爭吵的。可是這也起不了多大的作用，因爲死者也有可能在轉身之後被

他從背後打死。無論怎樣，我覺得都有必要向福爾摩斯提出這一點。還有就是死者在死前喊出了「拉特」這個名字。這是想告訴那年輕人什麼呢？這不大可能是在神智不清時說出來的囈語。一般的情況下，被硬器突然攻擊致死，臨死前是不會胡言亂語的，絕對不會。這似乎又暗示我們死者的死因可能另有其他。不過，這又能告訴我們什麼呢？爲了找到有說服力的解釋，我動用了腦子裡的每一個細胞。還有就是小麥凱西看見的灰色衣服。假如這是眞的，那衣服一定是眞兇在逃跑的時候留下的，可能是他的大衣；但是他竟然有膽量在小麥凱西跪下來的一瞬間，而且是在他身後十幾尺之外的地方把衣服取走。這件案子的每個環節都是這麼複雜，簡直太不可思議了！我並不覺得雷思垂德的一些看法有什麼奇怪，不過我還是非常相信夏洛克·福爾摩斯的破案能力，所以，只要有新的事實可以證明小麥凱西的清白，那麼在我看來，希望還是存在的。

福爾摩斯很晚才回來。因爲雷思垂德住在城裡，所以他是一個人回來的。

他坐下來休息。「溫度計的水銀柱仍然很高，但願這雨在我們檢查完現場之後再下，這一點非常重要。另一方面，要做這種很細緻的工作，屆時必須精神百倍，而且還要思維敏捷。我覺得長途旅行之後做這種工作很不合適。我見到了小麥凱西。」

「從他那裡知道了些什麼？」

「什麼也沒有。」

「他一點線索都沒提供嗎？」

「一點都沒有。之前我一直這麼想：他可能知道眞正的兇手，卻在掩蓋事實的眞相。但是，我現在可以肯定地說，和其他所有人一樣，對於這件事，他也一無所知。這個年輕人不是很機靈，儘管從外表上看來他眞的很漂亮，但在內心深處他還是一個很老實本分的人。」

我說：「要是像特納小姐這麼有魅力的小姐，他都不願意娶，那我覺得他實在是太沒眼光了。」

「噢，這裡還有一個故事呢，一個很痛苦的故事。這個小夥子愛那姑娘簡直愛得都快瘋了。但是，大概在兩年前，那年輕人還只是一個少年時，他還不認識她。因爲她曾有五年不在家，到外地一所寄宿學校念書。這個傻瓜在布里斯托被一個酒吧裡的女人糾纏上了，並且還在婚姻登記處和那個女人登記了。你知道他有多傻了吧？對於這件事誰都不知道，但是你可以想像得到，在做出這件傻事之後他會多麼後悔，因爲對於本該做的事他沒有做，而那些他絕對不可以去做的事他反而去做了。他的行爲無疑是會受到責備的。他最後一次和父親交談的時候，他父親極力勸說他和特納小姐結婚，而他則因爲自己年少無知時做過的傻事而表現得很激烈。另外，由於他沒有能力養活自己，而他的父親又很刻薄，要是事情的眞相被他知道了，那麼那個年輕人一定會被他父親徹底拋棄的。那之前的三天，他是在布里斯托和他那個當酒吧女郎的妻子一起度過的。當時他父親根本就不知道他去了哪裡。請千萬注意這個，這是非常重要的一點。不過『禍兮，福之所依』，那個酒吧女郎知道年輕人現在身陷囹圄，案件的情況對他很不利，甚至有可能被處絞刑，所以就徹底拋棄了他。在寫給他的信中，她說，她原來是有夫之婦，那個人在百慕達碼頭工作，因此他們之間並不能說是眞正的夫妻關係。我覺得這個消息對於正在忍受折磨的年輕人來說很值得慶幸。」

「不過要是他眞的無罪，那麼誰才是眞正的兇手呢？」

「哦，眞正的兇手啊？有兩點我要特別提醒你注意。首先，被謀殺的這個人和某人約定了在池塘旁邊見面，但跟他有這樣約會的人不可能是他兒子，因爲當時他兒子人在外地，他甚至不知道他兒子回來的確切時間。第二，在被謀殺的人還不知道他的兒子已經回來的時候，有人聽見他大聲喊『庫伊』！這兩點將決定這個案件是不是能被順利解決。現在，如果你願意的話，我們來談一談關於喬治·梅瑞裘斯的事情吧，其他不是很重要的事我們明天再討論。」

福爾摩斯的預測很正確，第二天天氣晴朗，沒有雨，從一大早開始就晴空萬里。早上九點的時候，雷思垂德乘坐馬車來接我們，於是我們立刻動身到哈瑟里農場和波思克姆比池塘去。

雷思垂德說：「今天早上有個新聞非常重要。有人說莊園裡的特納先生病得非常嚴重，可能活不了多長時間了。」

福爾摩斯說：「他應該是個老頭了吧。」

「他啊，大概六十多歲吧，以前住在國外身體就不好，也不是一天半天的事了，現在發生這樣的事對他也產生了不好的影響。他是麥凱西的老朋友了，在這裡我要補充一下，他對麥凱西還有很大的恩情呢，因爲據我瞭解，他把哈瑟里農場租給麥凱西，甚至都不要租金。」

福爾摩斯說：「這倒怪有意思的。」

「噢，是的！他想盡各種辦法來幫助麥凱西，這一帶的人對於他對麥凱西的幫助和仁慈都讚不絕口。」

「眞的嗎？那麼看來這個麥凱西原來是一無所有的。他接受了特納那麼多恩惠，還要他的兒子和特納的女兒結婚；可以預見的是，這個女兒將是家族財產的繼承人，而他的態度又是這麼驕橫。這看上去像是深謀遠慮，事成之後所有的人都必須按照他說的去做。對這個你們不覺得很奇怪嗎？更何況根據特納的女兒所說，我們知道，特納本人是反對這門親事的，這一點不是更奇怪嗎？從這些事情中你能推斷出什麼來嗎？」

雷思垂德向我使了個眼色，說道：「我們已經用演繹法做過推斷了。福爾摩斯，我覺得不用說那些毫無根據的結論或者胡亂猜想了，光是去調查和核對一些重要的事實就夠我們忙的。」

福爾摩斯風趣地說：「你說的沒錯，你確實覺得核對事實很難辦。」

雷思垂德有點激動地回答說：「不管怎麼說，我已經掌握了一個重要的事實，而你卻很難掌握到這個事實。」

「這事實是……」

「那就是麥凱西死於小麥凱西之手，反對這個事實的一切說法都是錯誤的。」

福爾摩斯笑著說：「唔，比起迷霧來，月光（空談）是更加明亮的。左邊不就是哈瑟里農場嗎，你們看對吧？」

「沒錯，的確是。」

那是一所面積很大、有著愜意樣式的兩層石板瓦頂樓房，大片的灰色苔蘚爬滿了黃色的牆壁。不過窗簾低低地垂下，煙囪也是乾淨的，看上去很淒涼，好像這個案子的恐怖氣氛還籠罩其上，未曾離去。我們在門口叫人出來開門，按照福爾摩斯的要求，女僕讓我們檢查了死者在被害那天所穿的那雙靴子，還給我們看了一雙他兒子穿的靴子，儘管那雙靴子並不是事發當天他穿的。福爾摩斯仔細地觀察著靴子的七、八個地方，然後要求女僕帶我們去看了看院子；沿著院子裡一條曲折的小路，我們來到了波思克姆比池塘。

福爾摩斯認真地觀察和研究案情，神情判若兩人。要是你只熟悉貝克街那個不愛講話的思想家和邏輯學家，那麼在這種時候你是認不出他來的。他的臉色一會兒通紅，一會兒又陰沉得發黑。他的雙眉緊蹙，就

像是兩條很粗的線，眉毛下的眼睛則充滿著剛毅。他俯身看著，肩膀前傾，嘴巴緊閉，脖子細長的青筋突出，就像是一條鞭子。他的鼻孔張開，看上去簡直就像一頭準備捕獵的猛獸；他神情專注，對任何人提出的問題或者說出的話都充耳不聞，要是他給你一個極粗暴的回答，已經算是好的了。他沿著那條從草地中間橫穿過去的小路走時一句話也不說，然後穿過樹林到達了波思克姆比池塘。那裡是一片沼澤地，地上很濕，而且整個地方都是這樣；地上留下很多腳印，在小路上和小路兩邊的草地上也散佈著腳印。福爾摩斯一會兒匆忙疾行，一會又停下來一動也不動。有一次他繞道進了草坪。雷思垂德和我跟在他後面，這個來自官方的偵探態度冷淡而傲慢，但我卻興致勃勃地觀察著我朋友的一舉一動，因爲我相信他的每一個動作都有它特定的目的。

波思克姆比池塘方圓約五十碼，四周長滿了蘆葦，位於哈瑟里農場和富裕的特納先生私人花園交界處。池塘的對面有一片森林，在樹林頂端可以看到一個紅色的屋頂，標誌著地主人的財力。在哈瑟里農場這一邊，池塘的樹林非常茂密；在樹林和蘆葦叢之間，有一片濕草地帶，大概有二十步寬。雷思垂德指了謀殺案的具體位置給我們看，那裡的地面很潮濕，死者的腳印清晰可見。根據福爾摩斯那種熱情的表情和敏銳的目光，我覺得，雖然這個地方被很多人踩踏過，可是他一定會在這裡找到什麼線索。他圍著這塊地跑了一圈，就像獵狗聞到了異味。

他問道：「你到池塘那裡幹什麼？」

「我想用草耙從那裡打撈上某種武器或者尋找其他線索。可是，我的天呀……」

「噢，好了！好了！我可沒時間聽你抒發感慨！現在每個地方都有你向裡拐的左腳腳印。一隻鼴鼠都能跟蹤你的腳印，腳印就在蘆葦那邊消失了。唉，要是我能在那群人破壞這裡的線索之前到達，事情就好辦多了——他們曾經在這裡像水牛一樣到處打滾。看門人帶來的人就是從這裡過來的，屍體四周方圓六到八英尺的範圍裡全都是他們的腳印。不過，這裡有三對腳印沒和其他人的一起，但是和其中一個是同樣的腳印。」

他拿出一個放大鏡，在一張防水油布上趴了下來觀察著。在他觀察的過程中，他更像是在自言自語，而不是和我交談。

「這些是小麥凱西的腳印。他來來回回在這裡經過了兩次，有一次是很快地從這裡經過，因為有一次的腳印很深，腳後跟部分的腳印幾乎都看不清了。這就完全可以證明他說的是實話了——他看到自己的父親遭遇不測，就馬上跑了過來。這些腳印是他父親在來回走動時留下的。那麼怎麼解釋這些呢？這痕跡是兒子站在這裡仔細聽發生什麼事情的時候，槍托著地留下的。這個又是什麼？哈哈！什麼會留下這樣的痕跡呢？腳尖！腳尖！並且還是方形的，這種靴子可太不尋常了！這些腳印是走來的時候留下的，那些是離開的時候留下的，還有一些腳印是又走了回來的時候留下的……很顯然地，這些腳印就是他回來取大衣的時候留下的。那麼這些腳印是從哪裡來的呢？」

他走來走去觀察著，有些時候腳印消失了一段，然後又突然出現，一直延伸到樹林邊緣；

跟著這腳印我們來到了一棵大山毛櫸樹——它是這一帶最大的樹——的樹蔭下。福爾摩斯繼續向前走，一直走到樹的另一邊，之後就臉貼地趴在地上；突然他喊了起來，儘管聲音很小，卻聽得出其中的得意。他在那裡趴了很久，把樹葉和枯枝翻來覆去地觀察著，然後把一些東西放進盒子裡，在我看來那些東西好像是泥土。在放大鏡的幫助下，他不停地檢查地面，然後延伸到他可以搆得著的樹幹上。他發現苔蘚中間有一塊鋸齒狀的石頭，他認眞地觀察了這石頭，並且把它收了起來。之後他沿著一條小路走過森林，一直走到公路旁邊，所有蹤跡都在那裡消失了。

他說：「這個案子可是很有意思哦。」這個時候的他才恢復了往常的樣子。「我肯定左邊這間灰色的房子一定是門房，我們去跟那位看門人的女兒莫蘭聊聊，或者留給她一張便條，然後我們就可以坐馬車回去吃飯了。你們先到馬車那邊去吧，我一會兒就來。」

我們大概花了十分鐘走到馬車那裡，之後我們坐馬車回到了羅斯，福爾摩斯則帶回了他在樹林裡搜集到的石頭。

他拿著這塊石頭對雷思垂德說：「雷思垂德，對你來說這很有意思，因爲這就是兇手用來殺人的工具。」

「我看不出這石頭有什麼特別。」

「不錯，的確是沒有什麼特別。」

「哦，那你怎麼知道這是兇器呢？」

「石頭下的草還沒有死呢。說明了這石頭放在那裡沒幾天。雖然我們無法判斷這塊石頭的來處，可是這石頭的形狀正好符合死者的致命傷口，在現場也找不到其他殺人工具的線索。」

「那兇手是怎麼樣的人呢？」

「是個男性，個子很高，習慣用左手，右邊的腿瘸了，他穿的靴子是狩獵用的，後跟很高；還有，他穿了一件灰色的風衣，抽印度雪茄，而且使用菸嘴，在他的兜裡裝著一把用來削鵝毛筆的小刀，而那刀子很鈍。還有一些其他的痕跡，不過這些發現已經可以幫助我們調查案件了。」

雷思垂德笑了。他說：「我看我還是不能完全相信你所說的。講起理論來誰都頭頭是道，不過我們要面對的是英國的陪審團，他們要的是事實。」

福爾摩斯的回答很冷靜，「我們當然有自己的辦法。你用你的方法，我們用我們的。我今天下午有很多事情要忙，可能要坐晚上的車回倫敦去。」

「你不準備徹底解決你接手的這案子嗎？」

「沒啊，案子已經解決了。」

「可是還有一個疑團沒有解開啊！」

「那個疑團已經被解開了。」

「那兇手是誰呢？」

「就是我所描述的那個先生。」

「可他到底是誰呢？」

「要把這個人找出來不難，因爲這周圍的居民並不是很多。」

雷思垂德聳了聳肩說：「我這個人很注重實際，我可不願意在周圍跑來跑去找一個瘸子，否則所有蘇格蘭警場的人都會嘲笑我的。」

福爾摩斯平靜地說：「也好，不過我可是給過你機會了。已經到了你住的地方了。再見吧，我走之前會寫張便條給你的。」

我們讓雷思垂德下車後，回到了自己的旅館。那時，飯菜已經擺在桌子上了。福爾摩斯沉默著，一句話也不說，認眞地思考著，看上去很痛苦，這種表情只有身處困境那種人才會有。

收拾完餐桌，他說：「華生，你坐在椅子上聽我說幾句話，儘管你可能會覺得我很囉嗦。我現在還沒完全確定究竟該怎麼做，我想知道你的想法。點根雪茄吧，讓我告訴你我的想法。」

「請說吧。」

「唔，在我們思考這個案子時，小麥凱西告訴我們的事情中，有兩點是我們兩個同時注意到的，雖然這兩點我覺得是對他有利的，可是你的看法卻正好相反。第一點是：據他所說，他的父親沒有看見他就叫了『庫伊』。第二點是：死者在死前說出了『拉特』這兩個字。死者當時說這幾個字的聲音很小，不過根據他兒子的說法，聽到的只有這個詞。這兩點應該成為調查的起點，在我們開始分析的時候可以先假設這個小夥子所說的都是眞話。」

「那麼你怎麼理解『庫伊』這個詞呢？」

「唔，很明顯地，這個詞並不是喊給他兒子聽的，因為他當時認為他的兒子在布里斯托。至於他兒子會聽到這個詞，完全是個巧合。死者當時這樣喊，是為了讓那個他約見的人注意到。而『庫伊』很明顯是澳洲人的一種叫法，而且也僅僅在澳洲人之間使用。所以我們可以大膽地做出這樣的假設——麥凱西要在池塘旁邊會見的那個人也去過澳洲。」

「那麼『拉特』這個詞又是什麼意思呢？」

福爾摩斯從口袋裡拿出一張被折疊過的紙，在桌子上攤開。他說：「這張地圖上顯示的是維多利亞殖民地。這是我昨天晚上打電話到布里斯托去要來的。」他用手指稍微擋了一半地圖上的一個地名，「你怎麼讀這個詞？」

我照念道：「阿拉特。」

他把手舉起來說：「現在再念一次。」

「巴勒拉特。」

「是的，很對。這就是死者喊出的那個名字，而他的兒子聽到的只是這個詞的最後兩個音節。他當時費了很大的力氣要把殺人兇手的名字說出來——巴勒拉特的某個人。」

我讚嘆道：「太棒了！」

「這一點很明顯。好啦，你看，我現在已經縮小了調查的範圍了。現在我們首先假設那個兒子說的都是眞的，那麼還有第三點事實可以肯定，那就是這個男人當時穿著一件灰色大衣。概括起來，他就是一個穿一件灰色大衣，來自巴勒拉特的澳洲人。我們原來的想法都很模糊的，現在漸漸清晰起來了。」

「當然。」

「那個男人對這個地區很熟，因爲來到這個池塘要經過那個農場或者莊園，陌生的人要來這樣一個地方並不容易。」

「的確如此。」

「我們今天大老遠來到這裡，檢查了現場，確認了一些關於案件的細節問題，至於犯人是什麼樣子的我已經告訴了雷思垂德，可是他的智商太低了。」

「這些細節你是怎麼推斷出來的？」

「你應該知道我的辦法啊，我一向很注意觀察細微之處。」

「我知道從步伐大小可以大概估計出一個人的身高，透過鞋印可以判斷靴子的類型。」

「沒錯，那雙靴子可不是普普通通的靴子。」

「那你是怎麼知道他的腿瘸了呢？」

「他右腳的腳印沒有左腳的那麼清晰，所以他右腳用的力氣總是沒有左腳大。為什麼？因為他一瘸一拐地走路啊，也就是說他是個瘸子。」

「為什麼他不是左腳瘸了呢？」

「在法庭的審訊中，對死者死法的記錄你應該還記得吧。那致命的一擊是緊緊靠著他的後背的，而且打在左邊。你想一想，如果是一個左瘸子，怎麼會靠著左邊打呢？在死者和兒子談話的時候，這個人就站在樹後面。他當時還在抽菸呢，因為我發現了雪茄灰。我曾經專門研究過雪茄菸，所以可以肯定他的雪茄菸產自印度。這花了我不少的精力，關於一百四十多種雪茄、菸灰和菸絲，我還曾經寫過專題文章呢，這個你知道吧。我發現了菸灰，然後就在四周尋找，於是在苔蘚裡發現了證據。那雪茄來自印度，和在鹿特丹捲製的雪茄很相似。」

「那麼，雪茄菸嘴呢？」

「我看出他並沒有叼過那菸頭，所以他是用菸嘴的。雪茄菸的末端並不是用嘴咬開的，而是用刀切開，不過切口卻不整齊，所以我判斷他用的是一把用來削鵝毛筆的刀子，而且還很鈍。」

我說：「福爾摩斯，現在這個人已在你的掌握之中，他跑不了了，同時你還救了一個無辜之人，把套在他脖子上的絞索剪斷了。現在我所看到的一切發展都很順利。那個殺人的人很有可能就是……」

「約翰・特納先生來訪。」旅館的服務生打開我們房間的門把客人帶進來說道。

走進來的這個人很陌生，但相貌不凡。他走得很慢，好像有點瘸，肩膀下垂，年紀似乎很大；不過他臉上皺紋深陷，神情堅定，四肢發達，讓人感覺他不僅有很好的體力，而且很有個性。他鬍子彎曲，頭髮銀白，眉毛下垂，這些結合在一起，讓他的儀表看上去頗爲尊貴、氣質不凡；不過他的臉色可不怎麼好看，灰灰白白的，嘴唇和鼻子是深藍色或者該說是紫色。我立刻就看出他身患不治之症。

福爾摩斯彬彬有禮地說：「你坐沙發吧，我想我留給你的便條你應該已經收到了吧？」

「不錯，我已經收到了你的便條。你說，你在這裡見我是怕別人說三道四。」

「是的，我覺得要是我住進你的莊園，別人的議論一定會更多。」

「你爲什麼要見我？」他的眼神看上去很絕望，好像已經知道了我的同伴將會回答什麼。

福爾摩斯說：「沒錯。」這句話是對他眼神的答覆，並不是回答他提出的那個問題。「是這樣的，關於麥凱西，我知道了所有的事情。」

這個老人低下頭，用手摀住臉。他喊道：「上帝保佑！我絕對不願意這個年輕人受到傷害。我可以保證，要是巡迴法庭判他有罪的話，我會站出來說出眞相的。」

福爾摩斯說話的表情很嚴肅，「聽到你這麼說我很高興。」

「如果不是考慮到我的女兒，我早把事情說出來了。但那會使她傷心的……要是她知道我被逮捕了，一定會很傷心的。」

福爾摩斯說：「還說不上要逮捕吧。」

「什麼意思？」

「我不是官方派來的偵探。是你女兒要我們來的，我現在做的事情全是爲了她。不管怎麼樣，小麥凱西沒有罪，他應該被釋放。」

老特納說：「我都是快死的人了。我得糖尿病已經好多年了，我的醫生甚至不敢肯定我還能不能再活一個月。但是我想死在家裡而不是在監獄裡。」

福爾摩斯站起來，走到桌子旁邊，坐在那裡，拿起一支筆，他的前面放著一疊紙。他說：「我要的只是你說出實話，我會把你說的摘錄下來，之後只要你簽字就行了，這位華生可作見證人。你的自白書我可能請你稍後出示，但我們只會在爲了拯救小麥凱西而別無選擇的時候這麼做。我答應你，我只會在絕對有必要的時候才這麼做。」

那老人說：「好吧。等到法庭開庭我能不能活著還是個問題，所以這對我來說也就沒什麼大不了，我只是不願意愛麗絲受到驚嚇。我現在保證對你實話實說，雖然事情經歷了很長的時間，但要講述出來卻用不了多少時間。

「對於被謀殺的麥凱西你們知道的可能不多。他簡直就是一個魔鬼，這是眞的。希望上帝保佑你們，千萬不要被這種人抓住你們的把柄。二十年了，他一直不肯放過我，他毀了我的一生。我還是先說說我是怎麼落在他手裡的吧。

「那是十九世紀六〇年代初，在開礦的地方。那時我年紀不大，很容易衝動，也不甘於平淡，什麼事情都想嘗試一下；我和一群品性惡劣的人混在一起，喝酒玩樂，沒有開成礦，最後卻成了強盜。我們一共有六個人，生活很放蕩，經常搶劫車站和開往礦場的馬車。當時我把名字改成了巴勒拉特的黑傑克，到了現在，在那個殖民地的人們都還記得曾經有一個巴勒拉特黑幫。

「有一天，一個黃金運輸隊從巴勒拉特開往墨爾本。我們埋伏在路邊，襲擊了這個運輸隊。有六個騎兵護送那個運輸隊，而我們這邊也是六個人，可說是實力相當。我們用槍打下了四個人，而我們這邊也有三個人丟了命，那些財富才落到我們手裡。當時我的槍指向馬車夫的腦袋，那個馬車夫就是麥凱西。上帝作證，要是我當時開槍打死他該多好啊，可是我卻放過了他，儘管當時他瞇著眼睛使勁盯著我們看，似乎是要把我們的長相都牢牢記住似的。自然我們得到了那些黃金，成了富人，在還沒有引起懷疑的情況下來到了英國。來到英國後，我和以前那些同夥分開了，自己過自己的生活，決心重新做人。那個時候這份產業正在出售，我就買了下來，想用自己的錢來多做一點好事，以彌補我的過去。後來我還成了家，儘管我的妻子婚後不久就去世了，不過幸好我還有小愛麗絲。她還是嬰兒的時候，她的那雙小手就好像具有強大的力量，促使我走上正路。總之，我徹底改過自新了，竭盡全力去彌補我曾經犯下的罪過。原本一切都很順利，可是那個人卻抓住了我的把柄。

「有一次，我要到城裡去處理一點投資方面的事情，在攝政街碰到了他，他當時衣不蔽體，甚至還光著腳。

「他拉住我的胳膊說：『傑克，我又見到你了。我們將和你像一家人一樣。現在跟著我的只有我兒子，求你收留我們吧。要是你不同意……英國這個國家可是很重視法律的，我只要叫一聲就會有警察過來。』

「就是這樣，他們來到了西部的農村，從那以後我就再也擺脫不了他了。他們居住在我所擁有的最好的土地上，根本不交租金。也就是從那時起我開始不得安寧，總不能完全忘記過去，走到任何地方都可以看到他狡詐的笑臉跟著我。愛麗絲長大以後情況就更糟了，因爲他也看出來了，要是她知道了我的過去，我肯定會受不了的，那種恐懼甚至會超過被警察知道我的所作所爲。所以他就藉此要脅我，而我也把所有東西都交給了他，土地、金錢、房子；最後他又向我要東西，可是這一次要的是我不能給的，那就是我的女兒。

「你看，他兒子已經長大了，我女兒也是一樣；大家都知道我身體不大好，他早就計畫讓他的兒子來接管我的財產。可是我絕對不會答應，我絕對不會讓他們家的血統跟我們家糾纏在一起。這倒不是說我不喜歡他那個小兒子，可是他身上流著的是他父親的血啊，就憑這個，我就有理由拒絕，我無論如何都不會答應的。麥凱西威脅我，我告訴他即使他用最毒辣的手段也嚇不倒我。所以我們約定，在兩幢房子中間的池塘旁邊當面把事情說清楚。

「我到達那裡時，他正在和他的兒子談著什麼，所以我就在樹後面抽雪茄等他，想要等到只有他一個人時再過去。

「可是聽到他們談話的內容，我異常激動。他堅持要他的兒子和我的女兒結婚，甚至絲毫不顧我女兒的感受，簡直像把她當作馬路上的妓女！一想到女兒和心愛的一切將處於這種人的控制下時，我憤怒地差點瘋了。我能解脫這個束縛嗎？我的生命即將結束，也別無所求了。我的頭腦清醒，四肢還健壯，可是我明白生命已經接近盡頭了。我腦海

中都是我的女兒和我曾經做過的事情！只要我可以讓這邪惡的舌頭不要亂說話，那麼我的過去和女兒就都安全了。福爾摩斯先生，而我也眞的這麼做了；如果再給我一次選擇的機會，我還是會這麼做的。我的確是罪孽深重，要我爲了贖罪而一輩子不開心我可以接受，可是我絕對不能忍受把女兒也牽扯進來。我把他打倒在地的時候，覺得自己就像一頭兇猛的野獸，內心沒有絲毫不安。他的喊叫聲喊回了他的兒子；這個時候我已經躲到樹林裡，但後來我又不得不跑回去取那件丟下的衣服。先生，這就是事情的所有經過。」

那個老人在自白書上簽下名字。福爾摩斯立刻說：

「好了，我沒有權力對你進行審判。希望我們永遠不會受到某種誘惑而無法控制自己。」

「先生，我也希望這樣。你要怎麼做？」

「考慮到你的身體狀況，我不準備做什麼。你自己也很清楚，你不久就要爲自己的行爲在比巡迴審判法庭更高級的法院接受審訊。我會保存好你的自白書的，要是麥凱西被判有罪的話，我就必須使用它了；如果麥凱西不被定罪，那麼就永遠不會有人看到它，不管你還在不在人世。」

那老人莊嚴地說：「那好吧，再見。我相信，當你要離開人世的時候，回想起自己曾經讓某個人安寧地死去，你會倍感安心的。」這個龐大的身軀就這樣搖晃著離開了我們的房間。

福爾摩斯有很長時間都沒有說話，然後才說：「上帝保佑我們！為什麼命運總是要這樣捉弄孤苦、無助的人類呢？每當我聽到這種案件，都會想起巴克斯特那句話，並對自己說：『多虧上帝保佑，使夏洛克·福爾摩斯免遭此厄。』」

巡迴法庭宣判詹姆斯·麥凱西無罪，當庭釋放了他，因為福爾摩斯寫了很多有利於那小子的申訴意見，並交給了辯護律師。跟我們談過話之後，老特納又活了七個月，現在他已經不在了；此刻很可能出現這樣的情景：那個兒子和女兒終於幸福地在一起了，但他們可能根本不知道，在過去的歲月裡，他們的上空曾經籠罩著不祥的烏雲。

第五篇　致命的橘核

我草草翻了一遍我保存的有關一八八二年至一八九〇年八年間福爾摩斯探案的記錄，發現離奇有趣的材料浩如煙海，多如牛毛，眞不知道該捨棄哪些，又該選擇哪些。有些案件已經在報上被披露出來，廣爲流傳，但是也有些案件無法讓我的朋友盡情地發揮他的才能，而這種卓越才能又正是那些報紙非常想要報導的。還有些案件就像某些故事一樣，使得他無法施展他那非同一般的分析才能，只能成爲有始無終的懸案。另外還有一些案件，他僅搞清楚了一部分，僅對部分情節做出了推測或臆斷，而缺乏他一向珍視的、準確無誤的邏輯依據。在這最後的一類案件中，有一個案子情節異常複雜，結局撲朔迷離。或許眞相並非如此，也或許從來沒有人知道眞相，但我卻不能不把它講出來。

一八八七年我們經手過一系列的案件，有的十分有趣，有的不那麼有趣，我把有關這些案件的記錄都保留了下來。在這一全年記錄的標題中，有關於下列案件的記載：「帕拉多爾大廈案」、「業餘乞丐集團案」——這個業餘乞丐集團在一家家具商店庫房的地下室裡，擁有一個極爲奢靡的俱樂部；「美國帆船『索菲・安德森』號失事眞相揭秘案」、「烏法島上的格賴斯・彼得森案」。記得在「坎伯韋爾下毒案」裡，福爾摩斯爲死者的錶上發條時，發現有人在兩個小時前已經把錶上緊了發條，從而證明在那段時間裡死者已經上床睡覺了。這一發現對於偵破案件至關重要。所有的案件，也許有朝一日我會把大致情況告訴讀者，而我現在要講的卻是其中最撲朔迷離、最怪誕的一個。

事情發生在九月下旬。秋分時節的暴風雨異常猛烈，整整一天秋風秋雨愁煞人，即使在堪稱人類文明結晶的倫敦城內，我們也失去了從事日常工作的心情，而不得不承認大自然的偉大和不可抗拒。大自然像是被關進鐵籠裡未經馴服的猛獸，透過人類文明的柵欄向人類咆哮。當夜幕降臨時，狂風暴雨也更加猛烈。風時而大聲呼嘯而過，時而又像從壁爐煙囪裡發出來的嬰兒哭泣聲一樣低沉。福爾摩斯坐在壁爐的一端，神情憂鬱地編製著罪案記錄互見索引；而我則坐在另一端，沉醉於一本克拉克・拉塞爾寫的有關海洋的小說，書寫得著實精采。這時屋外狂風怒號，瓢潑大雨漸漸變成海浪一樣地衝擊大地，和小說的主題遙相呼應，幾乎混成一體了。我的妻子那時正回娘家省親，所以幾天來我又成爲貝克街故居的常客了。

「嘿！」我望向福爾摩斯，說：「門鈴在響。今天晚上會有誰來呢？是不是你的哪位朋友？」

「除了你，我哪還有什麼別的朋友？」他回答道，「我並不喜歡常有人來拜訪我。」

「那麼，或許是位客戶吧？」

「如果是客戶，那麼案情一定很嚴重。如果不嚴重，這樣的天氣誰還肯出來。但是我覺得這人更可能是咱們房東太太的好朋友。」

福爾摩斯猜錯了，因爲我聽見過道上響起了腳步聲，接著有人敲門。他伸手把照亮他的那盞燈轉向空椅子那邊，他肯定客人一定會坐在那裡，然後說：「請進。」

一個二十二歲左右的年輕人走了進來。他穿著考究，服裝整潔，舉止落落大方，彬彬有禮。他手中的雨傘上滿是水，身上穿的長雨衣上水珠閃閃發亮，看來他一路上飽經風吹雨打。藉著燈光他焦急地四下打量了一番。這時我發現他臉色蒼白，雙目低垂，像是被某種巨大的憂慮壓得喘不過氣來。

「對不起，」他邊說邊戴上一副金絲夾鼻眼鏡，「希望我沒有爲您帶來太大的麻煩！不過我怕我的傘和雨衣把您整潔的房間弄髒了。」

「把您的雨衣和傘交給我。」福爾摩斯說，「把它們掛在鉤子上，一會兒就會乾的。我猜，您是從西南部來的吧。」

「對，我從霍舍姆來。」

「黏在您鞋尖上混在一起的黏土和白堊土，很清楚

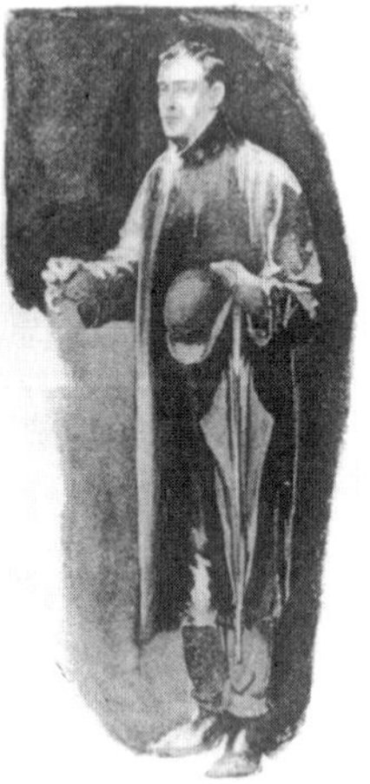

地告訴我您是從那裡來的。」

「我是專程來向您求教的。」

「這容易。」

「還想請您幫助呢。」

「那可能就有些麻煩了。」

「您的大名我早有耳聞，福爾摩斯先生。我聽普倫德加斯特少校說過您是怎樣幫他擺脫坦克維爾俱樂部醜聞案的。」

「啊！是的，人家告他利用假牌行騙。」

「他說沒有什麼能難得倒您。」

「這太誇張了。」

「他還說您戰無不勝。」

「我也失敗過四次——三次敗於男人之手，一次敗於一個女人。」

「可是，與您無數次的勝利比起來，這不算什麼。」

「是的，總的來說，我還算成功。」

「那麼，對於我的事，您應該也能解決。」

「把您的椅子挪得離壁爐近一些，講一講您的具體情況。」

「這個案子非同尋常。」

「到我這裡來談的案子都不一般。我這兒快成了最高法院了。」

「可是，先生，在您辦過的案子中，難道有還會有比我家族中發生的這一連串事故更加神秘、更難解釋的？」

「我對您要講的事很感興趣。」福爾摩斯說，「請您先告訴我們事情的概況，然後我會把我認為最重要的細節挑出來問您。」

年輕人把椅子朝前挪了一下，把兩腳伸向爐邊，因為他的鞋子濕透了。

他說：「我叫約翰·奧彭肖。我認為我本人與這一可怕的事件無關，那是上一代人遺留的問題，為了讓您對這事有一個大概的瞭解，我得從故事的最開始講起。

「我的祖父有兩個兒子──我的伯父依萊亞斯和我父親約瑟夫。我父親在康文翠開了一間小工廠，自行車被發明以後，他擴建了這間工廠，並獲得了奧彭肖防破車胎的專利權，生意十分興隆，因此即使他後來將工廠出讓了，仍有一筆鉅款可以保證他過著富足的退休生活。

「依萊亞斯伯父年輕時僑居美國，在佛羅里達州開了一座種植園，據說經營得很不錯。美國內戰期間，他投靠在傑克遜麾下，後來隸屬胡德部下，升任上校。南軍統帥羅伯特·李投降後，他退伍還鄉，又回到他的種植園，在那裡又住了三、四年。大約在一八六九或是一八七〇年，他回到歐洲，在蘇塞克斯郡霍舍姆附近買了一小塊地。他在美國發了大財，之所以離美返英，是因爲他討厭黑人，也不喜歡共和黨賦予黑人選舉權的作法。他是一個很奇怪的人，脾氣兇狠暴躁，發火時說話極爲粗魯，性情又極爲孤僻。他住在霍舍姆的這幾年，一直深居簡出，我都不知道他有沒有進過城。他有一座花園，房子周圍有兩三塊地，可以在那裡鍛鍊身體，可是他卻往往一連幾個星期不出家門。他瘋狂地喝白蘭地，而且菸癮很大，他不喜歡社交，拒絕與人交朋友，甚至和自己的胞弟也不來往。

「他並不關心我，但實際上，他還是喜歡我的，因爲他第一次見到我時，我不過是個十一、二歲的小孩子。那是一八七八年的事，他已回國八、九年了。他央求我父親讓我到他家去住，用他的方式來疼愛我。在沒有喝醉時，他喜歡和我一起鬥雙陸、玩象棋。他還讓我以他的名義跟傭人和一些生意人打交道；所以到我十六歲時，已儼然成爲一個小主人了。我掌管所有的鑰匙，無論什麼地方，只要我想去就可以去。我還可以爲所欲爲，只要不打擾他的隱居生活就行了。不過，也有一個例外，就是在閣樓那一層房間裡，有一間堆放雜物的房間，一年到頭都鎖著，而且無論是我或其他任何人，一概不許進入。我曾出於一個男孩的好奇，從鑰匙孔向屋內窺視過。可是我認爲這樣一間屋子裡，除了會放一大堆破舊箱籠和大小包袱之外，也沒有其他東西了。

「大概是一八八三年三月裡的一天，上校接到一封貼有外國郵票的信，當時他正在吃早飯。對他來說，能收到來信眞讓人驚訝，因爲他的帳單都用現款支付，而且沒有一個朋友。『來自印度的信！』他拿起信來，詫異地說，『本地治里的郵戳！這是怎麼回事？』當他急急忙忙地拆開信封後，從裡面忽地蹦出五個又乾又小的橘核，嗒嗒地落進盤子裡。我正要咧嘴笑，可是一看他的表情，我又不敢了。只見他張大嘴，瞪著兩眼，臉色灰白，直瞪瞪地瞧著顫抖著的手中仍舊拿著的那個信封。『K．K．K．！』他尖叫了起來，接著喊道，『天哪，天哪，在劫難逃呀！』

「我問：『伯伯，出什麼事啦？』

「『死亡！』他說著，從桌旁站起身來，回到自己的房間，只剩下我一個人在那裡心驚肉跳地害怕。我拿起信封，發現信封口蓋的裡層，也就是塗膠水的上端，有三個用紅墨水寫的K字，字跡很潦草。除了那五個乾癟的橘核外，再也沒有其他東西了。這爲什麼會把他嚇得魂飛魄散呢？我離開餐桌上樓去時，他一隻手裡正拿著一把舊得生了鏽的鑰匙走下樓來——這鑰匙一定是樓頂專用的了，另一隻手裡拿著一個像錢盒的小黃銅匣。」

「『讓他們來吧，我絕對能戰勝他們。』他發誓般地說，『約翰，今天給我房間裡的壁爐生火，再派人去把霍舍姆的福德姆律師請來！』

「我照他說的去做了。律師到時，我被叫到他的房間裡。房中爐火燒得正旺，壁爐的爐柵裡有一堆黑色蓬鬆的紙灰。那個黃銅箱匣就放在一旁，蓋子敞開著，裡面什麼也沒有。我瞧了那匣子一眼，不由得吃了一驚，因爲那蓋子上印著三個K字，跟我上午在信封上見到的一模一樣。

「『約翰，』伯父說道，『我想讓你作我的遺囑見證人。我把我的產業，包括它的一切有利和不利之處，留給我弟弟——也就是你父親。毫無疑問的，以後你父親會把它們遺留給你的。如果你能安安穩穩地享用，自然很好；不過，如果你不能，那麼，孩子，你最好把它留給你的死對頭。很遺憾給你留下這樣一個具有雙重意義的東西，但我也不知道事情會向哪個方向發展。現在你按照福德姆律師的指示在遺囑上簽下你的名字吧。』

「我在律師所指之處簽了名，律師就把遺囑帶走了。您應該能體會，這樁怪事留給我多麼深刻的印象。我想來想去，還是搞不清楚其中的奧秘，可是我卻始終擺脫不了它帶給我的莫名恐懼。日子一天天過去，不安之感逐漸減輕，而且也沒發生什麼干擾我們日常生活的事。但儘管如此，我仍能看出伯父從此變得行爲異常。他更加酗酒狂飲，而且更加不願意在社交場所出現。大部分時間都待在自己的房間裡，而且門還上了鎖；但是他有時又像酒後發狂般，衝出屋子，手握左輪手槍，在花園裡狂奔亂跑、尖聲叫喊，說他誰也不怕，還說不管是人是鬼，誰也不能把他像綿羊一樣地圈禁起來。而這樣突然激烈地發作過後，他又變得心慌意亂，一個人跑回房間裡，鎖上門，還插上門閂，就像一個內心充滿了恐懼的人，沒有臉面再裝模作樣下去一樣。因爲這種情況，所以即使在寒冬臘月，他臉上也是冷汗涔涔、濕漉漉的，就像剛從洗臉盆裡抬起頭一樣。

「噢，福爾摩斯先生，不能再讓您等下去了，現在說說結局吧。一天晚上，他又像往常那樣發了一回酒瘋，然後突然跑了出去，可是這次卻一去不復返。後來我們在花園一端的一個泛著綠色的污水坑裡發現了他。他是面朝下跌進去的，身上沒有發現任何遭受暴力襲擊的跡象；污水坑裡的水也不過兩英尺深，鑑於他平日的古怪行爲，陪審團將此事判爲『自殺』。可是我知道他一向怕死，所以很難相信他會跑去自尋短見。儘管如此，生活一如既往。我父親繼承了他的地產，還有他存放在銀行的大約一萬四千鎊存款。」

「等一下，」福爾摩斯打斷他，問：「我想您所說的這案子可能是我所遇過最難破的案子。請把您的伯父收到那封信的日期以及別人認爲他自殺的日期告訴我。」

「他是在一八八三年三月十日收到來信的，七個星期後的五月二日去世。」

「謝謝。請繼續。」

「我父親接管了霍舍姆房產後，在我的建議下，他仔細檢查了長年上鎖的那間閣樓。我們看到那個黃銅匣子還在，但匣子裡的東西早已被毀掉了。匣蓋裡有張紙標籤，上面寫著三個大寫的K．K．K．，下邊還寫有『信件、備忘錄、收據和一份記錄』這幾個字。我們認爲：這些是伯父所銷毀的檔案性質的說明。除了許多散亂的檔案和記有我伯父在美洲的生活情況的筆記本外，頂樓上其餘的東西都沒有太大意義。那些散亂的東

西，有的記載了他戰爭時的情況及他恪盡職守、榮獲英勇戰士稱號的歷史，還有些是關於戰後南方各州重建時期的記錄。這些記錄大多與政治有關，顯然我伯父當時曾積極參加政治活動，反對那些北方派來的、只隨身帶著一只旅行手提包，一心想搜刮百姓的政客。

「唉，一八八四年初，我父親搬到霍舍姆去住，直到一八八五年元月，日子都過得很舒服。元旦過後的第四天，我們圍坐在桌子旁一起吃早餐，父親忽然發出一聲驚叫。他坐在那裡，一手舉著一個剛剛拆開的信封，另一隻手攤開的掌心上有五個乾癟的橘核。他平日總嘲笑我，說我提過的伯父的遭遇太荒誕無稽，而當他自己碰上了同樣的事時，卻也一樣嚇得目瞪口呆。」

「『啊，這究竟是怎麼一回事，約翰？』他結結巴巴地問我。

「我的心情非常沉重。『這是K．K．K．』我說。

「我父親看看信封的內層。『不錯！』他叫了起來，『就是K．K．K．。這上面寫的是什麼？』

「『把文件放在日晷儀上。』我從他肩膀背後望著信封念道。

「『什麼文件？什麼日晷儀？』他又問。

「『只有花園裡有日晷儀，別的地方沒有。』我說，『文件一定是指被毀掉的那些。』

「『呸！』父親壯著膽子說。『我們這是文明世界，不容許發生這種蠢事！這東西從哪來的？』

「『敦提。』我看了一下郵戳回答說。

「『這一定是個荒唐的惡作劇。』他說，『我和日晷儀啦、文件啦這些東西有什麼關係？我不屑於理會這種無聊的事。』

「『要是我的話，一定會報警。』我說。

「『這樣他們會譏笑我的，我不幹。』

「『那麼我去報警吧？』

「『不，你也不許去。我不願爲這種荒唐事自找麻煩。』」

「與他爭辯沒有用，因爲他非常頑固。我只好不安地走開，心裡總有一種大禍將臨的預感。

「接到來信後的第三天，我父親離家去看望他的一位老朋友——在朴次當山一處堡壘當指揮官的弗里博迪少校。我很高興他離家出訪，因爲在我看來，只要他離開家就可以避開危險了。但我錯了，他出門的第二天，我接到少校發來的一封電報，要我立即到他那裡去。我父親摔進一個很深的白堊礦坑裡，這種礦坑附近很多。他的頭骨摔碎了，躺在裡邊完全沒有知覺。我急急忙忙跑去看他，但他卻再也沒有恢復知覺，就這樣永遠地離開了。很顯然地，他是在黃昏前從費爾哈姆回家時遇難的。由於他對鄉間道路不熟，白堊坑又沒有欄杆遮擋，驗屍官很確定地做出了意外致死的判斷。我很仔細地檢查了每條可能與他的死有關的線索，卻沒有發現任何含有謀殺意圖的事實。現場沒有暴力跡象，沒有腳印，沒有發生搶劫，也沒有人看見路上有陌生人出現。可是我不說您也想像得出我心裡的不平靜。我敢斷定：這一定是有人在他身邊策畫了某種卑鄙的陰謀。

「在不祥的氛圍中，我繼承了遺產。也許您會問我爲什麼不把它賣掉。可是我深信，我們家的災難在一定程度上是由我伯父生前的某種意外事故造成的，所以不管是在這所房子裡，還是在其他房子裡，禍事都一樣會緊緊地如影隨形地威脅著我們。

「我父親是在一八八五年一月不幸離世，至今已兩年八個月了。在此期間，我在霍舍姆過著還算幸福的生活。我在心中暗自慶幸：災禍已經遠離我家，它已隨上一代人的死亡而終結了。誰知我高興得太早了。昨天早上，災禍再次降臨了，情況和當年的一模一樣。」

年輕人從背心的口袋裡取出了一個揉皺的信封，走到桌旁，從信封裡倒出五個又小又乾的橘核在桌上。

「就是這個信封。」他繼續說道，「郵戳上蓋的是倫敦東區。信封裡還是那幾個字：『K．K．K．』，然後就是『把文件放在日晷儀上』。」

「您有沒有採取什麼措施？」福爾摩斯問。

「沒有。」

「什麼也沒有?!」

「說實話，」他低下頭，用蒼白消瘦的雙手摀住臉，「我覺得我什麼辦法也沒有。我覺得自己就像一隻可憐的兔子，面對著一條來勢洶洶的毒蛇。我好像陷入魔爪之中，它不可抗拒又殘酷無情，而且任何預防措施在它面前都無濟於事。」

「不，不！」福爾摩斯嚷道，「您一定要有所防備啊，先生，不然您可就完了！現在除了振作精神外，沒有什麼別的辦法能夠幫助您了。千萬別把時間都浪費在唉聲嘆氣上啊！」

「我找過警察了。」

「啊！」

「但他們聽我講完後，只把它當成笑話。我相信那巡官心裡一定認為那些信純屬惡作劇，我的兩位親人的死正如驗屍官所說的，都是出於意外，因此那些信與他們的遇難毫無關聯。」

福爾摩斯雙拳緊握，在胸前揮舞著，喊道：「令人難以置信的愚蠢！」

「不過他們答應派一名警察來，同我一起留在那房子裡。」

「那他今晚和您一起出來了沒有？」

「沒有。他的任務只是待在房子裡。」

福爾摩斯又憤怒得揮舞起拳頭來。

「那麼，您爲什麼來找我？」他叫道，「而且，爲什麼您不一開始就來找我？」

「我不知道啊。直到今天，我向普倫德加斯特少校談起我的困境，他才勸我來找您的。」

「您接到信已經整整兩天了，我們應當在此之前採取行動。我估計除了那些您已經提供給我的情節外，沒有更確切的證據了——您還有沒有任何有用的，或者帶有啓發性的細節呢？」

「有一個。」約翰・奧彭肖說。他在上衣口袋裡翻找了一番，然後掏出一張褪了色的藍紙，把它攤開放在桌上。「我模模糊糊記得，」他說，「那天伯父燒文件的時候，我看見紙灰堆裡有一些小的、沒有燒著的文件紙邊是這種顏色的。我在伯父屋子裡的地板上發現了這張紙。我覺得事情很可能是這樣的：它是從一疊紙裡掉下來的，所以沒被燒掉。紙上除了提到橘核外，恐怕對我們沒有太大幫助。我想它也許是私人日記裡的一頁，且毫無疑問是我伯父寫的。」

福爾摩斯挪了一下燈，我們兩人彎下身，仔細地看那張紙。紙邊參差不齊，的確像是從一本本子上撕下來的。上端寫著「一八六九年三月」幾個字，下面是一些很奇怪的記載，內容如下：

四日：赫德森來。懷著同樣的舊政見。

七日：把橘核交給聖奧古斯丁的麥考利、帕拉米諾和約翰・斯溫。

九日：已清除麥考利。

十日：已清除約翰・斯溫。

十二日：訪問帕拉米諾。一切順利。

「謝謝！」福爾摩斯說著把那張紙疊起來還給客人。「現在您連一分鐘都不能再耽擱了，我們甚至沒有時間同您討論您告訴我的情況。您必須馬上回家，開始行動。」

「我該怎麼做？」

「您只需做一件事，而且一定要立即去辦。您必須把這張紙放進您說過的那個黃銅匣子裡；還要放進一張便條，說明其他文件都已被您伯父燒掉了，僅剩下這一張。您的措辭一定要使他們深信不疑。做完這些後，您必須馬上把黃銅匣子按信封上要求的那樣放在日晷儀上。明白嗎？」

「明白。」

「現在不要想報仇的事，那些可以透過法律來完成。既然他們已經布下羅網，我們也應該採取相應措施。現在應該先想辦法消除您迫在眉睫的生命危險，其次才是揭穿秘密，懲罰兇手。」

「謝謝您。」那年輕人說著站起身，穿上雨衣，「您讓我又有了新生和希望。我一定照您說的辦。」

「一定要把握時間。同時，最首要的是照顧好您自己，因爲我覺得，危險無疑正非常現實而且迫近地威脅著您。您要怎麼回去？」

「從滑鐵盧車站坐火車回去。」

「現在還不到九點，街上人還很多，所以我想您應該不會發生意外。不過，最好還是小心點兒，以防萬一。」

「我隨身帶著武器。」

「那就好。明天我就開始辦您這個案子。」

「那麼，我在霍舍姆等著您？」

「不，您這案件的關鍵在倫敦，我會到倫敦去找線索。」

「那麼我過一兩天再來看您，告訴您關於那黃銅匣子和文件的消息。我會照您說的去做的。」他和我們握手告別。門外依然狂風不止，傾盆大雨簌簌地敲打著窗戶。這個奇特而兇險的故事似乎是隨著狂風暴雨一起來到我們這裡的——它就像狂風中掉落在我們身上的一片落葉——現在又被暴風雨捲走了。

福爾摩斯默默地坐著，頭向前傾，盯著壁爐中紅彤彤的火焰沉思。

不久他點著菸斗，靠在坐椅上，望著藍色的菸圈一個跟著一個地緩緩升到空中。

「華生，我想這個案子是我們經手的所有案件中最

爲古怪的一個了。」他終於做出了判斷。

「是的，除了『四簽名』案外，這個最奇怪。」

「嗯，也許是這樣。可是在我看來，這個約翰・奧彭宵所面臨的危險似乎比舒爾托更大。」

「但你對這個危險是否有了明確的看法？」我問道。

「性質我可以肯定。」他回答說。

「那麼，這究竟是怎麼回事？誰是這個K・K・K・？爲什麼他一直對這個不幸的家庭糾纏不休？」

福爾摩斯閉上眼睛，兩肘靠在椅子的扶手上，指尖合攏在一起，說：「理論上來說，一個理想的推理家應該做到，一旦有人向他指明一個事實的某一方面，他不僅能從這一個方面推斷出導致這個事實的各個方面，而且能夠推斷出由此會產生的一切後果。正如居維葉，經過思考就能根據一塊骨頭準確地描繪出一頭完整的動物一樣。一個觀察家，既已徹底瞭解一系列事件中的一環，就應能正確地說明前前後後的所有其他環節。因爲我們還沒有掌握唯有理性才能獲得的結果，所以問題只有通過研究才能獲得解決；一個人如果企圖憑藉直覺解決問題，那他注定會失敗。不過，要使這種藝術達到登峰造極的程度，推理家就必須善於利用他已經掌握的所有事實，這也就意味著要掌握一切知識。而這一點，即使在有了義務教育和百科全書的今天，也很難做到。一個人要掌握對他的工作可能有用的全部知識，也不是完全沒有可能的，我本人就一直在爲此而努力。如果我沒記錯的話，在我們結交之初，有一次你曾十分精確地指出了我在知識上的侷限性。」

「對，」我忍不住笑了。「那是一張有趣的記錄表。我記得：哲學、天文學、政治學，得了零分；植物學，記不清了；地質學，就倫敦五十英里內任何地區的泥跡而言，算得上造詣很深；化學功底深厚；解剖學，沒有系統；驚險文學和罪行記錄的本領無與倫比；是個小提琴音樂家、拳擊手、劍術運動員和律師；還是服用古柯鹼和吸菸的自虐者。我想，上述都是我分析的要點。」

福爾摩斯聽到最後一項，嘻嘻地笑了。「嗯，」他說，「就像我過去說的一樣，我仍然這麼認為：一個人腦子裡只要裝滿他可能需要使用的一切知識就可以了，其餘的東西可以放到他的藏書室裡去，隨時需要，隨時去取。現在，為了我們今晚接受的這樣一樁案件，我們需要把所有的材料都集中起來。麻煩你把你身邊書架上的美國百科全書裡K字部的那一冊遞給我。謝謝！我們來分析一下情況，看看從中可能得出什麼樣的結論。首先，我們可以從一個有充分根據的假定開始——奧彭肖上校是由於某種壓力才離開美國的。因為他那個年紀的人是不會輕易改變所有習慣的，也不會心甘情願地放棄佛羅里達宜人的氣候回到英國來過寂寥的鄉鎮生活。在英國，他那樣喜歡孤獨的生活說明他心中對某人、某事有著恐懼，因此我們不妨大膽做個假設，他被迫離開美國是出於對某人、某事的恐懼。至於他究竟怕的是什麼，我們只能從他和他的兩個繼承人接到的那幾封可怕的信件上來判斷。你注意到那幾封信的郵戳了嗎？」

「第一封是從本地治里寄出的，第二封是敦提，第三封是倫敦。」

「更準確地說是從倫敦東區寄出。透過此點你能推斷出什麼來？」

「那些地方都是海港。寫信的人應該是在船上。」

「很好，我們有一條線索了。毫無疑問的，寫信的人當時就是在一艘船上。現在我們再考慮第二點：就本地治里來說，從收到恐嚇信起到出事時止，前後經過了七個星期，而敦提，才經過了大約三、四天時間。這又說明了什麼？」

「本地治里路程較遠。」

「可是信件也要經過較遠的路程啊？」

「這我就不清楚了。」

「可以這樣假設：那個人或那夥人是坐帆船來的。看來他們好像總在肇事以前發出警告。可是你瞧，警告從敦提發出後，緊接著不幸就發生了，非常快。如果他們是從本地治里坐輪船來的，那他們會和信件同時到達。但事實上，事情發生在七個星期之後。我想那七個星期說明信件是由郵輪運來的，而寫信的人是坐帆船來的，所以才會產生時差。」

「很有可能。」

「不僅可能，而且情況大概就是這樣。現在你可以看出這樁新案子非常緊迫，明白我爲什麼極力告誡小奧彭宵要提高警覺了吧。災禍總是伴隨著發信人旅程結束而來臨。這一回警告信是從倫敦來的，所以我們的時間非常有限。」

「天哪！」我叫了起來。「這算什麼？簡直是殘忍的迫害！」

「奧彭宵帶來的那個文件顯然對帆船上的人極爲重要。我想情況已經很清楚了，他們肯定不止一個人。單獨一人不可能接連將兩人殺害，而且連驗屍陪審團都被瞞過了。他們肯定有同夥數人，還一定有勇有謀。不管文件是藏在誰那裡，他們都一定要弄到手。所以說K・K・K・不是一個人名字的縮寫，應該是一個團體的標誌。」

「那會是怎樣的一個團體呢？」

「你有沒有——」福爾摩斯說著俯身向前並放低聲音，「聽說過三K黨？」

「從來沒有。」

福爾摩斯一頁一頁地翻著放在他膝蓋上的書。「聽這兒，」他念道：「克尤・克拉克斯・克蘭，名字。源於想像的那種酷似扳起槍的擊錘的聲音。該秘密團體於南北戰爭後由南方各州的前聯邦士兵組成，並迅速地在全國各地成立分會。其中尤以田納西、路易斯安那、卡羅來納、喬治亞和佛羅里達各州最爲引人注目。它的勢力用於實現政治目的，主要是以恐怖手段針對黑人選民，謀殺或驅逐反對其觀點的人出國。他們施加暴行前通常會將某種形狀奇怪但尚可辨認的東西寄給受到敵視的人，如：一小根帶葉的橡樹葉、幾粒西瓜籽，或幾個橘核，以示警告。受敵視的人接到警告以後，可公開宣布放棄原有觀點，或逃奔國外。如置之不理，則必遭殺害，而且往往會以某種奇怪且難以預料的方式死去。該團體組織嚴密，使用的方法又如此有系統性，以致在有案可稽的案件中，幾乎從未見到有哪個與之抗衡的人能夠倖免，也從未能追查到施暴者。儘管美國政府和南方上層社會努力阻止，該團體在幾年時間裡仍得以到處蔓延滋長。一八六九年，三K黨運動突然垮台，但此後仍不時發生此類暴行。」

福爾摩斯放下手中的書，說：「你一定看出來了，三K黨的突然垮台和奧彭寄帶著文件逃出美國發生在同一時間，兩件事很可能互爲因果。難怪總有人追蹤奧彭寄和他的一家人。你一定想得到，這個記錄和日記牽涉到美國南方的某些大人物。而且，還會有不少人因爲找不到這些東西連覺都睡不踏實。」

「這麼說，我們看過的那一頁……」

「正是如此。如果我沒記錯，那上面寫著『送橘核給A、B和C』，就是指把團體的警告送給他們。接著又說：A、B已清除，或者已出國；最後還說訪問過C；我想這一定會給C帶來不幸。喂，醫生，我相信我們或許能找到解決問題的辦法，同時，小奧彭寄獲救的唯一機會就是照我告訴他的話去做。今天夜裡，沒有什麼能做的了。請把小提琴遞給我！我們姑且不去想這討厭的天氣和我們同胞的不幸遭遇，休息半個小時吧。」

第二天早上，雨停了，太陽透過籠罩在這座城市上空薄薄的雲霧閃耀著柔和的光芒。我下樓時，福爾摩斯已經在吃早餐了。

「你不會怪我沒等你吧。」他說，「我估計，我得為小奧彭宵的案子忙上一整天。」

「你準備怎麼辦？」我問。

「這在很大程度上取決於我初步調查的結果。總之，我以後肯定會不得不去霍舍姆一趟。」

「你不先去嗎？」

「不，我得從城裡開始。你只要拉鈴，女傭就會把咖啡送來。」

在等咖啡的時候，我拿起桌上還沒被打開的報紙瀏覽了一下。一個標題吸引了我的目光，我不由得打了個冷顫。

「福爾摩斯，」我叫了起來，「你晚了一步！」

「啊！」他放下了杯子答道，「我就擔心會這樣。這是怎麼搞的？」雖然他說得很平靜，但我已看出他內心的激動。

吸引了我的注意力的是奧彭宵的名字和「滑鐵盧橋畔的悲劇」這一標題。報導內容如下：

昨晚九至十點間，八班警士庫克在滑鐵盧橋附近值勤，忽然聽到有人呼救及落水的聲音。當時夜已深，周圍伸手不見五

指，又值狂風暴雨肆虐之際，所以雖然有幾個好心的過路人援助，終究無濟於事。然而警報當即發出，經水上警察共同努力，最後打撈到屍體一具。經驗屍得知該屍乃一青年紳士，其衣袋中的信封表明此人名叫約翰·奧彭肖，生前住在霍舍姆附近。據推測，他很可能是因為急於趕搭從滑鐵盧車站開出的末班火車，匆忙間於一片漆黑中迷了路，誤踩渡輪小碼頭的邊緣而失足落水。屍體上未見任何暴力痕跡，死者無疑因意外不幸遇難，此事應足以喚起市政當局注意河濱碼頭的安全隱患。

我們默默地坐了幾分鐘，福爾摩斯深受震驚的沮喪神情是我從未見過的。

「這件事傷了我的自尊，華生。」他終於開口說道，「雖然有這種感覺會顯得我氣量狹小，但它確實傷了我的自尊。現在這是我一個人的事了，如果有可能，我要親手殺死這幫傢伙。他跑來向我求救，而我卻把他推進了鬼門關！」他從椅子上一躍而起，在房中來回踱著步，情緒激動得無法克制。他深陷的雙頰上浮現出羞愧的神色，兩隻瘦長的手不安地一會兒手指交叉，一會兒緊握在一起，一會兒又鬆開。

最後，他大聲說道：「這幫魔鬼眞是狡猾透了，他們到底是用什麼辦法把他騙到那兒去的呢？那堤岸並不在直達車站的線上呀！對他們來說，即使在那樣一個黑夜，橋上的人肯定也很多。唉，華生，走著瞧吧，看最後誰能贏！我現在就出去！」

「去找警察嗎？」

「不，我自己來當警察，我要爲他們布下天羅地網。」

那天我忙於醫務工作，下午很晚才返回貝克街，福爾摩斯還沒有回來。直到快要十點，他才面色蒼白、筋疲力盡地走了進來。他跑到碗櫃旁邊，撕下一大塊麵包，狼吞虎嚥地嚼著，又喝了一大杯水才咽下去。

「你餓了？」我說。

「餓壞了！我忘記吃東西了，從早上到現在什麼也沒吃。」

「什麼也沒吃？」

「嗯，沒時間。」

「有進展嗎？」

「還行。」

「有線索了嗎？」

「他們已在我的掌握之中，不久就可以爲小奧彭脅報仇了。嘿，華生，我們要以牙還牙，以眼還眼，這是我反覆考慮過的！」

「什麼意思？」

他從碗櫃裡拿出一顆橘子，掰成幾瓣兒，把橘核擠出來，放在桌上，從中選了五個，裝到一個信封裡面。他在信封口蓋的反面寫上「S．H．代J．O．」，然後封上信封，在上面寫上「美國，喬治亞州，薩凡納，『孤星號』三桅帆船，詹姆斯．卡爾霍恩船長收」等字樣。

「等他進港的時候這封信已經在等著他了。」他得意地笑著說，「他會因爲這封信而夜不成眠，還會發現這封信是他死亡的預兆，就像奧彭脅從前遭遇到的一樣。」

「這個卡爾霍恩船長是誰？」

「那幫傢伙的頭頭。我還要懲罰其他幾個人，不過要先懲罰他。」

「那麼，你是怎麼查出來的呢？」

他從衣袋裡拿出一大張紙來，上面淨是些日期和姓名。

「我花了一整天的工夫，」他說，「查閱勞埃德船的登記簿和舊文件的卷宗，查閱一八八三年一、二月在本地治里港停靠過的每艘船離港以後的航程。從登記上看，在這兩個月裡，到達那裡噸位較大的船共有三十六艘。其中一艘叫作『孤星號』，我認爲它值得注意，因爲這艘船雖然登記的是在倫敦結關的，卻用了美國一個州的名稱來命名。」

「我認爲是德克薩斯州。」

「我弄不清是哪一州，現在也說不準；不過我肯定它原先是艘美國船。」

「然後呢？」

「我查閱了敦提的記錄。當我看到一八八五年一月三桅帆船『孤星號』抵達那裡的記錄時，我明白自己的猜測肯定是正確的，於是就對目前停泊在倫敦港內的船隻情況進行了查詢。」

「結果呢？」

「那『孤星號』上星期到達這裡。我跑到亞伯特船塢，得知這艘船今早已趁著早潮順流而下，返航薩凡納港了。我發電報給格雷夫森德，得知這船不久前已經駛去了。因爲風向是朝東的，我想：這船此刻已開過古德溫斯，距離維特島不遠。」

「那你想幹什麼呢？」

「我要去逮住他！據我所知，他和他的那兩個副手是船上僅有的美國人，其餘的都是芬蘭人和德國人。我還知道他們三人昨晚曾離船上岸，這是當時幫他們裝貨的碼頭工人告訴我的。等他們這艘帆船到達薩凡納時，郵船也應該把這封信帶到那個地方了，同時海底電報也已經通知薩凡納的警察，告訴他們這三個惡棍是這裡正在通緝的殺人犯。」

然而，福爾摩斯雖然設計了巧妙的圈套，還是沒有發揮作用。謀殺約翰·奧彭肖的兇手再也收不到那幾個橘核了，本來那幾個橘核會使他們知道，世界上另外還有一個和他們同樣狡猾、同樣堅決的人正在追捕他們。那年秋分時的暴風時間久，強度大，薩凡納「孤星號」一去便杳無音信。過了很久我們終於聽說：在遠遠的大西洋某處，有人看到在一次海浪的退潮中漂泊著一塊破碎的船尾柱，上面刻著「L·S·」兩個字母，這就是我們所知道的關於「孤星號」的最後消息。

第六篇　聖科賴爾失蹤案

聖喬治大學神學院已故院長伊萊亞斯・惠特內的兄弟愛薩・惠特內終日吸食鴉片，毒癮很大。據我所知，是大學讀書時的一個經歷讓他染上這一惡習。當時他讀了德・昆西對夢幻和激情的描繪後，就用鴉片酊浸泡菸草來吸，希望透過這一方式來獲得夢幻和激情的效果。像許多人一樣，上癮後才發覺上癮容易擺脫難，所以多年來他便吸毒成癖，始終無法戒毒，親朋好友對他無不又恨又憐。我至今仍記得他那副樣子：面呈菜色，十分憔悴，耷拉著眼皮，雙目無神，身體縮成一團蜷在椅子裡，一副落魄的窘相。

一八八九年六月的一個夜晚，正當一般人開始打呵欠、抬眼望鐘準備睡覺的時候，有人按響了門鈴。我馬上從椅子上坐起身來，妻子很不高興地把針線活放在膝蓋上。

她說：「有病人，你得出診去。」

雖然我已經忙了一整天，剛從外面回來，身心都十分疲憊，但也只能嘆口氣，準備出診。

一陣開門聲和急促嘈雜的話音之後，是一陣快步走過地毯的聲響。接著我們的房門突然大開，一位身穿深色呢絨衣服，頭蒙黑紗的婦女走進屋來。

「請原諒我的冒昧！」她儘量冷靜地說，但很快便不能自己，快步地走上前來，摟住我妻子的脖子，靠在她的肩上哭了起來。「噢！我的命眞苦！」她哭著說，「要是有人能幫幫我該有多好啊！」

「啊！」我的妻子掀開她的面紗，喊道：「原來是你！凱特．惠特尼啊。你嚇壞我了，凱特！我根本沒有想到會是你！」

「我不知道該怎麼辦，只好跑來找你。」事情總是這樣，就像黑夜裡的鳥兒把燈塔當作飛翔的目標和希望一樣，人們一有發愁的事，就會想到我的妻子。

「我們永遠歡迎你！不過，先喝點酒，定定神，再說究竟發生什麼事了，或者我先讓詹姆斯去睡覺，你看好嗎？」

「哦！不，不！你們兩位我都要麻煩。是愛薩，他整整兩天沒回家了，我眞擔心他會出什麼事！」

我作爲一個醫生，我妻子作爲她的一個老朋友和老同學，已經不是第一次聽她向我們哭訴丈夫爲她帶來的苦惱了。每次我們都儘量找些類似這樣的話來勸解她，今天也是如此——「你知道他可能會在哪裡嗎？」、「我們是不是可以幫你去找一找？」

她說她得到確切的消息，最近一段日子只要毒癮發作，他就到老城區最東邊的一個鴉片館去過癮。不過以前他從來沒有夜不歸營過，每到晚上他就抽搐著身體，整個人像癱了一樣地回到家裡，可是這次他已經外出兩天兩夜了。現在準是躺在那兒，與那些碼頭上的社會渣滓一起過毒癮；或是正在呼呼大睡，好從鴉片的作用中緩過勁來。她確信到那個藏在天鵝閘巷黃金酒店裡的鴉片館就能找得到他。可是，她一個年輕嬌怯的女人家，又怎可能闖進那樣一個地方，從一群社會渣滓中把丈夫硬拖回家呢？

這就是全部情況，而且當然辦法也只有一個。我想我是否應該跟她一起去呢？後來，我轉念一想，她完全沒有必要去。我是愛薩・惠特內的醫藥顧問，從這個意義上來講，我對他的影響力更大，倘若我獨自前往，也許問題能更好解決些。我答應凱特，如果愛薩眞在那裡，我保證在兩個小時內雇輛出租馬車送他回家。於是，十分鐘後，我離開了那張扶手椅和溫暖舒適的臥室，乘著一輛雙輪小馬車向東疾駛。其實當時我就已覺得這趟差事有點兒莫名其妙，但是沒想到後來它竟發展到離奇的程度了。

好在這故事一開始並不複雜。天鵝閘巷是一條骯髒的小巷，藏在倫敦橋東沿河北岸的高大碼頭建築物後邊。我在一家經營廉價成衣的商店和一家杜松子酒店之間，發現順著一條陡峭的階梯往下走，直通過一個像山洞一樣黑暗的豁口，就是我要尋訪的那家菸館了。我叫馬車停下來等著，自己便順著樓梯往下走。樓梯的石級中間被日夜不息的醉漢們的雙腳踩磨得凹了下去，門前掛著一盞燈光閃爍的油燈。藉著燈光，我摸到門閂，走進一個又深又矮的房間，鴉片菸濃重的棕褐色霧氣瀰漫屋內，一排排木榻靠牆放著，像移民船前甲板下的水手艙一樣。

微弱的燈光裡，隱約可以瞧見一群人東倒西歪躺在木榻上。有的聳肩低頭，有的屈膝蜷臥，有的向後仰著頭，有的下巴朝天；他們蜷縮在各個角落裡，茫然地打量著從外面進來的人。在黑影裡，有不少地方閃爍著紅色的亮點，忽明忽暗，那是他們吮吸金屬菸斗鍋裡燃著的鴉片時發出的亮光。大多數人都是靜悄悄地躺著，也有些人自言自語，還有人用一種奇怪的、低沉而單調的聲音互相交談，小聲地咬耳朵——這種談話有時滔滔不絕、嘟嘟囔囔，淨講些自己的心事，對別人的話充耳不聞。遠處，有一個小炭火盆，盆裡的炭火燒得正旺。一個瘦高的老頭坐在火盆旁邊的一張三足木板凳上，兩手托腮，胳膊肘支在膝蓋上，兩眼定定地望著炭火。

我進屋時，一個面色慘白的夥計，看上去是個馬來人，興沖沖地走上前來，遞給我一杆菸槍和一份菸劑，招呼我到一張空榻上去。我說：「謝謝，不過我不是衝著這個來的，我來找我的一位朋友愛薩・惠特內先生，他就在這裡。」

我右邊有人蠕動身軀並發出喊聲。我透過暗淡的

燈光瞧見憔悴不堪的惠特內。他面色蒼白，身上相當邋遢，睜著兩隻大眼睛盯著我。

「天哪！華生！是你！」他說，答話的樣子顯得既可憐又有些猥瑣，似乎每條神經都處於緊張狀態。「嘿，華生，現在幾點了？」

「快十一點了。」

「今天是星期幾？」

「星期五，六月十九日。」

「天啊！我還以為是星期三呢。今天是星期三吧，你嚇唬我幹嘛？」他垂下頭，把臉埋進兩臂之間，放聲哭了起來。

「今天的確是星期五，一點都沒錯。你太太在家裡一直等了你兩天，你難道不覺得羞愧嗎！」

「對！我該羞愧，不過你弄錯了，華生，我才在這裡待了幾個小時，抽了三、四鍋……我記不得抽多少鍋了。不過我馬上跟你回去，不能讓凱特擔心受怕，我可憐的小凱特呀！你扶我一下！馬車來了嗎？」

「我雇了一輛，正在外面等著。」

「那好，我就坐車走吧。不過，我一定欠了帳，看看我欠了多少，華生。我現在一點力氣也沒有，連自己都照顧不過來了。」

我走過狹窄的過道，過道兩旁的木榻都躺滿了人。我屏住呼吸，以免吸進鴉片那令人作嘔和發暈的臭氣。我到處找菸館的老闆。當我走過炭火盆旁的那個高個子邊時，有一隻手突然猛地拉了一下我上衣的下襬，一個低低的聲音說：「先走過去，然後再回頭看我！」我清清楚楚聽到了這兩句話，低頭一看，這話好像是我身邊的老頭說的。可是，此刻他還是和剛才一樣全神貫注地坐在那裡。他瘦得皮包骨，滿面皺紋，十分衰老，傴僂著背，一支菸槍垂落在他的雙膝中間，好像是因爲他累得沒力氣而滑脫下去的。我向前走了兩步，回頭看時大吃了一驚，費了好大力氣才忍住沒有失聲喊出來。他也轉過身來，除了我，誰也看不清他。他已經舒展開身體，臉上的皺紋也沒了，昏花無神的雙眼又變得炯炯有神。這時，坐在炭火盆邊望著吃驚的我咧嘴而笑的，竟是夏洛克·福爾摩斯！他悄悄示意我到他身邊去，隨即轉過身子，以側面朝向眾人，又露出一副哆哆嗦嗦、隨口亂說的老糊塗相。

「福爾摩斯！」我低聲說，「你到菸館來幹什麼？」

「小心！小聲點！」他警覺地說，「我耳朵很敏銳。要是你肯幫忙把你那位癮君子朋友打發掉，我會很樂意和你說幾句話。」

「我讓一輛小馬車等在外面。」

「就讓他坐馬車回去吧！你儘管放心，他顯然已經沒有力氣惹事生非了。我建議你託馬車夫給尊夫人帶個便條，告訴她咱們又湊到一塊兒啦。你在外邊稍等片刻，五分鐘後我馬上出來。」

福爾摩斯的任何要求都讓人覺得難以拒絕，因爲他總是用一種很巧妙、很溫和的方式極其堅決而明確地提出來。總之，他讓我覺得，只要惠特內一登上馬車，我就完成任務了。接下來嘛，當然要同我的好朋友一起去進行一次非同一般的獵奇探險活動了。不過對他而言，探險幾乎是家常便飯。我花了幾分鐘時間寫便條，替惠特內付了帳，把他送上車，看著他坐著車往家的方向走，直到馬車消失在茫茫夜色中。不一會兒，鴉片菸館裡走出來一個老人，也就是福爾摩斯。我們一起走了大約兩條街的路程，他一直駝著背，東搖西晃，步履蹣跚。當他迅速地向四周打量了一下，確信無人跟蹤後，便站直了身體，暢快地大笑起來。

「華生，我猜，」他說，「你是不是以爲我除了有注射可卡因和其他一些從醫學觀點來看對身體並無大礙的小毛病之外，又迷上鴉片了？」

「在那裡看到你當然讓我很意外。」

「不過我在那裡看見你更驚訝。」

「我是來找我的朋友惠特內的。」

「我可是去找我一個死對頭的。」

「死對頭？」

「不錯，是我的一個天敵，或者也可以說是我的一個獵物。簡單地跟你說吧，華生，我正在進行一場很不尋常的偵查。我打算從這些菸鬼的閒言碎語中找出一條線索，就像我從前幹過的那樣。如果有人能從菸館裡認出我來，那麼，要不了多久我就沒命了。因爲以前我曾爲了破案到那裡偵查過，那個開菸館的無賴印度阿三曾發誓一定要找我報仇。保羅碼頭附近拐角的那棟房子後面有一扇活板門，它能告訴我們一些月黑風高之夜在那裡發生過的稀奇古怪事情。」

「什麼！你說的不會是些屍體吧？」

「唉，華生，就是那些屍體。如果我們能從每一個死在那個菸館裡的倒楣蛋身上得到一千鎊，我們就發財啦。這裡是沿河一帶發生謀財害命等殘忍勾當最爲猖獗的地方。我怕奈威爾・聖科賴爾能活著進去，可未必能活著出來。但是我們的圈套就應當設在這裡。」他把兩根食指放在嘴唇之間，吹出尖銳的口哨聲，同樣信號的哨聲在遠處迴響起來，不久就傳來一陣轆轆的車輪聲和躂躂的馬蹄聲。

一輛高棚雙輪單馬車從暗中駛出，兩旁吊燈射出兩道黃色的燈光。福爾摩斯說：「現在，華生，你還願意跟我一塊去嗎？」

「如果能對你有所幫助，我很願意去。」

「噢，患難見知交。你會對我很有幫助的。我在杉園的房間裡有兩張床鋪。」

「杉園？」

「對，就是聖科賴爾先生的房子。我偵查的時候住在那裡。」

「它在什麼地方？」

「在肯特郡，離李鎮不遠，大概需要跑上二十來里路。」

「我有點摸不著頭腦。」

「那是當然嘍，不過不久你就會明白所有的情況的。上車吧！好了，不麻煩你了，約翰，這是半克朗。明天大約十一點鐘的時候在這裡等我。來，把馬韁給我，明天見。」

他輕輕抽了那馬一鞭子，馬就飛快地跑了起來。穿過一條條黑黝黝、寂靜無人的街道，然後，路面漸漸寬闊起來，最後飛奔過一座兩側有欄杆的大橋，橋下黑沉沉的河水緩緩地流著。向前望去，又是一片淨是磚堆和灰泥的荒地，四下靜悄悄的，只有巡邏警沉重而有規律的腳步聲，或者偶爾傳來某些忘了回家的

狂歡作樂者在歸途中的喊叫聲，此後又是漫長的寂靜。天空中緩緩地飄過一堆散亂的雲，一兩顆星星散落在雲縫裡發出微弱的光芒。在一片沉寂中，福爾摩斯駕著馬車前進。他的頭低垂胸前，彷彿在思考。我坐在他身邊，想知道究竟是什麼案子，讓他如此費神，但又不敢打斷他的思路。我們駕著車子走了好幾里，來到郊外別墅區的邊緣，這時福爾摩斯才晃晃身子，聳聳肩，點燃菸斗，臉上露出得意甚至有些自負的樣子。

「你天生謹慎，華生。」他說，「這是作爲助手很難得的特質。可是我認爲，與別人交流應該是我工作的一項重要內容，但我覺得任務艱巨，因爲我無法保證自己的想法能滿足所有人的要求。我不知道今晚見到那位年輕的、十分可愛的女士時該說些什麼。」

「我不知道你在說些什麼。」

「在我們到達李鎮前，我還有時間把基本案情告訴你。它看起來好像很簡單，但我還是一頭霧水。線索當然有很多，可我理不清頭緒。現在，我簡單地講一下基本情況，也許你能看得更清楚些。」

「好吧，你講講看。」

「案發的具體時間是一八八四年五月，也就是幾年前的事了。李鎮來了位名叫奈威爾・聖科賴爾的先生。顯然，他很有錢，買了一座大別墅，把庭園整治得很漂亮，顯得很豪華。慢慢地他和附近的許多人都成爲朋友。一八八七年，他娶了妻，妻子是當地一家釀酒商的女兒，兩人生了兩個孩子。奈威爾・聖科賴爾沒有職業，但在幾家公司都有投資。他習慣於每天早晨進城，下午五點十四分坐火車從坎農街回來。他今年三十七歲，沒有什麼不好的毛病，稱得上是個好丈夫和好父親，而且和人們的關係也都很好。另外，據我們調查，目前他的全部債務是八十八鎊十先令，而他在首都郡銀行裡的存款就有二百二十鎊。因此，我不相信他會爲財務問題發愁。

「上星期一，聖科賴爾先生一大早就進城去了。出發前他說要辦兩件重要的事情，還說要給小兒子帶一盒積木回來。很湊巧，就在當天，他離家後不久，他太太收到一封電報。電報說她一直等著的那個貴重的包裹已經寄到亞伯丁運輸公司辦事處了，讓她去取。如果你熟悉倫敦的街道，一定知道公司的辦事處是在弗雷斯諾街。那條街有一條岔道通向天鵝閘巷，就是今晚我們見面的地方。聖科賴爾太太吃過午飯就進城了，她在商店買了些東西，然後就到公司辦事處去，取了包裹，回車站走過天鵝閘巷時，正好是下午四點三十五分。你聽清楚了嗎？」

「我想我很清楚。」

「如果你還記得的話，星期一那天很熱，聖科賴爾太太走得很慢。她四下看了看，希望能雇到一輛小馬車，因爲她不喜歡周圍的那些街道。正當她慢慢走著經過天鵝閘巷時，突然聽見一聲喊叫或者說是哭號，然後她看到她的丈夫奈威爾・聖科賴爾正從三樓的窗口向下望著她，好像還對她招手，她當時嚇得渾身冰涼。那窗戶是開著的；她清清楚楚地看到了丈夫的臉，據她說他當時很激動，也很嚇人。他拚命地向她揮手，但在那之後又忽然消失了，好像身後有一股不可抗拒的力量一把將他猛地拉回去一樣。女人的眼睛尤其敏銳，她很清楚地注意到，她丈夫穿的雖然是早上進城時的那件黑色上衣，可是脖子上沒有硬領，胸前也沒有領帶。這很奇怪。

「她想奈威爾・聖科賴爾一定是出了什麼事，便順著台階飛奔下去──就是今晚你發現我待過的那個菸館──闖進那棟房子的前屋，當她穿過屋子想登上通往二樓的樓梯時，在樓梯口，她遇到了那個印度阿三，他把她推了回來。接著又來了一個丹麥人幫忙，一起把她推到街上。

「她心裡滿是憂慮和恐懼，急忙沿著小巷衝了出去。還算幸運，在弗雷斯諾街頭，遇見了正前往值崗上班途中的一位巡官和幾名巡捕，那巡官同兩名巡捕陪她回去。儘管那菸館老闆再三阻攔，他們仍然進入了剛才發現聖科賴爾先生的那間屋子。可是那裡看不出有他待過的跡象。事實上，在那層樓上，除了見到一個跛著腳、長得十分醜陋的傢伙似乎住在那裡外，沒有見到其他任何人。這傢伙和那個印度人都發誓說，那天下午沒有任何人到過那層樓的前屋。這時，奈威爾・聖科賴爾太太突然大喊一聲，猛撲到桌上的一個小松木盒前，掀起盒蓋，嘩地往外一倒，倒出來一大堆兒童玩具積木，就是奈威爾・聖科賴爾早上答應要帶給兒子的玩具。

「看到這些兒童玩具，還有瘸子臉上明顯的慌張表情，巡官察覺到這是件十分嚴重的案件。他們仔細檢查了所有房間，發現屋內的一切都與一件可怕的案子有關。前屋擺設十分樸素，作爲起居之用，它通向一間小臥室，由小臥室望出去，可以看到一部分碼頭後方。碼頭和臥室窗戶之間有一窄長地段，退潮時是陸地，漲潮時則爲至少四英尺深的河水所淹沒。臥室的窗戶很寬，可以從下面打開。檢查房間時，他們在窗框上發現了斑斑血跡，臥室的地板上也有幾滴。在前屋中，巡官猛地拉開一條簾子，在簾子後面發現了聖科賴爾先生的全套衣服；除了那件上衣，他的靴子、襪子、帽子和手錶一樣不缺，全在那裡。但是從這些衣物上看不出有什麼暴行的痕跡，同時也找不到聖科賴爾先生的蹤影。顯然他一定是從窗戶逃出去的，因爲除此之外再沒有其他出路。從窗框上那些不祥的血跡看來，他想游泳逃生的可能性很小，因爲發生這件悲劇的時候正是漲潮。

「再看一下與本案有牽連的歹徒們吧。那個印度阿三是個遠近聞名、作惡多端的傢伙。不過，按聖科賴爾太太的說法，她的丈夫出現在窗邊以後僅僅幾秒鐘，那個印度人就已經在樓梯腳那裡了，所以他至多不過是一個幫兇。他辯解說他什麼也不知道，更不知道樓上的租戶休・布恩都做了些什麼，他也不知道爲什麼那位下落不明的先生的衣物會出現在那屋子裡。

「這是印度阿三老闆交代的情況。住在三樓的那個陰險的瘸子，一定是最後親眼看見聖科賴爾先生的人。他叫休・布恩，常到倫敦舊城區來的人都認識他。他靠乞討維持生活，因爲怕警察管制，就裝作賣蠟火柴的小販。從針線街往下走不遠，向左拐，你會看到一個小牆角。他每天都盤著腿坐在那裡，膝上放幾盒火柴。因爲他有著一副可憐相，好心的人們往往會慷慨地把錢投進他身邊一頂油膩的皮革帽子裡。在我覺得有必要瞭解他乞討維生的情況以前，不止一次地觀察過這個傢伙；但只有在瞭解他的乞討情況之後，我才發現原來他一會兒就可以收穫許多。你知道，他長得那麼奇怪，誰從他身邊經過都忍不住要看上一眼。他和一般乞丐很不同：長了一頭蓬鬆的紅頭髮，蒼白的面孔上長了一塊可怕的傷疤，這使他顯得更加難看，這塊傷疤，一經收縮就把上唇的外部邊緣翻捲上去了；下巴活像哈巴狗，銳利的黑眼睛和頭髮的顏色形成鮮明的對比。而且，無論過路人投給他什麼破爛東西，他都有話可說，從這點就可以看出他的智力也非同一般。現在我們知道的關於他其他情況就是他寄宿在菸館裡，還是最後看到我們想尋找的那位先生的人。」

「可是他是一個瘸子！」我說，「他那樣一個人能對付得了一個年輕力壯的男子嗎？」

「如果從走路一瘸一拐這點來說，他是個殘障者；但是，在其他方面，他應該是營養充足而且力氣很大。你醫學方面的常識很豐富，所以應該知道，如果身體的某一方面有缺陷，那麼其他方面往往會得到更有力的補償。」

「請繼續。」

「一見窗框上的血跡，聖科賴爾太太就暈了過去，一位巡捕用馬車把她送回家了，因爲她留在現場對偵查也沒有什麼幫助。負責本案的是巴頓巡官，他將房屋全部仔細察看過了，但沒有發現其他對破案有啓發的線索。他當時應該把休・布恩立刻逮捕起來，但他沒有。這個錯誤使休・布恩得到了幾分鐘時間和他那印度朋友互相串供。不過，他們很快就糾正了這一個錯誤——拘捕了休・布恩並進行搜查，可是並未發現任何可以將他定罪的證據。休・布恩的汗衫右手袖子上的確有些血跡，但他的左手第四指靠近指甲的地方被刀割破了，所以他說血是從那裡流出來的；他還說窗戶上被發現的血跡是因爲一會兒工夫以前他曾到窗戶那邊去過。他拒不承認曾見過聖科賴爾先生，並且發誓說，他也很奇怪爲什麼會在他的房間裡發現聖科賴爾的衣物，而對聖科賴爾太太所說的話，他認爲她一定是發瘋了，或者是在作夢。儘管他大聲抗議，後來還是被帶到警察局去了。同時，那裡留有警官，他們希望在退潮後能找到一些新的線索。

「後來果然找到了，但不是聖科賴爾本人——其實大家也害怕找到他的屍體——被找到的是他的上衣，那上衣毫無遮掩地出現在退潮後的泥灘上。你猜猜他們在衣袋裡發現了些什麼？」

「我猜不出。」

「沒錯，我想你是猜不到的。每個口袋裡都裝滿了便士和半便士——共有四百二十一個便士和二百七十個半便士，難怪潮水沒有捲走上衣。可是他的軀體就沒有這麼幸運了。退潮時，水勢又急又猛，看來很可能是潮水把剝光了的軀體沖進了河裡，而這沉甸甸的上衣卻留了下來。」

「但是，你剛才說聖科賴爾所有其他的衣服都在屋子裡，難道他身上只穿了一件上衣？」

「不會的，可是這麼說也許有一定的道理。如果是布恩把奈威爾·聖科賴爾推出窗外的，然後他會幹什麼呢？雖然當時沒有目擊證人，但我想他當然會馬上想到要如何處理掉那些衣服，從而避免罪行暴露。所以他會抓起衣服來，扔到窗外去。而在他往外拋的一剎那，他突然想到：如果浮力把上衣浮出水面，事情就有可能敗露。但他這時已聽到那位太太為了要上樓而在樓下吵鬧的聲音，而且他也許已從他的印度同夥那裡聽說有一批巡捕正順著大街朝這個方向急匆匆地跑過來。因為時間緊急，刻不容緩，他一下想到他在乞討中積累起來的銀錢，於是衝到密藏銀錢的地方。那些硬幣，他當然是能抓起多少就抓多少，儘量往衣袋裡塞，以此來確保上衣能夠安全地留

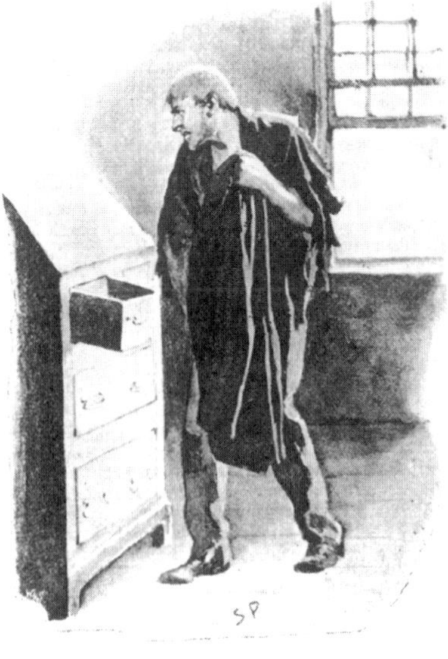

在水底。把這件上衣拋了出去以後，他還想用同樣的方法處理別的衣服，但他聽到樓下匆促的腳步聲，這時巡捕已經上樓來了，他什麼也來不及做，只好把窗戶關上。」

「聽起來好像能講得通。」

「咱們就權充這個假設最符合事實吧，因爲還沒有比這更好的假定。我前面講過，警察逮捕並關押了休・布恩，可是他們不能證實他有作案嫌疑。而且人所共知，多年來他以乞討維生，他的生活看上去十分平靜而且對人們並不構成威脅。事情就這麼僵持著，應該解決的問題依然還是問題，一時半刻還解決不了。這些問題是：奈威爾・聖科賴爾到菸館裡去幹什麼？他在那裡遇到了什麼事？他現在在哪裡？休・布恩與他的失蹤有什麼關聯？我必須承認：在我以往經辦的所有案件中，沒有一個像本案一樣，乍看以爲一目了然，很簡單，可是實際上卻雲山霧照，困難重重。」

在福爾摩斯向我詳細介紹案中一個又一個謎團時，我們乘坐的馬車駛出城市的郊區，遠遠地把那些星星點點散落的房子甩在後面。最後，馬車在兩旁有籬笆的鄉間小道上轔轔而行。當他講完時，我們正行駛在兩個稀稀落落的村落之間，看到幾家窗戶裡閃爍著燈光。

「這裡是李鎮的郊區。」福爾摩斯說，「你看，我們是從米德爾賽克斯出發的，途經薩里一隅，最後到達了肯特郡。在我們短暫的行程中，竟路過了英格蘭的三個郡縣。看那樹叢中的燈光，那就是杉園。有一位女士現在正坐在燈旁，憂心如焚地等待著我們到來；她豎起耳朵凝神靜聽，想必此刻已經聽到我們馬蹄的蹝蹝聲了。」

「你爲什麼不在貝克街處理這件案子呢？」

「因爲大量事實都要在這裡進行偵查。聖科賴爾太太已經體貼地爲我安排了兩間屋子。你放心，對你，我的朋友兼夥件，她一定也會熱烈歡迎。華生，在我還沒有她丈夫的確切消息前，我可眞怕見到她。到啦。」

馬車在一棟大別墅前停下，這座別墅坐落在庭園之中。一個馬僮跑過來，拉住了馬頭。我跳下車，跟著福爾摩斯走上一條碎石道，這條小小的、彎曲的碎石道通往樓前。我們走近樓前時，樓門大開著，一位雪白皮膚、金黃頭髮的年輕女子在門口等候。她穿著一身淺色細紗布的衣服，衣服的頸口和腕口處鑲著少許粉紅色蓬鬆透明的絲織薄紗邊。她亭亭玉立地立在燈光下，一手扶著門，一手半舉著，神情間透著焦急。她微微彎腰，卻揚起一張粉面，目光渴望地凝視著我們，朱唇微啓，欲語還休。

「啊？」她喊道，「有進展嗎？」隨後，她看出我們是兩個人，起先還滿懷希望地詢問，可是看到福爾摩斯只是搖頭聳肩，就轉而發出淒苦的呻吟了。

「沒有好消息嗎？」

「沒有。」

「有壞消息嗎？」

「也沒有。」

「謝天謝地！請進來吧！累了一整天，你們辛苦了。」

「我爲您介紹一下，這是我的朋友，華生醫生。在我過去接的幾個案子裡，他給了我極大的幫助，這次我很幸運能把他請來和我一同調查本案。」

「見到你我很高興。」她熱烈地和我握手，「如果我們招待不周，請您原諒。這件事對我們的打擊實在是太大、太突然了。」

「親愛的太太，」我說，「我是久經沙場的老兵了，您也不必跟我客氣。如果我對您或者對我的老朋友能夠有所幫助，那麼我就很高興了。」

我們走進一間燈光明亮的餐室，桌上已經擺好了冷餐。「福爾摩斯先生，」聖科賴爾太太說，「我很想直截了當地問您一兩個問題，請您給一個坦率的答覆。」

「好的，太太。」

「您放心，我不會歇斯底里，也不會動不動就暈倒。我只是想聽聽您對於此事真實的看

法。」

「關於哪一點？」

「您跟我說實話，您認為奈威爾還活著嗎？」

這個問題把福爾摩斯難住了。「說老實話，說啊！」她央求著，這時福爾摩斯正仰身坐在一張柳條椅裡。聖科賴爾太太站在地毯上俯視著他。

「好吧，太太，說老實話，我不認為他還活著。」

「你認為他死了？」

「是的。」

「被謀殺了？」

「我想不是。也有可能是的。」

「他在哪一天遇害的？」

「星期一。」

「那麼，福爾摩斯先生，我今天接到他的來信了，您能否解釋一下這又是怎麼一回事？」福爾摩斯好像觸了電一般從椅子上跳了起來，「什麼？」他吼道。

「是的，今天。」她微笑地站著，把一張小紙條舉得高高的。

「能讓我看看嗎？」

「當然可以。」

他急切地抓住那張紙條，把它攤開在桌上，挪過燈來，一點一點地仔細看著。我離開座椅，在他背後注視著那張紙。信封的紙很粗糙，上面蓋著格雷夫森德地方的郵戳，發信日期就是當天，或者該說是昨天，因爲此時已過了午夜。

「字寫得很潦草，」福爾摩斯喃喃地說，「這肯定不是您先生的筆跡，夫人。」

「可是信的確是他寫的。」

「但這信封不知是誰寫的，而且他還去問過地址。」

「爲什麼這麼說？」

「您看這人名，完全是用黑墨水寫的，寫出後自行陰乾。其餘的字呈灰黑色，說明這是在寫後用吸墨紙吸過的。如果是一起寫成，再用吸墨紙吸過，那麼就不會有些字是深黑色的了。這個人先寫人名，過了一會兒才寫地址，這就說明他不熟悉這個地址。這雖然是件小事，但是沒有什麼比小事更能說明問題了。現在讓咱們來看看信。哈！隨信還附了東西呢！」

「是的，有一枚戒指，他的圖章戒指。」

「您確信這是您丈夫的筆跡嗎？」

「是的，這是他其中一種筆跡。」

「其中一種？」

「是他匆忙寫就的草書，和平時的筆跡不一樣，可是我完全認得出來。」

親愛的：

別害怕，一切都會沒事的。已鑄成大錯，也許糾正它需要費些時間，請耐心等待。

奈威爾

「這信是用鉛筆在一張八開本書的扉頁上寫的，紙上沒有水紋。嗯！今天從格雷夫森德寄信的人大拇指很髒。哈！信封的口蓋是用膠水粘的，如果我沒有弄錯的話，封這封信的人還一直在嚼菸草。太太，您敢肯定這是您丈夫的筆跡嗎？」

「我敢肯定，這是奈威爾寫的。」

「信和戒指還是今天從格雷夫森德寄出的。喏，聖科賴爾太太，事情很清楚了，雖然我還沒把握說危險已經過去了。」

「那麼他一定尚在人間了，福爾摩斯先生。」

「是的，除非有人精心偽造了筆跡，來引誘我們走入歧途。但那戒指並不能說明什麼，它可以從他手上取下來！」

「不，不，這是他的親筆字跡！」

「那就好。不過，它或許是星期一寫的，直到今天才寄出來。」

「這倒有可能。」

「這麼說，在這段時間裡也可能發生許多事。」

「您可別淨打擊我，福爾摩斯先生，我知道他一定沒出事。我們兩個之間有一種敏銳的感應，萬一他遭到不幸，我應該會有感覺的。就在我最後見到他的那一天，他在臥室裡割破了手，而我在餐室裡就感覺到出了什麼事，所以馬上跑上樓去。您想我對這樣一樁小事都有反應了，那麼對於他的死亡，我又怎麼會無法感應呢？」

「您說的我見過很多，而且我也知道婦女的直覺或許會比一位分析推理家的論斷更有用。在這封信裡，您的確爲您的看法找到了一個強而有力的證據。不過，如果您的丈夫還活著，而且還能寫信，他爲什麼還待在外面不回家呢？」

「我想不出原因，這很讓人費解。」

「星期一那天他離開您時，沒有說過什麼嗎？」

「沒有。」

「您在天鵝閘巷望見他時是不是非常吃驚？」

「是的。」

「當時窗戶是開著的嗎？」

「是的。」

「那麼，他應該有可能叫您了？」

「是的。」

「但據我所知，他僅僅發出了不清楚的喊聲。」

「對。」

「您認爲他是在呼救嗎？」

「是的，他揮舞著雙手。」

「但那也可能是一種吃驚的叫喊。他出乎意料地看到您，所以很驚奇，舉起了雙手，是嗎？」

「有這種可能。」

「您認爲是有人硬把他拖回去的嗎？」

「他很突然地一下子就不見了。」

「他也可能是一下子就跳回去了呀。在房裡您沒有看見其他人吧？」

「沒有，但是那個可怕的傢伙承認他曾在那裡，還有那個印度阿三在樓梯腳下。」

「您當時看到您的丈夫穿的還是他平常那身衣服嗎？」

「是的，但沒了硬領和領帶。我清清楚楚地看到他露著脖子。」

「他以前有沒有提過天鵝閘巷？」
「從來沒有。」
「他有沒有抽過鴉片的任何跡象呢？」
「從來沒有。」
「謝謝您，聖科賴爾太太，這些要點正是我希望弄清楚的。先讓我們吃點晚飯，然後睡一覺，因爲明天也許要整整忙一天呢。」

她爲我們準備了一間寬敞舒適的房間，兩張床鋪。經過這一夜的奔波之後，我已經筋疲力盡，所以很快就鑽到被窩裡了。福爾摩斯卻沒有——當他心存疑難時，就會連續數天、甚至一個星期，廢寢忘食地反覆思考，重新整理掌握各種情況，從各個角度來分析問題，直到水落石出，或是深信自己搜集的材料已充分時才肯罷休。我馬上意識到：他準備通宵達旦地坐著。他脫了上衣和背心，換上一件寬大的藍色睡衣，然後就在屋子裡到處亂找，把床上的枕頭以及沙發和扶手椅上的靠墊收攏到一起。他用這些東西鋪

成一個東方式的沙發，盤腿坐在上面，面前放一盎斯味道很濃烈的板菸絲和一盒火柴。他嘴裡叼著一個歐石南根雕成的舊菸斗，端坐在幽暗的燈光裡，兩眼茫然地凝視著天花板一角。藍色的煙霧在他嘴邊盤旋繚繞，冉冉上升。他一聲不響，一動不動，忐忑的燈光正照在他那山鷹般堅定的臉上。我不久就睡著了，而他就那樣坐著。有時我從夢中驚醒，看見他還是這樣坐著。最後，我睜開雙眼，夏日的朝陽射進屋子裡。那菸斗依然叼在他的嘴裡，輕煙嫋嫋。屋裡瀰漫著濃重的煙霧，昨晚看到的一堆板菸絲全都不見了。

「你醒了嗎，華生？」他問道。

「醒了。」

「想不想早上駕車出去玩玩？」

「好的！」

「那趕快穿上衣服吧。雖然誰都還沒起床，可我知道那小馬僮住的地方，我們很快就會把馬車弄出來。」他邊說邊咯咯地笑了起來，眼睛裡閃著光芒，和昨夜那個苦思冥想的他判若兩人。

穿衣服時我看了一下錶。難怪還沒有人起身，才四點二十五分。我剛剛穿好衣服，福爾摩斯就回來了，他說馬僮正在套車。

「我要檢驗一下我的理論。」他邊說邊拉上他的靴子，「華生，告訴你，你現在正站在全歐洲最笨的糊塗蟲面前！人們應該一腳把我從這兒踢到查林克羅斯去！不過我認爲現在我已經找到破案的鑰匙了。」

「在哪裡？」我微笑著問道。

「在盥洗室裡。」他回答說，「我不是在開玩笑。」看見我將信將疑，他繼續說了下去。「我從那裡出來，已經把它拿出來放進格拉德斯通製造的軟提包裡了。走吧，夥計，去瞧瞧這把鑰匙能不能開得了鎖。」

我們輕步慢行走下樓梯，一出房間就沐浴在明媚的晨曦之中。套好的馬車停在路邊，那個衣服尚未穿好的馬僮在馬頭一側等著我們。我們躍身跳上車，順著倫敦大道飛奔而去。路上有幾輛運載蔬菜進城的馬車在移動，可是路旁兩側的一排排別墅仍然悄無聲息，彷彿夢中的城市一樣死氣沉沉。

「從某些方面來看，這是一樁奇案。」福爾摩斯說著，順手一鞭，馬車跑得更快了，「我承認我曾經像鼴鼠一樣盲目過，不過晚些知道總比不知道強。」

當我們驅車經過薩里一帶的街道時，城裡最早起的人也才剛剛睡醒，探頭到窗外看一眼曙光。馬車駛過滑鐵盧橋，飛快地經過威靈頓大街，然後向右急轉彎，來到布街。警務人員都和福爾摩斯很熟，門旁兩個巡捕向他敬禮。一個巡捕牽住馬頭，另一個便引我們進去。

「誰值班？」福爾摩斯問。

「是布雷茲特里特巡官，先生。」

「啊！布雷茲特里特，你好！」一位巡官走下石板坡的通道，他身材高大魁偉，頭戴鴨舌便帽，身穿帶有盤花鈕釦的夾克。「我想跟你單獨談談，布雷茲特里特。」

「好的，福爾摩斯先生，請到我屋裡來。」

這是一間類似辦公室的小房間，桌上放著一大本厚厚的分類登記簿，一架電話掛在牆上。巡官挨著桌子坐下。

「我能幫上什麼忙嗎？福爾摩斯先生。」

「我來是因爲乞丐休·布恩。有人指控他與李鎭奈威爾·聖科賴爾先生的失蹤一案有關。」

「是的，他因此被押到這裡來候審。」

「這我知道。他現在還在這裡嗎？」

「是的，在單人牢房裡。」

「他有搗亂嗎？」

「不，一點也沒搗亂，不過這壞蛋髒透了。」

「髒？」

「對，我們只能強迫他洗了洗手。他的臉簡直黑得像個補鍋匠一樣。哼，等案子結了，他必須得按監獄的規定洗個澡。眞的，如果您見了他，就不會認爲我誇大其辭了。」

「我很想見見他。」

「您想見他？那簡單，請跟我來。這提包您就擱在這裡吧。」

「不，我想我最好還是拿著。」

「好吧，請跟我來！」他領著我們走下一條通道，打開一道上閂的門，從一條盤旋式的樓梯下去，下面就是一處牆上刷了白灰的走廊，走廊兩側各有一排牢房。

「靠右邊第三個門就是他的牢房。」巡官說著往裡瞧了瞧。

「他睡著了，」他說，「你可以看得很清楚。」

我們兩人從隔柵往裡望，那囚犯臉朝我們躺著，正在呼呼大睡，呼吸緩慢而深沉。他中等身材，穿著和他的乞丐身分相稱的粗料子衣服，貼身穿的一件染過色的襯衫從破爛的上衣裂縫處露了出來。正如巡官所說，他骯髒得令人難以置信。可是他臉上的污垢還是掩蓋不了他那令人生厭的醜陋面容：從眼邊到下巴有一道寬寬的舊傷疤，這傷疤收縮後把上唇的一邊往上吊起，露出三顆牙齒，像是一直在嗥叫；一頭蓬鬆光亮的紅髮低低地蓋著兩眼和前額。

「很帥吧，是不是？」巡官說。

「他的確需要洗一洗。」福爾摩斯說，

「我倒有一個主意，而且還帶了些傢伙過來。」他一邊說，一邊打開那只格拉德斯通製的軟提包，取出了一塊很大的洗澡海綿，這讓我大吃一驚。

「嘻，嘻！您眞愛開玩笑！」巡官輕輕地笑了。

「如果您肯幫我個忙，悄悄地打開這牢門，咱們很快就會讓他變得體面一些。」

「行，這有什麼問題！」巡官說，「他這樣子對於布街看守所實在是有礙觀瞻。」他把鑰匙插進門鎖裡面，我們悄悄地走進牢房。那睡著的傢伙翻了翻身子，又睡著了。福爾摩斯彎下腰，把海綿在水罐裡蘸濕了，使勁地在囚犯臉上上下左右擦了幾下。

「讓我來爲你們介紹介紹，」他喊道，「這位就是肯特郡李鎭的奈威爾·聖科賴爾先生。」

當時的那種場面，我想我還是頭一次見到，就像從樹上或是海綿上剝了一層皮一樣，這人臉上那粗糙的棕色不見了！他臉上橫縫著的那道難看的傷疤也不見了，那顯出一副可憎的冷笑的歪唇也一併消失了。福爾摩斯使勁一揪，他那

頭蓬鬆的紅髮一下子也掉了。這時，從床上坐起的是一個很清秀的人，他皮膚光滑、一頭黑髮，但是臉色蒼白、愁眉不展，似乎心事重重。他揉了揉眼睛，定定神，打量了一下周圍，仍然睡意朦朧，不知所以。忽然他意識到自己被人識破了，不由得尖叫一聲撲到床上，把臉埋進枕頭裡。

「天啊！」巡官驚叫道，「真的，他就是那個失蹤的人！我看過他的相片。」

聖科賴爾轉過身來，一副聽天由命、滿不在乎的架勢，說：「是我又怎樣？」他說，「請問，你們能控告我犯了什麼罪呢？」

「控告你殺害奈威爾・聖……哦，除非他們把這案件當作自殺未遂案，否則還眞不能控告你犯了這個罪。」巡官咧嘴笑著說，「哼，我幹了二十七年警察，這次可眞該得獎了。」

「如果我是奈威爾・聖科賴爾先生，那麼我就沒犯什麼罪。所以，我受到非法拘留。」

「你是沒有犯罪，但犯了一個很大的錯誤！」福爾摩斯說，「要是你對你的妻子更有信心一些，你會幹得更好。」

「倒不是我的妻子，而是我的孩子。」聖科賴爾呻吟道，「願上帝保佑，我不想讓他們爲我做過的事感到羞愧。天哪！這講出去多讓人難爲情啊！我該怎麼辦？」

福爾摩斯坐到他身邊，和藹地拍了拍他的肩膀。

「如果法庭來調查這件事情的話，」他說，「當然就有可能會宣揚出去。可是，只要你能使警務當局相信：他們沒有十分的把握控告你，我想沒什麼必要把這個案子的詳情公諸於眾。我相信，布雷茲特里特巡官會把你的供述記錄下來的。這樣，這案子就不用提交法庭審理了。」

「上帝保佑您！」那囚犯興奮地高喊起來，「我寧願遭受拘禁，唉，甚至是被處死，也不願使我那見不得人的秘密成爲家族的恥辱，留給我的孩子們。

「你們是至今唯一聽過我身世的人。我是賈斯特菲爾德小學校長的兒子，從小在那裡受到極好的教育。青年時我特別喜愛旅行，喜歡演戲，後來在倫敦一家晚報當了記者。有一天，總編想要介紹一系列反映大城市裡乞丐生活的報導，我自告奮勇要提供這方面的稿件，這成了我一生歷險的開端——我只有自己裝成乞丐才能蒐集到寫文章必需的素材。因爲我當過演員，精通一些化妝秘訣，而且曾因化裝技巧的高超在劇場後台引起轟動，所以化妝對我而言很容易。我先用油色塗改臉的顏色，然後爲了能引起人們的同情，我用一小條肉色的橡皮膏，做了一個惟妙惟肖的傷疤，把嘴唇一邊向上翻捲起來，然後戴上一頭紅髮，配上適當的衣服，就在市商業區選定一個地方蹲了下來，表面上是火柴小販，實際上是當乞丐。我這樣幹了幾個小時，晚上回到家中，竟然發現總共有二十六個先令和四個便士，這讓我頗爲吃驚。

「寫完報導後，我就把這些事置之腦後了。直到有一天，我爲一位朋友作擔保，沒想到竟因此接到一張傳票要我賠償二十五鎊。我一時拿不出這麼多錢，急得走投無路，這才忽然想起這段經歷來。我央求債主給我半個月時間籌款，又向老闆請了幾天假，然後就化妝成乞丐，到城裡去乞討。過了十天，我湊足了錢，還了這筆債。

「這麼一來，我懂了：只要往臉上抹上一點油彩，把帽子放在地上，靜靜地坐著，一天就能掙兩英鎊，如此一來，我怎麼還會願意辛辛苦苦一星期，卻只賺那點可憐巴巴的小錢呢？是要自尊心還是要錢，我猶豫了很久，最後還是金錢占了上風。我結束了記者生涯，每天坐在我第一次選定的那條街的拐角，藉著我那副可怕的面容打動人們的惻隱之心，掙了不少的錢。我的秘密只有一個人知道，那就是我住的天鵝閘巷那家下等菸館的老闆。在那裡，我每天早晨以一個邋遢乞丐的面目出現，到晚上則搖身一變，成了一個衣冠楚楚的浪蕩公子。我付了很高的房租，所以他願意一直為我保密。

「不久，我發現我積攢的錢已經很多了。我的意思不是說，任何乞丐在倫敦的街頭，一年都能掙到七百英鎊（當然，這還搆不上我的平均收入），但我善於化妝、巧於應對，而且對這兩方面越來越精通。城裡的人都很關照我，整天都有各種各樣的銀幣源源不斷地流進我的口袋；如果哪天少於兩英鎊，那就算是很不走運了。

「錢越多，我的野心越大。我在郊區買了棟房子，結了婚、成了家，沒有人懷疑過我的真正身分。我親愛的妻子只知道我在城裡做生意，卻不知道我究竟在做什麼生意。

「上個星期一，我剛結束了一天的工作，正在菸館樓上的房間裡換衣服，無意中向窗外一望，忽見我妻子正站在街心，直視著我。我害怕極了，驚叫一聲，連忙用手臂擋住臉，立即跑去找我的知交——那個印度阿三，求他阻止任何要上樓來找我的人。我聽見妻子在樓下的聲音，知道她一時還上不來，就趕緊脫下衣服，換上乞丐的裝束，塗上顏色、戴上假髮。這樣，即使我的妻子也認不出我來。不過馬上我又想到也許她會在這屋子裡搜查，那些衣服可能會洩露我的秘密。於是我忙把窗戶打開，但由於用力過猛，竟又碰破了我清晨在臥室裡割破的傷口。平常我討來的錢都放在一個皮袋裡，這時我抓出其中的銅板塞在上衣袋裡，衣服因裝滿銅板而變得沉甸甸的，我把它扔出窗外，隨即就沉到泰晤士河裡不見了。本來我也想把其他衣服扔下去，但就在此時，有些警察已經衝上樓了。我承認，我很欣慰他們沒有認出我就是聖科賴爾，而是把我當作謀殺奈威爾·聖科賴爾的嫌疑犯逮了起來。

「我當時已下定決心長期裝作乞丐，所以寧願臉上髒些也不願洗。我知道我太太一定很著急，所以就取下戒指，趁警察不備，託付給那印度阿三交給她，還匆匆寫了幾行字讓他一併帶給她，叫她不必害怕。」

「那封信昨天才寄到她的手裡。」福爾摩斯說。

「天啊！這一個星期她一定很痛苦！」

「我們看住了那個印度阿三。」布雷茲特里特巡官說，「我敢說，他要想把信寄出去又不被發現是很困難的。大概是他把信又轉託給某個當海員的顧客，而那傢伙這幾天又把它忘得乾乾淨淨了。」

「我想也是這樣，」福爾摩斯點點頭表示同意，「肯定沒錯。可是你從來沒有因爲行騙而被控告過嗎？」

「有過幾次，但是那對我來說只是一點罰款而已。」

「不過事情必須到此爲止。」布雷茲特里特說，「如果要警察局不聲張出去，那麼必須是休・布恩從此消失。」

「我已經非常愼重地發過誓了。」

「要是這樣，我想也就不必再深究下去了。可是，如果你再犯，我們就要把事實公佈出來了。福爾摩斯先生，非常感謝您幫助我們查清這個案子！您能告訴我您是怎樣得出這個答案的嗎？」

「這個答案，」福爾摩斯說，「全靠我在五個枕頭上，抽完一盎斯板菸絲得來的。華生，我們現在坐車去貝克街，還能趕上吃早飯呢。」

第七篇　鵝肚裡的寶石

耶誕節後的第二天早上，我懷著節日問候的心情來到我的朋友福爾摩斯家。他坐在沙發上，穿著紫紅色的睡衣，旁邊是一個菸斗架和幾份剛看過的報紙。旁邊有一頂早該退休的帽子掛在一把木椅椅背上。從那帽子的破爛程度來看，它恐怕可以進金氏世界紀錄了。帽子下面放著一個放大鏡和鑷子，說明他正在研究那帽子。

我問他：「我這時候來沒打擾你吧？」

「不會的，我很歡迎你來和我一起研究。」他笑著說，「那帽子沒什麼用，但和它相關的問題卻十分重要，我們可以從這頂帽子中獲得一些啓發。」

我找來扶手椅，挨著柴火正旺的爐子坐下。時值寒冬，抬頭可以看到窗戶上美麗的冰花。我對他說：「我估計這破破爛爛的帽子中隱藏著某起命案的重要線索，而透過這條線索能使你查到兇手，並使之受到法律的制裁。」

福爾摩斯笑著說：「也不全是，這只是眾多不可思議的事件之一罷了。四百萬的人擠在這塊小小的土地上，發生這種事情是無可避免的。在芸芸眾生的激烈競爭中，發生什麼事都不奇怪。不少問題看起來似乎非常不可思議，但事實上並不構成犯罪。這一類事情自古有之。」

我同意道：「您說得有道理，我最近就碰到三個類似的案子。」

「確切地說，你是在說艾琳・艾德勒相片和瑪麗・薩瑟蘭小姐、奈威爾・聖科賴爾先生那幾個案子吧。我不排除這件事也和那些案子相似。你知道看門的彼得森嗎？」

「知道。」

「這就是他給我的。」

「這帽子是他的？」

「不，是他撿到的，現在還不知道是誰的，但我們不能因為它只是頂破破爛爛的帽子而忽略它，它需要我們動腦子。那天，二十五號的早上，它是和一隻肥鵝一起被丟下的，那隻肥鵝我想現在已成為彼得森的美食了。彼得森那天剛參加完一個宴會從托特納姆法院路回家，當時大約凌晨四點。在路上有個背著肥鵝的高大男子慢慢地在他前面走著。到了古治街時，那個男子和幾個痞子吵了起來，他的那頂帽子掉在地上。他不知從哪裡拿出一根棍子，亂舞著不讓那幾個痞子靠近。忽然，棍子打到他身後的商店玻璃。彼得森想著要不要站出來幫那個男子趕走那些流氓，可是那個陌生人正在爲打破了玻璃而感到害怕，又看到一個像警察的人走了過來，一下子慌了，連鵝都不要就跑了。而那些痞子也以爲是警察來了，便四處逃散。於是彼得森便撿了那頂帽子和那隻肥鵝。」

「他是想把它還給那個人吧？」

「問題就出在這裡。是的，那隻鵝腿上有張卡片，上面有行字：獻給亨利・貝克夫人。帽子上也寫著H・B・，然而，在這個人口眾多的城市裡，姓貝克的人起碼有好幾千個，叫亨利・貝克的也不少，因此要透過這個找到那個人十分困難。」

「那彼得森那邊怎麼辦？」

「他非常瞭解我的喜好，因此那天早晨把這兩樣東西都送到我這裡。直到今天早上，我們才決定還是把那隻鵝吃掉，畢竟留著牠也沒什麼用。所以那隻鵝我猜現在已經成爲彼得森的美食

了，而那位不相識的先生的這頂帽子則留了下來。」

「他沒有透過報紙找那個人嗎？」

「沒有。」

「那你現在找到什麼線索了沒有？」

「儘量推測吧。」

「就靠這個破爛玩意兒？」

「是的。」

「你眞幽默，這破東西能讓你研究出什麼來？」

「這是我的放大鏡，用這個，你能推測出這頂帽子的主人有什麼性格、習慣或別的什麼嗎？」

我接過那頂破帽，不情願地看了看。那是頂隨處可見的帽子，圓圓的，已經不再有帽子的柔軟，破得不能再破了。帽子的襯裡是塊褪色的絲綢，商標可能本來就沒有，或是已經掉了。正如福爾摩斯所說，帽子上寫著「H．B．」。帽簷有小孔，我想是用來繫帶子的，防帽子被風刮跑，然而上面的帶子已不見了。帽子上的補釘塗過墨水，卻沒有因此使它看起來新一點。帽子上的灰塵和污點明顯地說明著它的老舊。

「就是頂帽子，能看出什麼來？」我把帽子還給福爾摩斯。

「不對，華生，你看出了很多東西，只是你沒有進行推理，而且還信心不足。」

「那你從這破東西能推理出什麼？」

福爾摩斯用他那種特有的目光注視著帽子。「這頂帽子或許不會讓你想像到許多東西，但是，還是可以很明顯地推理出幾點來的。首先可以看出它的主人生活富裕、學識淵博，但他目前可能正處於困境，這使他與過去相比有著極大變化，特別在情緒上已開始變得低落沮喪。他應該是受到某種傷害或者沾染了某種不良習性，而這些使他的妻子開始不再愛他。」

「別開玩笑了，福爾摩斯！」

「而且無論如何，他始終保持著很強的自尊心。」他沒有讓我打斷他的話。「根據這頂帽子，我們還可以推測出他是個不愛出門、不愛運動的傢伙。而他那頭不再烏黑的頭髮是剛理過的，而且頭髮上塗著什麼東西，應該是檸檬膏。噢，對了，他家裡一定經常用蠟燭。」

「福爾摩斯，你正經點，別再開玩笑了。」

「不，我是非常認眞的，難道我都已經把研究結果告訴你了，你還不知道這是怎麼推理出來的嗎？」

「我承認我比較笨，無法想像你是怎樣推理出來的，比如你怎麼知道他很有學問？」

福爾摩斯把帽子扣到頭上，指了指壓到鼻子的帽子，看著我迷惑的眼神說：「這樣大的腦袋裡，東西還能少嗎？」

「那爲什麼說他目前正處於窘境呢？」

「這種質地的帽子，這樣的襯裡，還有這絲綢帶兒，都證明了這頂帽子價值不菲；而在三年前能買得起這樣的帽子，足以說明他以前家境不錯。而從那以後，這帽子已破舊不堪，他卻沒有換新的，可見他現在正處於困境，家道中落。」

「就算是吧，那又爲什麼說他『情緒沮喪』呢？」

福爾摩斯笑著說：「他原來做事非常仔細，有遠見！這特意做的、用來防止風刮走帽子的帶子不就能說明這一點嗎？但是現在這帶子斷了，他卻沒有再換新的，可見他這一段時間情緒低落沮喪，做事已不如從前了。但是他仍有較強的自尊心，用墨水塗在帽子的補釘上，使之顯得不那麼破舊，這一點顯而易見。」

「聽起來好像有點兒道理。」

「說他頭髮不再烏黑，頭髮上塗著東西，這些都是通過細緻觀察得出的。他帽子裡有許多頭髮渣，這說明他剛理過髮不久，而且這些髮渣有檸檬的氣味。帽子上的灰塵是屋裡特有的那種，而且帽上有大量汗漬，可見他出汗較多，身體並不是很好，所以從這些可以推測出他不愛出門，不經常運動。」

「那你又爲什麼說他的妻子不愛他了？」

「華生，你想像一下，你的妻子會讓你戴著幾星期不撣的帽子上街嗎？如果她還愛你的話。」

「也許他是個光棍呢？」

「你還記得那張卡片嗎？鵝腿上的那張卡片，很顯然地，那隻鵝是他爲了討好妻子買的禮物。」

「你倒說得頭頭是道，你又怎麼知道他家裡經常用蠟燭呢？」

「你瞧這帽子上的燭油，如果只是一兩滴那可能是碰巧滴上的，可有這麼多燭油，那他一定經常接觸蠟燭。」

「太棒了，眞不愧是福爾摩斯！然而你前面說到他可能並不構成犯罪，那你又何必浪費這些精力呢？」

福爾摩斯正想要對我說些什麼，忽然彼得森撞門進來了，他滿臉通紅，一臉驚愕。

他氣喘吁吁地說道：「鵝！福爾摩斯先生！那隻鵝！」

「怎麼了？難道那隻鵝起死回生了？拍著翅膀飛出

了窗戶？」福爾摩斯轉過身來端詳著彼得森表情激動的臉龐。

「看，先生，您看我妻子從鵝肚裡拿出了什麼！」他拿出一顆美麗晶瑩、光彩奪目的藍寶石。那顆和黃豆差不多大的藍寶石在他黑膚色的手心裡閃爍著美麗的光芒。

「天啊！彼得森，你知道你拿的是什麼嗎？那是顆價值連城的寶石！」福爾摩斯吹著口哨興奮地坐了起來。

「先生，我知道這是顆切玻璃如同切泥的那種鑽石。」

「不，還不是一般的寶石，它大有來頭。」

我脫口叫道：「難道說它是莫卡伯爵夫人的那顆藍寶石？」

「對！我最近經常看《泰晤士報》上關於它的報導，非常清楚它的形狀和大小。這顆寶石是無價之寶，伯爵夫人懸賞的那一千英鎊我看連全價的二十分之一都不到。」

「噢，我的天呀，一千英鎊啊！」彼得森一下站立不穩，跌倒在椅子上，驚訝地看著我和福爾摩斯。

「那一千英鎊只是懸賞的，伯爵夫人對這塊寶石有著特殊的感情，我猜要是有人幫她找回這塊寶石，就是向她要她一半的財產，她也在所不惜。」

「我還記得這顆寶石是在『世界旅館』丟失的。」我說道。

「是的，據說它是在五天前被一個叫約翰・霍納的管道修理工人偷走的，現在那個人已被法院起訴。你們看，這邊還有一些關於這件事的報導。」他在報紙堆裡找了找，最後從其中拿出一張報紙讀了起來：

「世界旅館」藍寶石被竊案。犯罪嫌疑人名叫約翰・霍納，是個管道修理工人，他被以盜竊伯爵夫人藍寶石的罪名起訴。證人有「世界旅館」的侍者領班詹姆士・萊德，他證實十二月二十二日那天，約翰・霍納曾由他領著到莫卡伯爵夫人的房裡修理壁爐的爐柵。他剛開始和霍納在一起，後來被叫走了。等他再次回到莫卡伯爵夫人房裡時，霍納已經不見了。這時他發現被撬開的梳妝檯上有一個摩洛哥首飾匣，但裡面已經沒有東西了。事後人們聽說那個首飾匣是伯爵夫人習慣珍藏寶石的地方，萊德馬上報案，警察當晚就逮捕了霍納，然而卻未能在霍納的身上及住處找到那顆被盜的寶石。凱薩琳・丘薩克，伯爵夫人的女僕證實那天聽到萊德第二次進入房間後的驚呼，並說她聽到呼聲後進入房間，看到的情況和萊德所說一樣。B區的布雷茲特里特巡官說霍納曾強烈拒捕，並聲稱自己並沒有偷竊寶石。由於有人證實他有過前科，地方法官認為應該謹慎處理此案。此案已被提交到巡迴審判庭審判。霍納在被審過程中因過於激動竟造成昏厥。

「哼！警察和法院目前無法提供更多的情況。」福爾摩斯想了想說道，順手把報紙放了回去。「現在擺在我們面前的問題是，把寶石被盜和彼得森在托特納姆法院路上拾到的那隻鵝連起來，並搞清楚途中到底發生了什麼事情。我們本來設想那頂帽子的主人與流氓吵起來和法律上的犯罪沒有關係，可是現在看來他與這件重大的案件有關。那隻鵝的主人是亨利．貝克先生，而寶石又是在鵝肚子裡面發現的。先前對這頂帽子進行的推論我已經跟你說了，現在我們就要找到帽子的主人，並調查清楚他到底和寶石失竊案有沒有關係。首要方法就是在所有報紙上刊登一則啓事，儘快找到這個人。如果用這種方法不靈，咱們再想別的辦法。」

「這則啓事要怎麼寫？」

「把鉛筆和紙給我。」

本人在古治街轉角撿到一隻鵝和一頂黑帽子，請名叫亨利．貝克的先生於晚上六點半到我處領回失物，地點是貝克街二二一號B座。

福爾摩斯很快地寫完了啓事，我問他：「那個人會看到啓事嗎？」

「會的，一隻鵝對一個窮人來說已經是筆不小的財產了，他當時因爲不小心用棍子打破玻璃，又看到像警察的彼得森走過去，才會驚慌而逃的。事後等他發現丟了鵝和帽子，一定會後悔好幾天。而且報上有他的名字，認識他的人一定會告訴他的。彼得森，你現在馬上把這則啓事送到廣告公司，要他們立即刊登在今晚的晚報上。」

「登在什麼報紙上？」

「你能想到的所有報紙都登，比如：《環球報》、《星報》、《蓓爾美爾報》、《聖詹姆斯宮報》、《新聞晚報》等等。」

「好的，先生。那這顆寶石怎麼辦？」

「就先放在我這邊吧，謝謝你。對了，你回來的時候幫我買隻鵝，我必須有隻鵝還給人家才行。」

彼得森出去以後，福爾摩斯仔細地觀察著那顆寶石，「好漂亮的一顆寶石啊。」他說，「你瞧瞧它多麼光彩奪目啊！可惜，多少犯罪都是因它而起！世界上所有的寶石都是這樣的，它們是魔鬼誘惑人最好的東西，在每顆古老而又珍貴的寶石上都沾滿了罪惡的血腥。這顆在華南廈門河岸上發現的寶石有著紅寶石的一切特徵，卻不是鮮紅而是蔚藍；雖然出現時間還不到二十年，卻有著一段令人驚嘆的悲傷歷史。有兩起謀殺案、一起毀容案和一起自殺案都因之而起。沒想到這美麗的小東西竟是許多人走向刑場和監獄的淵藪！我必須把它存在保險櫃裡，並把已經找到這顆寶石的消息告訴伯爵夫人。」

「你確定霍納無罪嗎？」

「這還很難說。」

「那你覺得那頂帽子的主人亨利・貝克和這個案件有什麼關係呢？」

「據我推測，亨利．貝克很可能並不知道鵝肚裡有這顆寶石。他怎麼也沒想到他丟的這隻肥鵝要比金鵝還値錢。不管怎樣，如果能找到亨利．貝克，我就可以用一個很簡單的方法知道他是不是對此事一無所知。」

「在找到他之前咱們沒什麼可做的嗎？」

「沒有了。」

「那好，我先忙我的事，今天晚上我準時過來，我很想知道這樣的難題你是如何解決的。」

「很歡迎你再來。」

有一個病人讓我遲到了一會兒，過了六點半我才來到貝克街。在我要進門的時候，有一個身穿蘇格蘭上衣和戴蘇格蘭帽的高個子男人，正站立在從屋裡窗戶射出的昏暗的燈光下。我按了門鈴，我們一起被請進福爾摩斯的房間。

「我猜你應該就是亨利．貝克先生。」福爾摩斯離開扶手椅，站起身來熱情地和那個人打招呼。「靠近壁爐的椅子是留給您的，貝克先生，這麼冷的天氣，可會連您的血液都懶得動了。啊，華生，你來得正好。貝克先生，你的帽子。」

「不錯，這帽子是我的。謝謝。」

來人身材高大，虎背熊腰，長著一顆大腦袋和一張寬闊、聰明的臉龐，棕色鬍鬚略呈灰白。鼻子和面頰稍紅，雙手微微顫抖，這些和福爾摩斯對於他外表的推測相差無幾。儘管他的黑禮服已褪色，但還是整整齊齊地扣著鈕子，大衣的領子豎著，並不粗壯的手腕在袖子下面露了出來。他說話措詞嚴謹，給人的印象就是一個正處困境、窘迫的學者。

「您的東西在我這兒有一陣子了，」福爾摩斯說，「我盼望著能在尋物啓事上找到您的聯繫方式，可惜我天天留意也沒能找到。您爲什麼不登啓事呢？」

那個男子不好意思地笑了笑，「現在對我來說登啓事的那筆錢已經不是小數目了。」他說道，「我以爲和我吵架的那幫流氓早已把我的帽子和鵝都拿走了，所以也沒怎麼希望把它們找回來，也就不想浪費這筆錢了！」

「你說的我們很能理解，現在我們必須告訴您，您的那隻鵝，因爲好幾天找不到您，我們只好把牠吃了。」

「吃了？」亨利·貝克先生激動地問道。

「是的，我們也沒辦法，那隻鵝如果留到現在肯定就不能吃了。不過，我想餐櫃上那隻鵝應該和您的鵝差不多大，還非常新鮮。您不會責怪我們吧？」

「噢，不會，不會。」貝克先生如釋重負地說道。

「當然，我們把您那隻鵝的羽毛、腿、嗉囊等等都留下了。所以，要是您想要……」

亨利·貝克先生突然大笑起來。「這些東西或許可以用來紀念我那次的歷險。」他說，「除此以外，我不知道那些東西對我有什麼用。不，先生，如果你不介意，我只對餐櫃上那隻鮮美的鵝感興趣。」

福爾摩斯向我使了個眼色，聳聳肩。

「那好，給您帽子和鵝。」他說道，「對了，您能告訴我那隻鵝是從哪裡買到的嗎？我正在研究家禽飼養，很少能見到比您那隻鵝更好的。」

「當然可以，先生。」他站起來，把帽子和鵝夾在臂彎下說，「我們白天都在博物館裡，所以有些朋友經常到博物館附近的阿爾法小餐館。今年，文蒂蓋特，我們的店主，創辦了一個俱樂部『鵝俱樂部』，我們每週交幾個便士的會費，所以在耶誕節都分到了俱樂部的一隻鵝。在這之後發生的事您都知道了。先生，您幫我找回了適合我戴的帽子，我就再也不用戴那頂彆扭的蘇格蘭帽了，非常感謝您。」他帶著一種可笑的驕傲表情向我們兩個莊嚴地鞠了一躬，然後快步走出了房間。

「這件事就先這樣吧。」福爾摩斯邊把門關上邊對我說，「顯然地，他根本不知道這件事。你想吃什麼嗎？華生。」

「我不太餓。」

「那麼我提議待會兒再吃消夜，我們應該抓緊時間把這件事情調查清楚。」

「好的，我同意。」

寒夜漫漫，我們穿上厚厚的長大衣，仔細地用圍巾圍住脖子，走出家門。外面，星星在晴朗的天空裡閃著幽冷的光芒，過路的行人呵出的氣，像手槍射擊一樣瞬間凝成冷霧。我們踩著響亮的腳步聲快速地穿過了醫師區、威姆波爾街、哈利街，接著又走過威格摩街到了牛津街，接著又花了十五分鐘到達博物館區的阿爾法小酒店。這是一家小酒店，位於通向霍爾伯恩的一條街的路口。我們走進這家私人小酒店，向酒店的老闆要了兩杯啤酒。老闆是個臉色紅潤，繫著白圍裙的老頭。

「你的啤酒還行，可遠不如你的鵝好吃。」福爾摩斯說道。

「我的鵝？」酒店老闆不解地問道。

「對，我剛和亨利．貝克先生聊過，大約是半小時前，他還說他是你們俱樂部的會員。」

「啊，我知道了。但是，先生，那些鵝是我從別人那買來的！」

「是嗎？從誰那裡買的？」

「噢，是從一個來自考文特花園推銷員那裡買的，一共二十四隻。」

「是嗎？他們之中有幾個我認識，你說的是哪一個？」

「好像是個叫布賴肯利奇的。」

「噢，不認識。好吧，老闆，祝你生意興隆。再見。」

「接下來咱們去找布賴肯利奇。」我們出了門再次冒著寒風趕路。福爾摩斯邊扣住鬆了的外衣釦子，邊說：「知道嗎？華生，雖然在這條線索的這一頭，我們只是要找到一隻鵝的來源，但事情的結果可能會是找到一個該判刑的人，除非我們有足夠的證據證明他的清白；不過，很可能我們找到的證據只能證明他有罪。不管怎樣，現在湊巧落入我們手中的這條線索是警察忽略的，我們要順藤摸瓜，直到知道誰是眞正的盜竊者爲止。現在，咱們往南走！」

我們穿過霍爾伯恩街，拐入恩德爾街，接著又走過平民區的羊腸小徑，來到考文特花園市場，找到了一個招牌上寫著布賴肯利奇的名字的貨攤。長瘦臉上長著整齊鬍子的店主正在幫一個小夥計收攤。

「好冷的天啊！生意還行吧？」福爾摩斯說。

店主人用懷疑的眼神打量著福爾摩斯，點了點頭。

「看來銷路不錯啊。」福爾摩斯看見空蕩蕩的大理石櫃　便說道。

「你要是想要的話，明天我可以賣給你五百隻。」

「不，不用。」

「那好吧，那邊那個貨攤還剩下幾隻。」

「噢，但是我是經人介紹才來的。」

「誰？」

「阿爾法酒店的老闆。」

「噢，那天他向我買了二十四隻鵝。」

「那些鵝好極了。能問一下您是從哪裡進的貨嗎？」

出乎意料的是，這個問題竟然讓那店主火冒三丈。

「先生。」他抬起頭，手扠腰說：「你要幹什麼？有話直說吧。」

「我沒拐彎抹角呀，我只想問一下你賣給阿爾法酒店的那些鵝是從哪裡進的貨？」

「噢，原來是這樣，我不想回答你的問題！」

「這只是小事而已，你何必大發雷霆？」

「大發雷霆？你設想一下也有人那樣糾纏你的話，你會不生氣嗎？我進的貨完全貨眞價實，這不就得了？你們怎麼都跑來問：『從哪進的貨？』、『誰買了你們的鵝？』和『什麼東西可以換你們這些鵝？』這要是讓別人聽到了，肯定會認爲我的鵝來路不正。」

「噢，我不是這個意思。」福爾摩斯輕鬆地說，「如果你不願意回答這個問題，那我們的那個打賭就不知道是誰贏了。算了，不多說了，但是我不會輕易改變我在家禽問題上的觀點。我下了五英鎊的賭注，還是覺得我吃的那隻鵝是從農村來的。」

「嘿，那你可就輸掉五英鎊了，這絕對是城裡的鵝。」這位老闆說。

「不可能。」

「我說絕對是。」

「我不信。」

「我從當小夥計就接觸牠們，沒有誰會比我更清楚了，我敢保證那些送到阿爾法酒店的鵝全是城裡的。」

「你怎麼讓我相信你？」

「那好，咱們打個賭。」

「我不想贏你的錢，我敢保證我是對的。不過爲了讓你不要太過自信，我願意用一枚金幣和你賭。」

貨攤老闆不懷好意地說：「比爾，把帳簿拿過來。」

那個叫比爾的小男孩取來了一大一小兩本帳簿，大帳簿的封面到處是油。比爾把它們拿到燈下。

「嘿，固執的傢伙！」貨攤老闆說道，「剛才我覺得我的鵝都賣出去了，不過在收攤前，你會發現我們原來還有一隻鵝沒賣掉。瞧這個小帳簿。」

「怎麼了？」

「上面記著賣鵝給我的人，鄉下人的名字都在這一頁，總賬的頁碼就是他們名字後面的數字，那一頁上記的都是他們的帳戶。喂！找到用紅墨水寫的那一頁了嗎？那張名單記著賣鵝給我的城裡人。對！找到第三個人的名字了嗎？她叫什麼？」

「奧克肖特太太，布里克斯頓路一一七號——二四九頁。」福爾摩斯念道。

「沒錯。接下來看看總帳吧！」

福爾摩斯按著他指的翻到了其中一頁。「是這一頁，奧克肖特太太，布里克斯頓路一一七號，蛋類和家禽供應商。」

「看看最後記的一筆帳。」

「『十二月二十二日，二十四隻鵝，進價七先令六便士。』」

「對，沒錯，接著看下面那行。」

「『賣給阿爾法酒店文蒂蓋特，賣了十二先令。』」

「你現在認輸了吧？」

福爾摩斯裝出十分懊悔的樣子，極不情願地拿出一枚

金幣扔給了老闆，帶著一種無法形容、不知是喜是怒的表情走開了。走了一會兒後，他在一盞路燈下站住，再也忍不住地笑了起來。

「華生，教你一個辦法，當你想向那種滿臉鬍子的人打聽一件事，而他又無論如何不想告訴你時，最好和他打賭。」他說，「我敢保證，剛才就是咱們直接給他一百鎊，他也不可能像和他打賭那樣把帳本拿出來。噢，華生，我們已經勝利在望了，這眞出乎我的意料。現在只剩下一個問題了，那就是我們什麼時候到這位奧克肖特太太那裡去。從那個暴躁傢伙的話裡，很明顯可以聽出，還有人和我們一樣急於知道此事，所以，我想……」

福爾摩斯還沒說完，從我們剛剛離開的那個貨攤上傳來一陣喧鬧的吵鬧聲打斷了他的話。我們往貨攤一瞧，有個獐頭鼠目的小個子男人站在貨攤前面。老闆布賴肯利奇擋在貨攤的門口，揮舞著粗壯的拳頭惡狠狠地瞪著那個受驚的小個子男人。

「別再來找你的鵝了，煩死我了！」他喊著，「如果你還不快滾的話，我就叫我的夥計放狗咬你！別再我面前再提你的鵝了，老傢伙！你叫奧克肖特太太來和我說，這裡沒你的事，我的鵝是從她那裡買的。」

「雖然你是從她那裡買的，可是我的鵝也在裡面呀！」那個小個子無奈地說。

「好吧，去叫奧克肖特太太來和我說。」

「是她叫我來的。」

「噢，那你找普魯士國王要你的鵝去吧，這不關我的事。快滾吧！別再煩我了。」他兇狠地靠近那人，嚇得那小個子男人拔腿就跑。

「哈哈，我們可以不用到布里克斯頓路去了。」福爾摩斯小聲對我說，「走，瞧瞧這傢伙和這件事有什麼關係。」我們在閒逛的人群中快步疾行，福爾摩斯很快就追上那個小個子男人，朝他的肩膀拍了一下。那個人轉過來，驚訝地望著福爾摩斯，臉色蒼白憔悴。

「你是誰？找我有事嗎？」他不安地問道。

「不好意思，」福爾摩斯微笑著說，「我剛才湊巧聽到你和貨攤老闆的談話，我想我能解決你的難題。」

「你？你是誰？你怎麼會知道我要幹什麼？」

「我叫夏洛克．福爾摩斯。知人所不知是我的愛好和專長。」

「這件事你知道些什麼呢？」

「不好意思，我清楚整件事。你著急地想找到布里克斯頓路的奧克肖特太太賣給布賴肯利奇的那隻鵝；你要找的那隻鵝後來被賣給了阿爾法酒店的文蒂蓋特先生，然後他又送給了他的俱樂部會員亨利．貝克先生。」

「哦！先生，你眞的能解決我的難題，」小個子男人激動興奮地舉起雙手喊著，「您絕對無法理解我是多麼高興碰上您。」

福爾摩斯叫了一輛馬車。「那樣的話，你不覺得這麼冷的天在這種地方說話是活受罪嗎？咱們找個舒服點兒的地方再談吧。」他說，「不過，在我們離開這裡之前，我很想知道我幫助的人到底叫什麼名字。」

小個子男人想了一會兒，向旁邊看了一眼，說道：「我叫約翰・魯賓遜。」

「不，不，能告訴我你的眞名實姓嗎？」福爾摩斯微笑著說道，「和人交往用化名不太好喔。」

小個子男人臉色馬上由白轉紅，不好意思地說：「我的眞名叫詹姆斯・萊德。」

「這就對了，『世界旅館』的侍者領班。咱們上馬車吧！我馬上就告訴你你急於知道的所有事情。」這個小個子男人用他喜憂參半、既擔心又期望的眼神看著我們。這種表情是那種不知道將會發生什麼事的人所特有的。隨後他緊張不安、默默地跟著我們上了馬車，從他急促起伏的胸膛，我們可以感覺到他內心的極度緊張。過了半小時，我們回到了福爾摩斯家裡。

「到了！」我們走進屋子時，福爾摩斯高興地說道：「這麼冷的天最令人嚮往的是溫暖的爐火。你覺得冷嗎？萊德先生，這把籐椅是給你的。在解決你的難題之前，我要先換雙拖鞋。噢，現在可以了，你很想知道那些鵝現在怎麼樣了吧？」

「是的，先生。」

「我覺得你應該直說你最關心的是一隻鵝現在怎麼樣了。我猜那隻鵝長著白色的羽毛，尾巴上有一撮黑色羽毛。」萊德高興地叫了起來，「啊，先生！」他喊道，「您知道牠在哪裡嗎？」

「牠在這裡待過。」

「這裡？」

「對，牠的確是一隻舉世無雙的鵝，我很能理解你對那隻鵝的關心。牠死後留下的蛋竟是顆美麗罕見的藍寶石，我把它收在這裡。您瞧。」

小個子男人站了起來，卻無法站穩，只好用右手抓住了壁爐架。福爾摩斯打開他放寶石的地方，拿出那顆藍寶石。萊德呆呆地、目不轉睛地注視著那顆閃著美麗光芒、燦若寒星的藍寶石，不知道該怎麼辦才好。

「別再演戲了吧，萊德。」福爾摩斯嚴肅地說，「扶好了，別摔著，萊德，要是不小心會跌到壁爐裡去的。扶他坐回椅子上吧，華生。給他喝點白蘭地，要不然他還不敢坦承他幹了哪些好事。好了，現在看起來還行。他這麼瘦，看起來挺可憐的。」

過了一會兒，他慢慢搖搖晃晃地站了起來，臉色紅潤，站了一會兒又坐下了，緊張不安地盯著福爾摩斯。

「這個案子的每個細節我都已經很清楚了，因此也不用你來告訴我什麼。不過，爲了讓這件事情畫上圓滿的句點，你最好還是回答我一些問題。萊德，你怎麼知道莫卡伯爵夫人的藍寶石？」

「是凱薩琳·丘薩克告訴我的。」他吞吞吐吐地說。

「哦，是伯爵夫人的女僕。這顆美麗罕見的寶石對你一樣充滿著巨大的誘惑，在你之前它以同樣的吸引力誘惑了不少人犯罪；但是，你也只有這兩下子。萊德，你這個狡猾的狐狸，你很清楚霍納有盜竊前科，所以警察很容易會懷疑到他。那麼你做了哪些手腳呢？你和丘薩克一塊在伯爵夫人的房間裡設計好圈套。你們想辦法把霍納叫進伯爵夫人房間裡，在他離開後，你把首飾匣撬開，接著馬上驚呼發現房間被盜，讓霍納這個可憐的傢伙被捕。然後你……」

萊德立即跪在地毯上，抱住福爾摩斯雙腳哀求道：「看在上帝份上，放過我吧。如果我可憐的父母知道以前從未做過壞事的我竟然做出了這種事，他們會悲痛欲絕的！以後我再也不敢了，我對上帝發誓。噢，千萬不要把這件事告訴法庭！看在上帝份上，放過我吧！」

「回到你的座位上去！」福爾摩斯大聲說道，「現在你倒知道求我放過你了，你可曾考慮到可憐的霍納糊里糊塗地就被帶到法庭上了！」

「福爾摩斯先生，我馬上消失，離開這個國家，先生，那霍納也就會被無罪釋放了。」

「哼！我正想說這些呢。但是在這之前，我想聽聽你偷了寶石後是怎麼做的。你老實說，你是怎麼把寶石藏到那隻鵝肚裡的，那隻鵝又為什麼會被拿到市場上去賣？若想讓我放過你，除非你從實招來。」

萊德用舌頭潤了潤嘴唇。「好的，好的，先生，」他說，「我帶著那顆寶石逃走的最好機會是在霍納被捕以後，可是我擔心警察隨時會懷疑到我身上。我在旅館裡沒找到一個保險的地方，於是就假裝有人要我出去辦事，乘機跑到了住在布里克斯頓路的姐姐家。她丈夫叫奧克肖特，以養鵝維生。在路上我覺得好像每個人都盯著我似的。因為過於緊張，儘管天氣寒冷，當我到達布里克斯頓路時，已經汗流浹背了。姐姐看到我臉色蒼白問怎麼了，我說我們旅館剛剛發生了一起寶石盜竊案，讓我心情不太好。說完後我馬上來到後院，點著了一根菸，考慮下一步應該如何是好。

「我的朋友莫茲利，是個剛在培恩頓威爾服刑期滿的盜竊犯，我曾和他討論過如何偷東西並銷贓，覺得他信得過，因爲他有些把柄在我手上，於是我決定到基爾伯恩去找他。如果和他說這件事，他一定會有辦法幫我把寶石賣出去的。不過怎樣才能安全到達基爾伯恩呢？我回想起我到布里克斯頓路來的路上緊張害怕的心情。我怕什麼時候會被逮捕、遭到搜查，萬一這樣的話，他們很容易就能在我的背心口袋裡找到那顆寶石。那時我剛好在鵝棚裡，突然想到把寶石放到鵝肚子裡，這樣就可以絕對安全地到達基爾伯恩。

「耶誕節前姐姐曾表示過要送我隻鵝作爲耶誕節禮物。姐姐一向說話算話，所以我可以現在就把這隻鵝帶走。我從姐姐的鵝棚裡抓到一隻尾巴上有一道黑邊的大白鵝，撬開牠的嘴，用手指儘量深入地把寶石送進鵝肚裡。寶石很順利地到了鵝肚子裡，那隻鵝吞了寶石之後掙扎著拍打翅膀，我姐姐以爲出了什麼事，便走到鵝棚來看個究竟。我正想和我姐姐說沒什麼事時，那隻鵝拍打著翅膀從我手中掙脫了。

『傑姆，你幹嘛抓那隻鵝？』我姐姐問道。

「我說，『我挑挑哪隻鵝最肥，好向你要聖誕禮物。』

『噢，』她說，『給你的聖誕禮物我早就準備好了，就是那邊那隻叫傑姆的鵝。我這裡有二十六隻鵝，傑姆給你，我自己留一隻，剩下的就賣出去。』

『謝謝你，姐姐。』我說，『如果你不介意的話，我想要剛才抓到的那一隻。』

「『傑姆比你剛才抓的那隻重得多。』她說，『為了你，我對傑姆特別關照。』

「『不過我還是喜歡剛才那一隻，我想現在就帶走牠。』我說。

「『你想要哪隻就哪隻吧。』她有點生氣，『剛才是哪一隻呢？』

「『就是白鵝，尾巴上有一道黑的。』

「『噢，你帶走吧。』

「就這樣，我宰了那隻鵝，然後帶走了牠，跑到了基爾伯恩。我把所有的事情都和莫茲利說了，相信他在這種事上是靠得住的。他非常樂意幫我，於是我們持刀拿出鵝腸。可是，在鵝肚裡根本找不到藍寶石，我想一定是抓錯了鵝。我丟下鵝，馬上趕回我姐姐家，可是鵝棚裡的鵝都沒有了。

「我喊道：『麥琪，那些鵝呢？』

「『已經賣了。』

「『賣給誰了？』

「『考文特花園的布賴肯利奇。』

「『是不是有一隻鵝和我挑選的那隻一樣，尾巴也帶有一道黑？』我問道。

「『是的，那兩隻鵝連我都分不清。』

「聽了她的話後，我拚命地跑到布賴肯利奇那裡，然而在我到那裡之前他已經把鵝給賣了；

至於賣給了誰，今天我們的談話你都聽到了。他每次都那樣，我姐姐擔心我因此而發瘋，有時候我自己也這樣覺得。而現在，儘管我沒有得到什麼好處，可我已經做了這種事。願上帝原諒我吧！願上帝原諒我吧！」他把臉埋在手裡，痛哭起來。

久久地，房裡一點聲音也沒有，除了他的抽泣聲和福爾摩斯用手指敲打桌沿的聲音。突然，福爾摩斯站了起來，用力把門打開。

「滾出去！」他說。

「什麼，先生？上帝保佑您！」

「別讓我改變主意，滾吧！」

那人什麼話也沒說，立刻奪門而出，迅速消失在我們面前。

「哈哈，華生，」福爾摩斯一邊說著，一邊把菸點著了，「反正警察局到現在也還沒有來向我請教對這件案子的看法，如果霍納已經被錯判那就另當別論，不過這個傢伙是不會再出現在法院作證了，霍納最後也得被釋放。咱們放過他也等於救了

他——經過這一次，他就再也不敢幹什麼壞事了。要是把他交給警察，他只能在監獄裡當一輩子罪犯了，剛好也是寬恕的耶誕時期。偶然的機會使我們碰上這個十分奇特的古怪案件，就把解決問題當成是對它的報酬吧！華生，如果你對這一類問題還感興趣的話，只要你按一下那個門鈴，一個同樣與家禽有關的案子就會擺到我們面前的。」

第八篇　帶斑點的帶子

我研究夏洛克‧福爾摩斯的辦案方法和特點已經有七年了，光是認眞記錄下的案件就有七十多件。在這些案例當中，悲劇的數量要遠遠超過喜劇，雖然相當一部分僅僅是離奇罷了，但這其中絕對沒有平淡無奇的。至於原因嘛，那就是他工作起來，對於這種工作本身的執著和喜愛，超越了對金錢的追逐和渴望。他對稀奇古怪甚至是近乎荒誕無稽的案情表現出極大興趣，而對於那些平淡無奇的案件向來不屑一顧。在眾多的案件中，我認爲最有特色的應該是比薩里郡斯托克莫蘭著名的羅伊洛特家族那一例了。這案件發生在我剛結識夏洛克‧福爾摩斯不久的時候。當時我還沒有結婚，合住在貝克街的一間寓所裡。我原本可以早些寫下這個故事的，然而，當時我曾答應過他，不會把這件事的經過說給任何人聽。今年十月，跟這件案情有關的那位女士去世了，所以我覺得也是該我說出眞相的時候了，因爲我很清楚，周圍的人對於格里姆斯比‧羅伊洛特醫生的死因有著各種說法，甚至還有謠言。這些謠言比這個案子的眞相還要更駭人聽聞。

那是一八八三年四月初的一天清晨，我睜開眼睛的時候，看到站在床邊的夏洛克‧福爾摩斯已經穿戴整齊了；要知道，以往他總是很晚才會起床的。我看了看壁爐上放置的時鐘——七點一刻，然後又看了看他，眼神裡充滿了詫異，也有因他影響我的休息而產生的不悅。

「華生，很抱歉這麼早吵醒你，」他說，「不過我們必須這樣。有人敲響了赫德森太太家的門，而她像要報復一樣地來叫醒我，現在該輪到你了。」

「什麼事啊？失火啦？」

「是個委託人，似乎是一位年輕的女士。她情緒很激動，說一定要見我，這會兒她正在客廳呢。一位女士，大清早就在這個大都市裡跑來跑去，還把睡夢中的人都給叫醒了，那麼牽扯到的事情應該是很緊急的，必須有人去幫助她。你不是對案件很有興趣嗎？這可能牽扯到一起有趣的案件呢，我覺得應該讓你盡早參與這件事，所以才這麼早把你叫醒的。」

「那我一定要去看個究竟嘍！」

我對案件感興趣，是因為我很欣賞福爾摩斯調查時所表現出來的專業水準——他的推論迅速而準確，雖然看上去似乎只是直覺，可事實上卻總有邏輯根據。這種能力使那些委託給他的問題都能迎刃而解。我只用了幾分鐘就穿好衣服，跟他一起來到客廳。一位一身黑衣的女士坐在窗前，舉止端莊，戴著面紗。我們走進房間的時候，她站起來向我們致意。

「小姐，你早，」福爾摩斯說話時顯得很興奮，「我叫夏洛克・福爾摩斯。這位是我的朋友，也是助手，華生醫生。你不用有什麼顧慮，你要跟我說的話都可以讓他知道。哈！赫德森太太很周到嘛，壁爐已經燒得很旺了。坐過來吧，我看你都冷得發抖了，我請人端杯咖啡給你。」

「我發抖不是因爲冷。」那女人說話的聲音很小，不過她還是按福爾摩斯的指示坐到了壁爐旁邊。

「哦？那是爲什麼呢？」

「是恐懼，先生。」說著，她掀起了自己的面紗。臉上的表情證明了她所說的話——她的確驚恐萬分，楚楚可憐。她的臉因害怕而有些蒼白，神情沮喪，眼神裡也充滿了驚惶不安，就像一隻被猛獸追捕的小動物。看樣子她不過三十歲左右，額前卻已經爬上了幾根銀絲。福爾摩斯仔細而敏銳地觀察著眼前這位女士。

「你別怕，」他站起來，輕輕拍了拍那位女士的肩膀，「我保證我們會盡快解決這件事情的。你今天早上是坐火車來的吧？」

「你怎麼知道？難道你認識我嗎？」

「哦，不，我們不認識。我只是看到你的手套裡有一張回程車票的後半截。你早上起得很早，而且還乘坐

單輪馬車，在崎嶇泥濘的道路上走了很長一段路才到達車站。」

聽到這些話，那位女士滿臉的詫異。

「小姐，這沒什麼好驚訝的。」他微笑著說，「你外套的左臂上至少有七處泥點，這些泥點還沒有完全乾掉。只有單輪馬車才會在行駛時濺起泥巴來，也只有坐在車夫左邊的人才會被濺到。」

「不管怎麼說，你的判斷是對的。」她說，「我不到清晨六點鐘就起身上路了，到達萊瑟黑德的時候是六點二十分，然後搭乘滑鐵盧車站的頭一班火車過來。我再也忍受不了這種緊張了，再這樣下去肯定會發瘋。實在不知道該向誰尋求幫助，而那個唯一關心我可以幫助我的人也一籌莫展。以前我聽別人說起過你，福爾摩斯先生，是法林托歇太太講給我聽的。她說你曾經在她孤立無援的時候給予她最需要的幫助，你的地址也是她告訴我的。我想你同樣也可以幫助我，不是嗎？至少可以給瀕臨絕望的我一點點希望吧。對於你為我提供的幫助，我暫時沒有能力支付給你報酬，可是再過一個月或者只要半個月，我就要結婚了，到那時我會償還我所欠你的，你也會知道我絕對不是一個食言的人！」

福爾摩斯從辦公室的一個抽屜裡取出一本記錄案例的本子，他翻看一下，似乎想到了什麼。

「法林托歇，」他說，「我現在想起那件案子了，跟藍寶石皇冠有關，是嗎？華生，那個時候你還沒住過來呢。小姐，我能向你保證的是，你的事情我會盡力而為的，我也曾這樣幫助你的朋友。至於報酬嘛，我所做的事情本身就是對我的回報；不過如果你堅持，可以在方便的時候再支付給我你認為合適的酬金。現在你要做的就是把對調查可能有幫助的線索全都告訴我。」

「唉，」那位女士歎了一口氣，「最可怕的就是使我恐懼的到底是什麼，我還不敢完全肯定，那可能只是一些瑣碎不起眼的小事，一些可能會被其他人忽略的小事。那些幫不上我或不願意幫我的就不用說了，就連我認為最有能力和責任來幫助我的人，在我跟他說了這些事情之後，他竟然也覺得我是在胡思亂想。雖然他沒有直接這麼說，但他也只是安慰我，並且有意迴避我的眼神，根本沒有真正地想要著手幫助我。我聽說你可以洞察人的內心，那麼，你覺得在這樣的情況下，我到底該怎麼辦呢？」

「你說吧，我會洗耳恭聽的。」

「我叫海倫·斯托納，住在我繼父那裡，他是羅伊洛特家族的成員，那是英國最古老的撒克遜家族之一，住在薩里郡西部邊界的斯托克莫蘭，而他也是那個家族中最後一個存活者。」

「這個家族我聽說過很多次。」福爾摩斯說。

「在很長一段時間內，這個家族是英倫最富有的家族之一，它的資產甚至覆蓋了周邊其他的郡，北面到達伯克郡，西面到達了漢普郡。不過，在上個世紀，接連四代的子孫都只是貪圖揮霍、不事生產；到了攝政時期，在一個賭棍的揮霍中，這個家族幾乎徹底破產了，只剩下幾畝土地和一座二百年的古老宅邸，而那座宅邸也已典押得差不多了，可以說幾乎不再屬於這個家族了。這個家族的後代繼續在那裡生活著，但早已沒有了往日的榮耀，只是苟延殘喘罷了。我的繼父是這個家族的獨生子，他體認到自己應該開始一種新的生活。於是他從一位親戚那裡借了點錢，用這些錢他讀了一個醫學學位，還去加爾各答當醫生。由於他的醫術很好，而且很有耐心，所以業務很不錯。可是，在家裡遭竊多次之後，他氣急敗壞，把在他家當管家的一個當地人給打死了，他也因此幾乎丟了性命，在監獄裡待了很長的時間，回到英國後，就像變了一個人似的，整日精神恍惚，委靡不振。

「家母是在印度結識並嫁給羅伊洛特醫生的，她的前夫是孟加拉砲兵司令斯托納少將，死在戰場上。也就是說，在嫁給我父親之前，她應該叫作斯托納太太。我有一個孿生姐姐，叫朱麗亞。在我們兩歲的時候，母親嫁我們現在的父親，當時僅僅依靠她的財產，每年就可以毫不費力地收到至少一千英鎊的入帳。在我們剛組成這個新家庭的時候，母親就在遺囑中寫明了要把財產全部留給父親。考慮到我和姐姐成長的需要，遺囑中母親要求父親每年支付我們一定數額的金錢。在我們返回英倫之後不久，母親就在克魯附近發生的一次火車事故中去世了。母親發生不幸後，羅伊洛特醫生也不願意繼續留在倫敦，他帶著我們一起回到斯托克莫蘭祖先留下的古宅裡。對於這個時候的我們來說，要想得到平穩幸福的生活並不難，母親留給我們的財產足以幫助我們做到這一點。

「但不幸的是，後來繼父幾乎變成了另外一個陌生人。開始時，周圍的人很歡迎我們一家人回歸故里。可是父親的態度卻恰恰相反，他平時幾乎足不出戶，也不跟周圍的人來往。如果只是這樣也就罷了，可他稍有不滿就會窮凶極惡地跟人爭吵，令人不堪忍受。他這種暴躁脾氣是這個家族遺傳下來的，而且我覺得父親長時間居住在熱帶地區，讓這種脾氣變本加厲。父親經常與人爭吵，這使得我們都很難堪，更過分的是其中還有兩次鬧上法庭才解決。這些事讓村裡的人對他逐漸疏遠。父親的力氣很大，加上這種古怪脾氣，村子裡的人見到他幾乎都要退避三舍。

「就在上週，爲了彌補他把一個鐵匠扔下河去的過失，我動用了所有能籌集到的資金，才避免使這件事發展到讓人下不了台的地步。父親僅有的朋友是那些到處流浪的吉普賽人，在他的幫助下，那些流浪者可以在我們家族的一塊土地上耕種，而這塊土地不僅是我們家族的資產，更是一種榮譽的象徵。所以，當父親去這些人居住的帳篷裡探望他們時，那些流浪者都滿懷感激。

「父親有時會和這些流浪者一起出去漫遊，過著自由自在的生活，往往一去就是十幾天。同時，他還對印度的各種動物極感興趣。父親從一

個記者那裡接收了一些贈送給他的動物，包括一隻印度獵豹和一隻狒狒，這兩個小東西整日在他的農場裡亂跑，生活得相當自在；因著牠們主人的地位和勢力，村子裡的人就像敬畏牠們的主人一樣敬畏牠們。

「說到這裡，我猜您應該能想像得出，我和我姐姐的生活是多麼地乏味。由於父親的壞脾氣，村子裡也幾乎沒有人跟我們姐妹兩個來往。姐姐整天都在操持家務，才三十歲就過世了，可是那時她的白頭髮已經像我現在這樣多了。」

「你姐姐已經去世了？」

「那是兩年前的事了，我正要跟您說呢。顯然，在那樣的環境和生活狀態中，我們幾乎不可能結識其他和我們年齡相仿、志趣相投的朋友。唯一跟我們來往的是霍洛拉·韋斯法爾姨媽，她是我母親的姐妹，一直都沒有結婚，她們家住在哈羅附近。我們偶爾可以去她家裡，但也只能在那裡逗留短暫的時間。兩年前的一個耶誕節，朱麗亞到她家去，認識了她生命中的男人，並和他締結了婚約；那是一個領著半薪的海軍陸戰隊少校。父親對於姐姐擅自做出的這一決定沒有明確地表示反對，然而就在婚禮舉行前的兩個星期，我卻永遠地失去了我這個最親的親人。」

在那位女士講述這些事情的時候，福爾摩斯一直斜倚在椅背上，甚至連眼睛都沒有睜開。不過講到這裡時，他的眼睛微微睜開了一半，看了看這位女士。

「你能講得詳細點兒嗎？」他問道。

「當然可以。這事我記得非常清楚，因為失去的是我最親近的人啊！關於這件事的每個細節我都可以講述出來。我跟你講過，我們住的那棟建築實在是太古老了，只有旁邊的側房能住人。這房子的臥室在一樓，客廳在房子中央，幾間臥室分別住著羅伊洛特醫生、我姐姐和我。這些房間分很開，相對獨立，不過所有房間的房門都正對著一條共同的過道。您聽明白了嗎？」

「非常明白。」

「從三個房間的窗戶向外都可以看到草坪。我姐姐去世那天，羅伊洛特醫生很早就回到自己的房間，不過我們知道他還沒有睡覺，因為他抽雪茄時散發的那股強烈的菸味讓我姐姐非常痛苦，但他很迷戀那種雪茄，根本離不開它。所以，她從自己的房間來到我的房間，跟我討論即將舉行的婚禮。十一點的時候她起身回自己的房間，到門口時，她回過頭來對我說：

「『對了，海倫，』她說，『在夜深人靜的時候，你是不是也聽到有人在吹口哨呢？』

「『沒有啊。』我說。

「『我想，在睡著之後，你應該不會不知不覺地吹口哨吧？』

「『絕對不會。你幹嘛問我這個？』

「『因為這幾天晚上夜深的時候，大概是凌晨三點鐘左右，我總是很清楚地聽到有人在吹口哨。我這個人睡得不是很沉，所以很容易就會被吵醒。我也說不清這聲音是從什麼地方傳過來的，或許是從隔壁，也有可能從草坪。我早就想問問你是不是也聽到了。』

『沒有，我沒聽過。一定是種植園裡那些討厭的吉普賽人在製造噪音吧。』

『這倒有可能。不過，如果眞的是從草坪那裡傳過來的話，你怎麼可能聽不到呢，這不是很奇怪嗎？』

『說的也是。不過，我一直都睡得比你沉。』

『好啦，不管怎麼樣，這都不是什麼大事。』她對我笑了笑，接著把我的房門關上。過了一會兒，我聽到她把鑰匙插進鑰匙孔裡旋轉的聲音。」

「你說什麼？」福爾摩斯說，「你們習慣晚上把自己鎖在屋子裡睡覺嗎？」

「一直都是這樣的。」

「爲什麼？」

「我記得我跟你說過，醫生養了一隻印度獵豹和一隻狒狒。只有把門都鎖上，我們才會感覺比較安全。」

「有道理。你接著說吧。」

「那天晚上我睡不著，一種會發生不幸的可怕預感讓我難以入眠。我想你應該記得我跟你說過我們是孿生姐妹，有著相同血液的兩個人之間是有著微妙感應的。那天晚上外面下著很大的雨，還在打雷，雨點劈哩啪啦地打在窗戶上。突然，在風雨交加之中，我聽到一個女人大聲尖叫，我敢斷定尖叫的就是我姐姐。於是我立刻從床上跳了下來，裹上一塊披巾，衝向過道。就在開門的那一瞬間，我隱隱約約聽到一聲口哨聲，就像我姐姐跟我提過的那樣，緊接著又聽到噹啷一聲，彷彿是一塊金屬落在地上。我順著過道跑了過去。當我趕到姐姐房間的時候，門鎖已被打開，房門正緩慢地晃動著。當時我被嚇壞了，睜大眼睛，不知道屋子裡會有什麼東西。

「藉著過道燈光，我看到了房間門口的姐姐。她臉色煞白，顯然是受到了極大的驚嚇，雙手摸索著，像是在尋求幫助，整個人就喝醉了一樣搖搖晃晃。我衝上去緊緊抱著她，可是她雙膝發軟，支撐不住自己，跌倒在地上。她好像正承受著劇烈的疼痛，在地上打著滾，四肢也劇烈抽搐著。這可把我嚇壞了。開始我還以爲她不知道站在面前的人是我，可是當我要俯身抱她時，她突然發出淒厲的叫喊，那叫聲我永生難忘。她喊的是：『海倫！天啊！是那條帶子！那條帶斑點的帶子！』她似乎還有什麼話要說，把手舉在空中，指向醫生的房間，但抽搐再次發作，讓她連一個字也說不出來了。我快步奔跑出去，大聲喊我的繼

父，正碰上他穿著睡衣，急急忙忙地從房間裡趕過來。他趕到姐姐身邊時，姐姐已經神智不清了。儘管父親給她灌了白蘭地，又從村裡請來了醫生，但都無濟於事，因爲她的呼吸已漸漸微弱，直到嚥下了最後一口氣。這就是我那親愛的姐姐的悲慘結局。」

「等一等，」福爾摩斯說，「你敢肯定聽到那口哨聲和金屬碰撞聲了嗎？你能保證嗎？」

「地方驗屍官在調查時也這樣問過我。我的確聽到了，它給我的印象非常深。可是和猛烈的風暴聲以及老房子嘎吱作響的聲音混雜在一起，我也有可能聽錯。」

「你姐姐還穿著白天的衣服嗎？」

「沒有，她穿著睡衣。在她的右手中發現有一根燃燒過的火柴棒，左手裡則有個火柴盒。」

「這說明在出事的時候她劃過火柴，並向周圍看過，這一點很重要。驗屍官得出了什麼結論？」

「因爲羅伊洛特醫生在郡裡名聲不佳，他格外認眞地調查了這個案子，但是他實在找不出任何能令人信服的致死理由。我可以肯定，房門是由室內反鎖著的，窗戶也有寬鐵杠的老式百葉窗護擋著，每天晚上都關得很密實。牆壁也仔細敲過，四面都很堅固，地板也經過了徹底檢查，結果仍是一樣。煙囪倒是很寬闊，但也是用四個大鎖環閂上的。因此，可以肯定，我姐姐在遭到不幸的時候，只有她一個人在房間裡，而且她身上沒有任何施暴的痕跡。」

「會不會是毒藥？」

「醫生們爲此做了檢查，但也查不出來。」

「那麼，你認爲你不幸的姐姐的死因是什麼呢？」

「儘管我想像不出是什麼東西嚇壞了她，可是我相信她致死的原因完全是出於恐懼和精神上的震驚。」

「當時宅院裡有吉普賽人嗎？」

「有的，那兒幾乎總是有吉普賽人。」

「啊，對，她提到的帶子，帶斑點的帶子，你能不能聯想到什麼？」

「有時我覺得那只不過是精神錯亂時說的胡話，有時又覺得指的可能是某一幫人，也可能是指院子裡的那些吉普賽人。他們當中很多人頭上戴著帶斑點的頭巾，我不知道這是否可以解釋她所說的那個奇怪的詞兒。」

福爾摩斯搖搖頭，好像這樣的想法讓他不太滿意。

「這裡面還大有文章。」他說，「請繼續講下去。」

「從那以後，兩年過去了，我的生活比以往更加孤單寂寞。然而，一個月前，一位已認識多年的親密朋友向我求婚。他的名字叫阿米塔奇，珀西・阿米塔奇是住在里丁附近克蘭闊特的阿米塔奇先生的次子。我繼父未對這樁婚事表示異議，於是我們商定在春天結婚。兩天前，這棟房子西邊的耳房開始進行修繕，我臥室的牆壁被鑽了些洞，所以我不得不搬到姐姐生前居住的那間房間裡，睡在她睡過的那張床上。昨天晚上，我睜著眼睛躺在床上，回想起她那可怕的遭遇。在這寂靜的深夜，我突然聽到曾經預告她死亡的輕輕口哨聲；請想想看，我當時被嚇成什麼樣子！我跳了起來，把燈點著，但在房間裡什麼也沒看到。可是我實在被嚇壞了，再也不敢回床上。我穿上衣服一直坐到天亮，然後就悄悄地溜了出來，在宅邸對面的克朗旅店雇了一輛單輪馬車，坐車到萊瑟黑德，又從那裡到你這兒來，就是想來拜訪你並向你請教。」

「你這樣做很明智。」我的朋友說，「但我在想，你是否把知道的所有情況全告訴我了？」

「都說了。」

「羅伊洛特小姐，你沒全說出來，你在袒護你的繼父吧。」

「啊！你這是什麼意思？」

爲了回答她的話，福爾摩斯拉起了遮住我們客人放在膝頭上那隻手的黑色花紋袖口褶邊，白皙的手腕上，印有五小塊烏青的傷痕，那是四個手指和一個拇指的指痕。

「你受過虐待。」福爾摩斯說。

這位女士滿臉緋紅，遮住受傷的手腕說：「他身體強壯，也許不知道自己的力氣有多大。」

大家沉默了好久，在這段時間裡福爾摩斯用手托著下巴，凝視著劈啪作響的爐火。

最後他說：「這件案子相當複雜。在決定下一步該採取什麼行動以前，我希望瞭解更多細節。不過，我們的時間已經很緊迫了。假如今天到斯托克莫蘭去，我們能否在你繼父不知道的情況下，查看一下這些房間呢？」

「正好他說今天要進城來辦理一些重要事務，很可能一整天都不在家，這樣你就可以毫無阻礙的調查了。眼下我們有一位女管家，但她又老又遲鈍，很容易就能把她支開。」

「好極了。華生，你不反對一起走一趟吧？」

「絕不反對。」

「那麼，我們倆都去。你自己有什麼事要辦嗎？」

「既然到了城裡，有一兩件事我想去辦一下。我會乘坐十二點鐘的火車趕回去，以便及時地在那兒等你們。」

「我自己有些業務上的小事要處理一下，午後才會過去。你不待一會兒吃點早餐嗎？」

「不，我得走啦。把我的煩惱向你們吐露以後，心情輕鬆多了。下午見。」她把那厚厚的黑色面紗拉下來蒙在臉上，悄無聲息地走出了房間。

「華生，你對這事有什麼看法？」夏洛克・福爾摩斯向後一仰，靠在椅背上問道。

「在我看來，這是一個十分陰險毒辣的陰謀。」

「是夠陰險毒辣的。」

「可是，如果像這位女士所說的那樣，地板和牆壁都沒受到破壞，由門窗和煙囪鑽不進去，那麼，她姐姐莫名其妙地死去時，無疑是一個人在屋裡的。」

「可是，那夜半哨聲是怎麼回事？那女人非常奇怪的遺言又怎樣解釋呢？」

「我想不出來。」

「半夜的口哨聲、一幫子與這位老醫生關係密切的吉普賽人，我們有充分的理由相信醫生企圖阻止他繼女結婚的這個事實；那句臨死時提到的有關帶子的話，最後還有海倫·斯托納小姐聽到的噹啷一下金屬碰撞聲（那聲音可能是一根扣緊百葉窗的金屬杠落回原處引起的）。當你把所有這些情況聯繫起來時，我可以充分肯定，沿著這些線索就可以解開這個謎。」

「可那些吉普賽人都幹了些什麼呢？」

「我想像不出。」

「我覺得任何這一類的推理，或多或少會存在著缺陷。」

「我也這麼認爲。正因爲如此，我們今天才要到斯托克莫蘭去。我想看看到底這些缺陷是無法彌補的呢，還是可以解釋得通的。可是，眞見鬼，這是怎麼回事？」

我夥伴這聲突如其來的喊叫是因爲我們的門突然被人撞開了。一個彪形大漢堵在房門口。他的裝束很古怪，既像一個學者，又像一個莊稼漢。他頭戴黑色大禮帽，身穿一件長禮服，腳上卻穿著一雙有綁腿的高筒靴，手裡還揮動著一根獵鞭。他身材高大，帽簷幾乎都擦到房門上的橫楣了，碩大的塊頭把門的兩邊堵得嚴嚴實實。他那張佈滿皺紋、被太陽曬得發黃、惡狠狠的寬臉，一會兒朝我瞧瞧，一會兒朝福爾摩斯瞧瞧。那雙深陷的眼睛凶光畢露，再加上細長的高鷹鉤鼻，

「那一邊是村子，」馬車夫指著左邊遠處的一群房子說，「不過如果你們要去那房子，可以這麼走：先跨過籬笆兩邊的台階，然後順著地上的小路走去。就是那邊那個小姐正在走的路。」

「我想那個正在走路的應該就是斯托納小姐吧。」福爾摩斯用手遮著眼睛，仔細地看了看說。「沒錯，我覺得我們最好還是按照你說的方法走。」

我們下了車，付了錢，馬車就嘎啦嘎啦地掉頭朝萊瑟黑德駛去。

我們走上台階的時候，福爾摩斯說：「如果那個傢伙認爲我們是這裡的工程師，或者是來辦事的，那就再好不過了，免得他到處說閒話。中午好，斯托納小姐。你看，我們說到做到吧。」

這位早上曾經找過我們的委託人迎上來接待我們，臉上流露出無比的興奮。「我等你們等得好焦急。」她一邊和我們熱情握手，一邊大聲說道。「所有的事情都進行得很順利。羅伊洛特醫生進城了，看樣子天黑之前他回不來。」

「不過，我們已經有幸和他認識了。」福爾摩斯說。接著他把發生過的事情向這位小姐做了一個簡單的描述。聽完後，這位小姐的臉色連同嘴唇都變得煞白。

「天哪！」她叫道，「也就是說他一直在跟蹤我了。」

「我覺得是這樣的。」

「他太狡猾了，我每時每刻都覺得被他控制著。他回來以後會說什麼呢？」

「他必須保護自己，因爲他或許已覺察到，有比他更狡猾的人在跟蹤他。今天晚上，你一定要把他鎖在外面。如果他的脾氣很暴躁，我們就送你去哈羅鎮你姨媽家裡。現在我們一刻也不能耽誤，請趕緊把我們帶到那些需要檢查的房間裡。」

這座古老的住宅是用灰色的石頭砌成的，石牆上佈滿了青苔，中間高聳，兩邊的側房呈弧形，看上去像是螃蟹的一對螯。其中一間側房的窗戶已經破了，用木板代替玻璃堵著，屋頂也有一部分已經倒塌，看上去荒廢殘破。房子正中間一部分看上去已有很長的時間沒有人修繕了。不過右側那些房子看上去比較新，窗子裡窗簾低垂，煙囪上藍煙嫋嫋，可以看得出這裡才是這家人平時居住的地方。靠山牆豎著一些鷹架，牆已經被鑿通了，不過我們到那裡的時候卻沒有看到有工人在這裡施工的跡象。福爾摩斯在那塊並沒有仔細修剪的草地上慢慢地走來走去，非常仔細地檢查著窗戶的外面。

「我想這就是你以前住的地方吧，你姐姐住在當中那一間，羅伊洛特醫生則住在緊挨著主樓的那間臥室裡。」

「沒錯，不過現在我睡在當中那個臥室裡。」

「這是因爲其他房間現在正在修繕。對了，那堵山牆好像沒有必要馬上修繕吧。」

「其實根本沒必要去修，我覺得那只是他想找個藉口要我從以前的臥室裡搬出來。」

「這麼說裡面就有問題了。嗯，這個邊房的旁邊有一條過道，其他三間房子的房門都是通向這個過道的。裡面肯定也有窗子吧？」

「不錯，但那些窗戶太窄了，誰也鑽不進去。」

「既然你們晚上睡覺通常都鎖著門，那麼就不可能有人從房門進到你們的房間裡去。現在麻煩你配合我，進到房間裡去，然後把窗戶關上。」

斯托納小姐按照他的吩咐做了。福爾摩斯非常認真地檢查著關閉的窗戶，然後想盡各種方法試圖打開百葉窗，可是都失敗了。他想要插進一把刀子，然後用這把刀子把門撬開，可是根本找不到可以插刀子的縫隙。然後他又用放大鏡檢查了百葉，但那是用鐵做的，非常牢固地鑲嵌在石頭牆壁上面。「嗯，」他有點困惑不解地搔著下巴說：「我的推理還有一部分無法解釋。如果有人關上了這些百葉窗，那麼誰都鑽不進去了。好了，讓我們再到裡面去看看是不是有什麼線索。」

一道小小的側門通向粉刷得雪白的過道，這個過道是三間臥室共同對著的。我的朋友無意檢查第三個房間，逕自來到第二個房間，就是斯托納小姐現在的臥室，也就是她姐姐去世的那個房間。這個房間很小很簡樸，看來是按照鄉村裡的舊樣式的住宅修築的。天花板很低，壁爐則是開口式的。房間的一個角落裡有一個帶抽屜的櫥櫃，另一個角落則放置著一張窄小的單人床，上面鋪著白色床單，窗戶的左邊有一個梳妝檯。除了這些，這個房間僅有的家具就是兩張柳條椅子，以及鋪在房間正中間的威爾頓地毯；四周的木板和牆上的嵌板都是棕色櫟木，有很多地方已經陳舊得褪了顏色，上面隨處可見斑斑蟲蛀的痕跡。這些木板和嵌板很有可能是在當年建築這些房子的時候就已經有了的。福爾摩斯搬了一把椅子，一聲不響地坐在房間的一個角落，眼睛上下左右地不停觀察著，不放過房間的每個細小擺設。

過了一會兒，他指著懸掛在床邊一根粗粗的拉鈴繩問道：「這個鈴通向什麼地方？」那繩頭正好垂掛在枕頭的上方。

「是往管家的房間。」

「跟其他東西比起來它好像新了一點。」

「沒錯，我們一兩年之前才裝上它的。」

「是你姐姐的要求嗎？」

「不，我不知道她有沒有用過它。我們一般都是自己去取我們需要的東西。」

「所以，這麼好的一根鈴繩放在這裡似乎沒有什麼必要。抱歉，給我幾分鐘的時間來觀察觀察這裡的地板吧。」他手裡拿著放大鏡趴下去，非常敏捷地在地上前後移動著，認眞地觀察地板上的裂縫。之後又用同樣的方式檢查了房間的嵌板。然後目光停留在那張床上面，他順著牆壁來回觀察著。最後他把那繩子握在手裡使勁地拉了一下。

「咦！這沒有什麼實際的用處啊。」他說。

「沒有聲音嗎？」

「沒有，它上面甚至連連接的線都沒有。這倒很有趣了，現在你可以看到，繩子的另一端是連在通氣孔上面的小鉤子上。」

「這麼做簡直太荒謬了！我以前從來沒有注意到這個呢。」

「的確不可思議！」福爾摩斯一邊用手拉著那鈴繩，一邊小聲嘀咕著，「在這間房間裡，有一兩個地方很特別。比如說，建造房子的人竟然蠢得把通氣孔通到隔壁的房間去了，有這樣的時間和力氣，倒不如挖一道通往外面的通氣孔。」

「其實那也是不久之前才弄出來的。」這位小姐說。

「跟鈴鐺的安裝是同一時間嗎？」福爾摩斯問。

「對，跟這些一起的還有其他一些小變動。」

「這些東西可眞是太有意思了——沒有什麼用處的鈴鐺，不向外通風的所謂通氣孔。斯托納小姐，希望你可以允許我們進那邊的房間檢查一下。」

跟他繼女的房間比起來，格里姆斯比．羅伊洛特醫生的房間要大得多了。不過房間內的佈置也是同樣簡單。一張行軍床，一個木製小書架，上面擺滿了各種各樣的書籍，其中大部分偏技術方面，一把扶手椅放在床邊，靠牆壁的地方還有一把普通的椅子，一張圓形的桌子和一個大的鐵保險櫃。以上這些就是一眼能夠看到的全部家具和雜物了。福爾摩斯在房間裡慢慢地來回踱步，全神貫注地把所有的東西逐一檢查了一遍。

他用手敲敲保險櫃，問道：「這個保險櫃裝的是什麼？」

「我繼父業務上的一些文件。」

「這麼說你看過裡面的東西了？」

「也就那麼一次，而且已經過了很多年了，我記得當時那裡面裝的都是文件。」

「那麼，你說裡面會不會有一隻貓呢？」

「那怎麼可能？這種想法也太奇怪了吧！」

「那你看這個！」他拿起放在保險櫃上的一個用來盛放牛奶的小碟子。

「不是的，我們家沒有養貓。倒是有一隻印度獵豹和一隻非洲狒狒。」

「哦，當然！一隻印度獵豹其實也比一隻家貓大不了多少，不過我想，只用一碟牛奶來餵養獵豹恐怕是不夠的吧。我還必須確定另外一個特點。」他聚精會神地蹲在一把椅子前面，仔細查看著椅面。

「非常感謝，這裡檢查得差不多了。」說著他站起身，把放大鏡放進口袋裡。「這兒有件很有意思的東西喔！」

他所說的是掛在床頭的一根打狗用的小鞭子。但是這鞭子是捲成一個結的，而鞭繩則盤成了環狀。

「華生，你對此有何看法？」

「那鞭子沒什麼特別啊。我不能理解的是它爲什麼被打成結？」

「沒有那麼簡單吧。哎呀，這個世界到處充滿了罪惡，要是一個人把他的聰明才智用在做壞事上，實在是太糟糕了。我覺得我看到的已經夠多了，斯托納小姐，請你允許我們到外面的草地上走一走吧。」

我的朋友這次離開現場時的那種嚴肅表情是我從未見到過的，甚至可說他臉色極爲陰沉。在草坪上，我們來來回回地走動著，斯托納小姐和我都不想打斷他的思考，直到他自己從思考中醒來。

「斯托納小姐，」他說，「現在最爲重要的一點就是，在處理這件事的過程中，你都必須按照我說的去做。」

「我一定會做到的。」

「事情很嚴重，我們根本沒有時間猶豫。你能不能照我的話去做，將關係到你的生命安危。」

「我可以保證我絕對會按照你說的去做。」

「首先，今天晚上我和我的朋友要住在你房裡。」
聽到他這麼說，斯托納小姐和我都感到很驚訝。
「是的，我們不得不這麼做。要是我沒估計錯的話，那邊就是村裡的旅店吧？」
「不錯，那是克朗旅店。」
「非常好。從那裡可以看到你房間的窗戶是嗎？」
「當然。」
「你繼父回來的時候，你要把自己關在房間裡面，假裝頭疼。之後當你確定他已經睡著了，你就把窗戶上的百葉打開，把燈擺在窗戶口，作爲給我們的信號；然後把你需要的東西都帶上，在不驚動他的情況下回到你以前住的那個房間。我可以確定，雖然那個房間現在正進行修繕，但是住一個晚上應該沒有什麼問題的。」
「噢，是的，當然可以。」
「那麼其他的事情就交給我們處理好了。」
「那，你們準備怎麼做呢？」
「晚上我們會待在你的臥室裡，以便弄清楚到底是什麼聲音在打擾你們。」
「我想您已經有充分的把握了。」斯托納小姐拉著我同伴的袖子說。
「應該是的。」

「那麼，你就告訴我姐姐到底是怎麼死的吧？」

「我覺得最好還是在找到更加確鑿的證據之後再說。」

「那你起碼可以告訴我，我覺得她是受到某種驚嚇而突然死亡的，這樣說對嗎？」

「不是的，我覺得不是那樣，導致她死亡的原因應該更爲具體。好啦，斯托納小姐，我們現在必須走了，要是醫生回來後看到我們在這裡，那我們就白跑這一趟了。再見吧，記得勇敢一點，按照我交代你的話去做。你可以放心，我們一定會幫你除去危險的。」

福爾摩斯和我很順利地在克朗旅店訂了一間有起居室的客房。房間在二樓，從房間的窗戶我們可以清晰地看到斯托克莫蘭莊園林蔭道旁的大門，和古宅有人住的一側房間。太陽西沉的時候，我們看到格里姆斯比・羅伊洛特醫生乘著馬車從我們窗下經過，在給他開車門的那個瘦小孩子身軀的襯托下，他顯得更加龐大魁梧。對於那個小男孩來說，打開那扇大鐵門可不是什麼輕鬆的活，而那醫生還像野獸一樣地吼叫著，甚至憤怒地衝著那個男孩子揮舞拳頭。馬車繼續向前行進。一會兒我們看到樹林裡有一道燈光，原來是有一間起居室的燈被打開了。

「你知不知道？華生，」福爾摩斯說。這個時候夜晚慢慢地降臨了，我們坐在一起聊天，「要是仔細考慮一下，我難免還是有一些顧慮，因爲危險確確實實就在離我們不遠的地方。」

「我能幫你什麼嗎？」

「我需要你到現場幫我。」

「那我一定去。」

「太謝謝你了！」

「你剛才提到了危險。很顯然地，在房間裡你看到的東西比我看到的要多得多。」

「那倒沒有，我覺得我推斷出來的東西可能比你多一點，但是我們看到的東西卻是一樣的。」

「我所看到的東西中，我覺得只有那個繩子和鈴鐺値得注意。而且我還必須承認這些東西的用途我到現在還沒想清楚呢。」

「想必你也注意到那個通氣孔了吧？」

「不過我覺得在兩個房間之間打個洞沒什麼大不了的啊。你看那個洞口，即使是一隻老鼠也鑽不過去。」

「我們來斯托克莫蘭之前，我就已經想到這個通氣孔了。」

「什麼？你想到了？」

「哦，不錯，我已經想到了。你記得吧，當初她講述的過程中，曾經說過她姐姐可以聞到羅伊洛特醫生的雪茄菸味；根據這點就可馬上推斷出，這兩個房間之間應該有一個通道。可是實際上它肯定很小，否則驗屍官不會把它忽略了。這樣基本上就可以確定那應該是一個通氣孔。」

「但是，這有什麼不妥嗎？」

「嗯，起碼在時間上這顯得很巧合。一個通氣孔被鑿了出來，之後是一條繩子和鈴鐺，然後睡在這裡的小姐就死去了。我想這些足夠引起我們的注意了，不是嗎？」

「我還是參不透這些事情之間會有什麼關係。」

「你注意到那張床有什麼特殊了嗎？」

「沒有。」

「那床被螺絲固定在地板上了。這種被固定的床你以前看過嗎？」

「我想應該是沒有吧。」

「那個小姐不可能使她的床移動。所以那張床就一直保持在那個固定的位置，同時對著牆壁上的通氣孔和上方的拉鈴繩——我們先這麼叫它吧，因爲很明顯，到現在爲止它從未被作爲鈴繩用過。」

「福爾摩斯，」我叫了起來，「雖然我還不是很清楚，但是我隱約感覺到你在暗示什麼了。

我們的到來可以及時制止某些非常陰險的罪行。」

「的確非常陰險。一個醫生就這樣走上了邪路，而他就是所有罪惡的主謀。他膽子很大，而且還很聰明。帕爾默和普里查德在他們這個行業裡已經算是很厲害的了，可這個人比他們更勝一籌。但是，華生，我想他的聰明才智還是比不上咱們倆。不過在天亮之前還是有很多事情讓人擔心；要是蒼天有眼，就讓我把這袋菸抽完，換換腦子，讓我的頭腦在這段時間裡充滿美好的事物吧。」

大約九點鐘時，樹叢裡的燈光熄滅了，莊園那邊陷入一片黑暗。兩個小時慢慢過去了，就在時鐘敲響十一點的時候，我們正前方出現了一道亮光。

「那信號是發給我們的，」福爾摩斯跳了起來說，「燈光是第二個房間照出來的。」

在我們往外走的時候，他跟老闆交談了幾句，解釋說我們需要連夜去拜訪一位很熟悉的朋友，也許晚上就不回來了。我們走在淒冷的道路上，寒風颼颼地吹在臉上，昏暗的燈光是我們在這朦朧的夜色裡唯一的指引，它指引我們去阻止陰謀。

山牆因爲很多年沒有修繕，不少地方都有破損，所以我們很容易就進入了庭院。我們走過樹叢和草坪，正想從窗戶進到屋子裡去的時候，從一叢月桂樹中突然竄出了一個像醜陋畸形的孩子似的東西，扭動著四肢跳進草叢，眨眼之間就迅速地跑過草坪，消失在黑暗中。

「天哪！」我小聲地叫了一下，「你看到那東西了嗎？」

福爾摩斯也跟我一樣被嚇了一跳。情緒激動之餘，他用他那老虎鉗一般的手緊緊抓住我的手腕。接著，他小聲笑了出來，湊到我耳邊上。

「這樣的一家子可眞不錯！」他低聲地說，「剛才就是那隻狒狒。」

我差點忘了那醫生的寵物。除了這個還有一隻印度獵豹！也就是說我們隨時都有可能發現牠撲到我們背上。我學著福爾摩斯的樣子把鞋脫下來，鑽進了臥室。我不能否認，直到這個時候我才稍微鎭定了一些。我的朋友悄悄地關上百葉窗，然後把燈放在桌子上，打量了一下房間四周。屋子裡所有的東西都和我們白天看到的沒有什麼區別。他非常小心地走到我旁邊，拱手做成喇叭狀，對著我的耳朵小聲地說：「再小的聲音都有可能使我們今天晚上的計畫功虧一簣。」那聲音很小，我也只能勉強聽清楚。

我點了點頭，表示我聽到了他說的話。

「我們不得不在黑暗中坐下來，因爲燈光的亮度會通過那個通氣孔傳到隔壁去的。」

我再次點了點頭。

「千萬不要睡著，這可是生死攸關的時刻啊。準備好你的手槍，我們有可能用得上它。我坐在床邊，你坐在那邊的椅子上。」

我把我的手槍取出來，放在桌子的邊角上。

福爾摩斯掏出一根很長很細的藤鞭，把它放在身邊的床沿上，又在床邊放上一盒火柴和一根蠟燭。然後他吹熄了燈，我們就完全處於黑暗的籠罩中。

那次可怕的守夜我是永遠也不會忘記的。周圍寂靜無聲，甚至連喘息的聲音都沒有。不過我知道我的夥伴正瞪大了眼睛坐在離我不遠的地方，而且他也是一樣地緊張。百葉窗把所有照射進來的光線都阻擋住了，我們就在那種徹底的黑暗中等待著。偶爾外面會有貓頭鷹的叫聲傳過來，還有一次我們窗戶外面有一兩聲長長的，有點像貓叫的聲音傳過來，這說明那隻印度獵豹確實是在院子裡隨便亂跑的。我們甚至可以聽到遠處教堂裡傳來的深沉鐘聲，那鐘聲每過十五分鐘敲響一次，而每次敲響的間隔都好像無比地漫長！十二點、一點、兩點、三點，我們就這樣一直默默等待著有可能出現的任何情況。

突然，通氣孔那裡閃過一道亮光，只是一閃就不見了，之後我們聞到一股燃燒汽油和加熱鐵器的味道。隔壁房間裡有人點亮了一盞燈，儘管他用東西擋住了燈光，可我還是聽到有什麼東西在緩慢挪動。之後所有的聲音又都消失了，可是那氣味卻越來越重。我仔細傾聽著，一動也不動地坐了半個小時。之後，另一種聲音傳了過來——那聲音舒緩而輕柔，有點像是水壺在燒開了水時所發出的嘶嘶聲。幾乎是在我們聽到聲音的同時，福爾摩斯立刻從床上跳了起來，點燃了一根火柴，用他帶來的鞭子使勁地抽打著那繩鈴。

「你看見了沒有，華生？」他大聲地喊著，「看見了嗎？」

但是我什麼也沒看見。福爾摩斯劃火柴的同時，我聽到一聲低沉卻很清晰的口哨聲。不過那突然亮起的燈光使我的眼睛感到很疲倦，我看不清楚我的朋友正在拚命抽打什麼東西。我能看到的只有他那張死人一樣蒼白的臉，充滿了恐懼和厭惡。

後來他停止了抽打，仰望著那個通氣孔，之後在這黑夜之中突然傳來一聲尖叫，那是我有生以來聽過最可怕的聲音。而且那種叫聲越來越大，最後變成一種交織著絕望、恐懼和憤怒的尖厲哀號。後來聽說這叫聲把村子裡的人，甚至是更遠處的教堂裡的人都驚醒了。這叫聲使我們毛骨悚然。我呆呆地望著福爾摩斯，他也呆呆地望著我，我們就一直這麼站著，直到最後一聲回聲消失，直到一切都恢復了原來的平靜。

「這到底是怎麼回事？」我忐忑不安地問道。

「這意味著這件事情已經被我們解決了。」福爾摩斯回答道，「而且從總體上看來，這應該是最好的結局了。把你的手槍拿好，我們到羅伊洛特醫生的房間去。」

他把燈點亮了在前面帶路，表情異常嚴峻。兩次敲門都沒有得到回應，於是他轉動了門把，打開了房間的門；我緊跟在他後面進入房間，手裡的手槍已經扳起了鐵扳。

我眼前的景象很是奇特。桌子上有一盞燈，遮擋燈光的擋板半開著，因此有亮光從那裡照射到了保險櫃那裡。桌子附近的椅子上坐著格里姆斯比・羅伊洛特醫生，他披著一件黃色睡衣，睡衣下的腳踝露了出來，兩腳套在紅色土耳其無跟拖鞋裡，膝蓋上橫搭著一條長鞭子，就是我們白天見過的那條。他的下巴向上翹起，眼睛絕望而僵硬地盯著屋頂，而一條怪異的、帶有褐色斑點的黃帶就纏繞在他的額頭上。當我們走進房間的時候，醫生一句話都沒有說，也沒有任何動作。

「帶子！帶斑點的帶子！」福爾摩斯儘量壓低聲音說道。

我朝前走了一步，看見他那條很奇怪的頭飾竟開始動了起來，然後一條又粗又短、長著鑽石型的尖頭和脹鼓鼓的脖子、令人噁心的毒蛇突然從他的髮間鑽了出來。

「這是一條沼地毒蛇！」福爾摩斯喊道，「這蛇的毒性在印度是最厲害的，醫生在被咬的十秒鐘之內就死去了。也是他罪有應得，陰謀者想要害別人而挖了一個陷阱，最後卻是自己掉了進去。讓我們把這畜牲弄回牠

應該待的地方吧，這樣斯托納小姐就可以被帶到一個比較安全的地方，然後我們再告訴警察這裡發生了什麼事情。」

在說話的時候，他快速地從死者身上把那鞭子拿了過來，把活結甩了過去；那蛇的脖子給套住了，從牠盤踞著的地方被拉了過來。福爾摩斯盡力伸展著自己的手臂提著那條蛇，把牠扔進那個保險櫃，而後隨手鎖上了櫃門。

這就是斯托克莫蘭的格里姆斯比·羅伊洛特醫生死亡的眞實經過。這樣的描述已經夠長的了，所以對於我們是怎樣把這個事實告訴那位小姐、怎麼陪她坐車到哈羅把她交給善良的姨媽照看、警察冗長的調查最後得出了什麼樣的結論、醫生是不是在不明智地玩弄他豢養的危險寵物時喪生的等等，在這裡就不再一一描述了。在第二天和我一起回城的路上，福爾摩斯把一些我還沒想清楚的問題向我做了解答。

「親愛的華生，」他說，「我曾經得出一個錯誤的結論，這也說明了要是你在做判斷時證據不足，將會非常危險。那些吉普賽人的存在，那可憐的小姐用了『帶子』這個詞，毫無疑問的表示她在火柴發出的火光下倉皇一瞥所見到的東西，這些事情就足以導致我朝錯誤的方向找答案。但當我弄明白，不管威脅屋子裡的人的是什麼東西，都不可能是從窗戶進來的，也絕對不會是房門時，我馬上重新思考，我覺得這算是我唯一的功勞。

「我想我也跟你說過了，那個通氣孔和懸掛在床上方的繩子和鈴鐺迅速吸引了我的注意力。

之後我又發現那根繩子形同虛設，而那張床竟然被螺絲固定在地板上，我就立刻對此起了懷疑，覺得那繩子應該是充當仲介，好讓某種東西藉此到這邊臥室裡的。

「我首先想到的就是蛇，我知道醫生在那個莊園裡養著一批從印度運過來的動物；把這兩件事情連在一起後，我覺得我的想法應該是正確的。利用一種任何化學方法都不可能檢測出毒性的毒藥，是訓練有素的人通常會想出來的又殘酷又冷靜的辦法。在醫生看來，這種毒藥可以立竿見影，非常合適。確實，一個驗屍官要想檢查出被毒蛇咬過的小傷口，需要非常敏銳的目光。

「此外，我又考慮到那口哨聲。很顯然，在天亮之前蛇是必須被召喚回去的，這樣可以避免要被謀害的那人看到牠。他把那條蛇訓練得招之即來，所利用的很有可能就是我們看過的牛奶。所以在他覺得合適的時候，就把蛇送上通氣孔，而且相信那蛇會順著繩子爬到隔壁房間的床上去。當然，蛇未必會咬床上的人，有可能咬，也有可能不咬，有可能連續好幾個晚上或者一個星期她都可以僥倖逃脫，可早晚會有逃脫不掉的那天。

「這個結論在走進他房間的時候我就已經得出來了。檢查椅子後我發現，經常有人站在那上面，要是爲了搆得著那個通氣孔，這麼做是完全有必要的。當我們看到那個保險櫃、那個盛放牛奶的碟子，以及那條鞭子之後，一切疑問都解開了。斯托納小姐聽到了金屬噹啷聲，很明顯的，那是她的繼父把蛇匆忙放進保險櫃的時候發出來的。當我得出結論後，又採取了什麼樣的步驟來驗證這件事，你已經都知道了。當我聽到那東西發出的聲音時，我敢肯定你也聽到了，對吧；我就毫無猶豫地點亮了燈，狠狠地抽打牠。」

「結果牠不得不順著通氣孔又爬回去。」

「而在通氣孔的另一頭，牠則向自己的主人撲了過去。我用鞭子抽打牠的那幾下著實不輕，把牠的本性都激發出來了，所以這種時候見到任何人牠都會咬的。所以很明顯，對於格里姆斯比·羅伊洛特醫生的死，我是有責任的。但說眞的，我完全不會因此而受到良心的譴責。」

第九篇　工程師大拇指案

有一段時期福爾摩斯和我交往頻繁，在那段日子裡他所處理過的案件中，只有兩件是由我介紹給他的：一件是哈瑟里先生大拇指案，另一件是沃伯頓上校發瘋案。兩者相比，一個思維敏捷而具有創造性思維的讀者，可能會對後者更感興趣。不過前一件案子從一開始就很奇特，發展過程中又有不少有趣的細節，簡直有點像戲劇。所以呢，也許這個故事更適合被記錄下來，講述出來，儘管處理這個案子時很少用得著我的朋友那種卓越的演繹法。我想這個故事已經在各個報紙刊登很多次了，不過所有論述都是模糊的，半欄的篇幅就籠統地描述完了，所以也沒有什麼人眞正注意到它。因此我認爲，伴隨著一個個細節展開，讓事實在你眼前慢慢呈現，讓人們慢慢接近事實的眞相，這種方式或許更能夠吸引人。當時的情況讓我印象深刻，雖然事隔兩年，可對我來說仍記憶猶新。

我現在簡單說一下故事發生的時間，那是一八八九年的夏天，我剛剛結婚。當時我重操舊業，貝克街的寓所裡就只剩下福爾摩斯一個人了，儘管我仍然經常去看他，有時還會勸他改一改那放蕩不羈的性格，並邀請他來我家作客。我的業務蒸蒸日上——我住的地方離帕丁頓車站不遠，有幾個鐵路員工經常來我這裡看病；由於我治好了他們其中一個人的頑症，他就到處宣傳我的醫術，把他所能影響的病人幾乎全都送到我這裡來。

一天早上，大概七點時，女傭的敲門聲把我吵醒了。她告訴我說，來自帕丁頓的兩個人正在急診室等著我。我連忙穿好衣服到樓下。因爲根據我的經驗，從那裡送來的病人一般都是病情比較嚴重的。來到樓下之後，我的老朋友——也就是那個鐵路警察，從急診室走了出來，還緊緊地關上了門。

「我把他帶來這裡，」他用自己的大拇指指著身後，小聲告訴我說：「他現在應該沒什麼大問題了。」

「什麼意思？」我問道，因爲從他的舉止來看，好像關在我急診室裡的是一個怪物。

「一個新病人，」他低聲說道，「我覺得我最好還是親自把他送來，這樣才不會被他跑掉。我現在要走了，和你一樣，醫生，我也要去值班，把他交給你就沒有什麼問題了。」說完這些，這個忠誠的介紹人在我還沒來得及說聲謝謝前就離開了。

我走進急診室，看到桌子旁邊坐著一個先生。他穿著很樸素，一身花呢衣服，一頂軟帽放在我的幾本書上面；一隻手上裹著一條手絹，手絹上有斑斑點點的血跡。他看上去年紀不大，不過二十五歲的樣子，長得很英俊，可是臉色卻很蒼白。他給我的印象是，他正極力控制著一種由於劇烈的衝擊而產生的痛苦。

「這麼早吵醒你，我很抱歉，醫生。」他說，「我在昨晚遇到了一件很麻煩的事情。今天一大早我就坐火車過來了，在帕丁頓車站時，我向周圍的人打聽什麼地方可以找到好醫生，有個人心地很善良，就把我帶到這裡了。你的女傭接了一張我的名片，我看到她放在桌子上了。」

我拿起名片看了看，上面是這麼寫的：維克托．哈瑟里先生，水利工程師，維多利亞街十六號A（四樓）。以上就是我這位病人的姓名、頭銜和住址。「抱歉，讓你等了這麼長的時間。」我一邊說一邊坐到椅子上，「這麼說你剛剛坐了一個晚上的車，晚上坐車很無聊吧。」

「哦，我這一晚過得可不無聊。」說著，他忍不住大笑起來，聲音很高又很尖。他向後靠在椅子上，這笑聲讓我很反感。

「不要笑了！」我喊道，「鎮定一點！」我倒了一杯水給他。

可是這完全沒用，他變得有點歇斯底里；這種歇斯底里是一個堅強的人，在經歷了巨大的痛苦之後所表現出來的。沒過多久時間，他又清醒過來了，好像耗盡了所有的力氣，臉色煞白。

「我真是太丟人了。」他說話時氣喘吁吁。

「沒有什麼丟人的，你快把這個喝下去吧。」我在他的水裡加了一些白蘭地，使他那本來毫無血色的臉慢慢開始紅潤起來。

「比剛才好多了！」他說，「那就麻煩醫生看看我的拇指吧，確切地說應該是看看我的拇指原本所在的部位。」

他解開手絹時我看到了他的拇指。即使是鐵石心腸的人，見到那樣的場面也不忍卒睹！四根手指是完好的，大拇指的地方則有一個海綿狀斷口，而原本該在那裡的大拇指已經被齊根剁斷或硬扯了下來。

「天哪！」我喊著，「這傷口太可怕了，肯定流了很多血。」

「是的，是流了很多。受傷之後我就昏迷了，很長一段時間不省人事。醒來的時候傷口還在流血，就我用手帕的一邊緊緊纏著它，還用一根小樹枝把它綁緊。」

「包紮得很好！你簡直可以當一位外科醫生了！」

「其實這也可以用水利學的知識來解釋，那就在我研究的範圍之內了。」

「砍掉手指的器具非常沉重、鋒利。」在檢查傷口的時候我說道。

「看上去有點像是屠夫用來砍肉的刀。」他說。

「我覺得這應該是一個意外，對吧？」

「絕對不是意外。」

「什麼意思？你是說有人故意砍的？」

「是的，眞是太殘忍了。」

「太嚇人了。」

我用海綿把他的傷口清洗乾淨，擦乾、上藥，最後用消毒繃帶和脫脂棉包起來。他躺在那裡，儘管很疼卻一動也不動，只是不時地緊緊咬住牙關。

包紮好傷口後我問他：「現在感覺怎麼樣？」

「很好，謝謝你的白蘭地和繃帶，我現在覺得像另外一個人，之前我還感到很虛弱。不過，還有很多事情等著我做呢。」

「我覺得現在你最好不要想那些事了。很顯然地，這會折磨你的神經。」

「不會的，現在不會了。我還要告訴警察這件事情呢；不過，我也不瞞你，要是沒有這個傷口作爲證據，他們是絕對不會相信我說的話的，畢竟這件事太不尋常了，而要證明我所說的都是眞的，又缺乏證據。再說，就算他們相信我，我能夠提供給他們的線索也十分模糊，他們能不能爲我主持公道都還難說呢。」

「嘿！」我喊道，「要是您眞的想解決什麼問題，我可以推薦給您一個人——我的朋友福爾摩斯先生。你可以先去找他，然後再考慮要不要去找警察。」

「噢，我聽說過這個人。」我的患者回答說，「要是他能幫我處理這個案子，我會非常高興，不過我想我最好也去報告警察吧。您能介紹您的朋友給我認識嗎？」

「別說爲您介紹了，我還要親自帶你去他那裡呢。」

「那眞是太感謝您了！」

「我們一起走吧，雇一輛馬車，應該還能趕得上跟他一起吃早餐。您的身體能撐得住嗎？」

「可以的，只有把我的遭遇講出來，我才會好受一點。」

「那好吧，我現在去雇一輛馬車來，我去去就回。」我趕緊跑到樓上，扼要地對妻子解釋了幾句。五分鐘後，我和這位新認識的朋友坐上一輛雙輪小馬車直奔貝克街。

不出我所料，福爾摩斯正穿著晨衣，一邊在客廳裡走來走去，一邊讀著《泰晤士報》上的尋人啓事等內容，嘴上叼著一支菸；這是他早餐之前一般都會抽的。菸斗裡裝著前一天沒有抽完的菸絲和菸草塊。他仔細把這些東西烘乾，然後把它們堆在壁爐架的角落上。他和藹地接待了我們，並吩咐僕人拿來鹹肉片和牛奶和我們

一起吃。吃完飯後，他讓我的新朋友坐在沙發上，在他的頭後面放了一個枕頭，還放了一杯白蘭地在他的手邊。

「很顯然你的遭遇很離奇，哈瑟里先生。」他說，「在這裡你可以儘量放輕鬆，不要有拘束。把發生在你身上的事告訴我，累了就休息一下，或者喝口酒來提神。」

「謝謝。」我的病人說，「醫生給我包紮了以後，我就覺得好多了，而您盛情招待我的這頓早餐，更使我幾乎感覺不到傷痛。我儘量不要太占用你寶貴的時間，所以現在就開始講那些發生在我身上的怪事吧！」

福爾摩斯坐在他的大扶手椅裡，看起來很疲倦，甚至看不出他敏捷的思維和熱情的心。我坐在他對面，一起安靜地聽著這位客人講述著自己離奇的經歷。

「首先我要說的是，」他說，「我沒有父母親，而且連妻子都沒有，一個人孤獨地住在倫敦。我是一個水利工程師，在格林威治一家著名的文納和馬西森公司裡學習了七年，對於這一行我經驗很豐富。兩年前我完成了學習任務。可憐的父親去世後，給我留下一筆相當可觀的財產，所以我決定開辦自己的事業，並在維多利亞大街租了幾間房子用來辦公。

「我覺得所有的人都會認爲，創業之初非常枯燥，對我來說更是這樣了。兩年間我所接到的生意只有兩次諮詢，這就是我的職業帶給我的一切——我全部的收入僅有二十七英鎊十先令。凌晨六點就開始工作，下午四點才結束，一直在那小小的辦公室裡等待著，最後等得我徹底失望，覺得不可能再有顧客來我這裡了。

「不過就在昨天我想離開辦公室的時候，我的小辦事員進來告訴我說，有個先生想跟我談談業務上的事情，想見我，並且給了我一張名片，名片上寫著萊桑德·思塔科上校。緊接著，這位上校就自己走了進來。他的身材應該算中上吧，只不過非常瘦，恐怕是我見過最瘦的人了。他的臉瘦削得只剩鼻子和下巴，兩頰的皮膚繃緊在凸起的顴骨上。不過他這種樣子卻好像是天生的，並不是因爲生了什麼病，因爲他的目光看上去炯炯有神，走起路來步伐輕快，舉止自如。他穿著簡單但是很整齊。我猜，他大概四十多歲。

「『是哈瑟里先生嗎？』他說，是德國口音，『哈瑟里先生，有人向我推薦您，您不但專業出色，而且做人很謹慎，不會把我們的秘密洩露出去。』

「我鞠了一躬，像其他的年輕人一樣，這種讚賞的話使我有點飄飄然。『我可以冒昧的請問一下，是誰這麼說我的嗎？』

「『哦，可是我還是不要現在告訴你比較好。那個人告訴我說你沒有親人，而且還沒有成家，一個人孤獨地住在倫敦。』

「『完全正確。』我回答說，『不過請你原諒，這些東西和我的工作能力有什麼關係呢？據我所知，你是因爲業務上的事情才來找我的。』

「『是的，但是我說過的話都是有意義的。我們想委託你一件事，不過最重要的是要完全保密，絕對保密，你明白嗎？自然，我覺得一個獨居的人要比有家庭的人更容易保守秘密。』

「『您絕對可以信任我。』我說，『只要我答應了保守秘密，就一定會履行諾言的。』

「說這些話時，他盯緊著我，我從未見過那麼懷疑的眼神。

「最後，他說：『這就是說，你已經向我保證過了？』

「『是的，我一定會做到。』

「『在事情進行的整個過程中完全保密，絕對不提這件事，不管是口頭上或書面上，你能做到嗎？』

「『我都說我向你保證了。』

「『那就太好了。』他突然跳了起來，像閃電一樣衝到門口，猛地推開門，外面的過道上並沒有人。

「『這裡還不錯！』他走回來。『我知道辦事員大多會對他們老闆的事情很感興趣。現在我可以放心地跟你說了。』他把椅子拉到我身邊來，眼神裡又充滿了那種懷疑。

「『對於這個瘦骨如柴傢伙的古怪作風，我心裡有一點反感，甚至恐懼，所以沒有顧及有可能失去這筆生意，我直接表現出自己的不耐煩。

『請說說到底是什麼事吧，先生。』我說，『我的時間是很寶貴的。』願上帝饒恕我說的最後一句話那絕對沒有其他意思。

『報酬是每個晚上五十個畿尼，你覺得怎麼樣？』他問。

『那的確很多。』

『我付給你一個晚上的報酬，但實際上你可能只要工作一個小時就行了。我要請教您有關一台水力沖壓機齒輪脫開的問題。只要您能發現問題所在，我們自己會在很短的時間裡完成修理工作。你覺得怎樣？』

『看樣子工作並不是很難，而且給的報酬還很多。』

『完全正確，我們希望您今天晚上坐末班車過來。』

『去哪兒？』

『伯克郡的艾津。那是個小地方，離牛津郡不遠，離雷丁也不到七英里。帕丁頓有一班十一點十分發往那裡的車。』

『很好。』

『到時候我會用馬車來接你的。』

『也就是說下了火車還要坐一段時間的馬車嗎？』

『『沒錯，我們要去的地方在鄉下，離艾津車站還有六英里的路程要走。』

『『那我們到那裡時都已經過了午夜，肯定回不來了，如此一來豈我不是一定要在那裡過夜？』

『『對，過夜的地方我們會給你安排的。』

『『那就不大方便了，爲什麼不找一個合適的時間去呢？』

『『我們覺得晚上最合適了。我們就是考慮到這可能不是很方便，所以願意出這麼高的價錢給你這樣一個名不見經傳的年輕人。你知道，用這麼多錢去請一個你們行業裡最有經驗的人來幫忙都綽綽有餘。當然了，要是你決定不接這筆生意，現在還來得及。』

「我想到了五十個幾尼，還有這些錢對我可能有的用處。『我沒這個意思，』我說，『對於能夠滿足你的要求我十分高興。不過我想更清楚地瞭解一下，我究竟要做什麼工作。』

『『不錯，我們這樣要求你保守秘密，一定會讓您對我們要委託的事情感興趣。你想要知道那究竟是怎麼一回事很正常，我們也不會委託給您一件您根本不瞭解情況的事情。我想這裡不會有人在偷聽吧？』

『『絕對不會。』

『『那麼我說吧，事情是這樣的，也許您已經知道，漂白土這種礦產很貴重，在英國，只有一兩個地方發現過這種礦藏。』

「『這個我聽人提起過。』

「『不久以前，我在距離雷丁十英里的地方買了一小塊地——那塊地的確非常小，可是很幸運，在我買下的一塊地裡有漂白土礦床。但勘察之後我才知道這個礦床其實沒有多大。不過它連接著左右兩個大得多的礦床——而這兩個地方都在我鄰居的住所範圍內。這些人都很善良，他們的土地內蘊藏有和黃金一樣貴重的礦產，可是他們卻不知道。自然，在他們還不知情的情況下買下他們的地是很划算的，可是我卻沒有足夠的錢來買。爲了這個我找了幾個朋友秘密商量這件事。他們的建議是我們先悄悄地開採自己這裡的礦藏，以此籌集資金。這也是我們目前正在做的。我們安裝了一台水壓機，這樣操作起來就方便多了。可是正如剛才我已經告訴過你的，我們這台機器出了問題，希望可以從您這裡得到一點幫助。對於這個秘密我們都十分小心地保守，不過若有人知道我們曾經邀水利工程師到過那裡，僕人們肯定就會感到很好奇了。要是秘密眞的被洩露出去，那我們就無法獲得我們想要的土地，也不可能實現我們最終的計畫了。就因爲這樣，我們覺得請您今天晚上到艾津去最好不過了。我希望我所說的一切您能明白。』

「『是的，我聽明白了，』我回答道，『只有一點我不是很清楚。水壓機在挖漂白土的過程中能起什麼作用呢？根據我的瞭解，漂白土是像淘沙子那樣從礦裡面淘出來的啊。』

「『啊，』他漫不經心地說，『我們有自己的方法，我們把土碾壓成磚坯，這樣在搬運時就不會被別人看出來那是什麼東西。這只是一些細節問題。現在，所有的秘密我都向你說了，哈瑟里先生，這同時也意味著我很信任您。』他說這話時站了起來。『那麼今天晚上十一點十五分我在艾津接您。』

『我一定準時到達。』

『絕對不可以讓任何人知道這件事。』到最後，他又用懷疑的眼神看了我好一會兒，然後用他那濕冷的手和我握了握，便匆忙地離開了。

「當我冷靜下來非常認眞地考慮了整件事後，對於這突如其來的委託，一方面覺得很驚訝，自然，另一方面也很高興，因爲要是讓我給這筆生意定個價格，他們出的酬金將是我所要求的十倍之多，而且這筆生意很有可能會帶給我更多的生意。可是另一方面呢，委託我做這件事的人的言談舉止都讓我感到很不舒服。對於漂白土，他的說法還不足以要求我深夜到那裡去，而且我也無法理解他怎麼會那麼害怕我把這件事情告訴別人。可是不管怎樣，我還是放下了所有的顧慮，在飽餐一頓後，開著車到了帕丁頓，嚴格遵守著我的委託人要我保守秘密的要求。

「在雷丁，我不得不換車，不光這樣，連車站都要換。不過我還是剛剛好趕上了開往艾津的最後一班火車；過了十一點，我就來到那個燈光昏暗的小車站。我是唯一一個在那裡下車的，站台上只有一個搬運工人，他提著燈籠，顯得有點睏了。不過我走出檢票口的時候，發現早上見過的那個朋友的確來接我了，只不過他站在黑暗裡，什麼都沒說就抓住了我的手臂，要我趕緊走進一輛馬車裡，那馬車的門是敞開的。他把兩邊的窗戶都關上，敲著車廂前面的木板，於是馬車就飛快地行駛了起來。」

「是一匹馬嗎？」福爾摩斯突然插話問道。

「是的，只有一匹。」

「那麼你有沒有注意那馬是什麼顏色？」

「我注意到了，當我要走進車廂的時候，藉著旁邊的燈光，我知道那是一匹棕色的馬。」

「馬是顯得很有精神還是很疲憊呢？」

「哦，應該是精神很好，而且毛色很有光澤。」

「謝謝你的回答，很抱歉打斷了你，請你繼續這有趣的描述吧。」

「我們就這樣上路了，馬車行駛了至少半個多小時。萊桑德·思塔科上校曾經說目的地只有七英里遠，可是根據我們的速度以及所花的時間判斷，那路程起碼有十二英里了。一路上他一句話都不說地坐在我旁邊，有幾次我向他那邊看了看，發現他始終非常緊張地看著我。那個地方的鄉間道路不怎麼好走，這是我根據車子一直顛簸得厲害來判斷的，那種顛簸把我們弄得左右搖晃。我盡力向窗戶外面看，以便確定我們到了什麼地方，可惜窗戶上裝的是毛玻璃，只有在經過有燈光的地方我才可以透過窗戶看到一點模糊的光線，其他什麼也看不清楚。偶爾我想找幾句話來打破我們一路上的沉默，可是我從上校那裡得到的答覆卻都只是隻言片語罷了。這樣的談話實在無法繼續下去。最後馬車終於從崎嶇不平的山路走上大路，然後就停了下來。思塔科上校跳下馬車，我跟著他，他一下子就把我拉進一扇大門裡。我們剛剛跨出馬車的門，卻好像立刻就進入一個大廳，快得使我連粗略地觀察一下這大廳的機會都沒有。而我一進去，身後的門就馬上關上了，門外隱隱約約地傳來馬車離開的聲音。

「房間裡漆黑一片，上校摸索著找火柴，同時還在小聲地說著什麼。這時走廊的另一端突然傳來了燈光——一道很亮的光線向我們這裡射來。那燈光越來越亮，隨後一個女人走了出來，她把手裡的燈高高地舉在頭頂上，向前探了探身子看著我們。我很清楚地看到了美麗的臉龐。她黑色的服裝被燈光照耀著，從反射出來的光澤來看，那衣服的料子很好。她講的是外語，說了幾句之後，我從口氣判斷應該是在問什麼問題。而我身邊那人卻很粗暴地回答了她，她非常吃驚，手裡的燈都差點兒掉了。思塔科上校上前去，在她耳邊悄悄說了一些話，之後就把她推回到原來那個房間裡去了。一會兒，我早上認識的那個人就自己提著燈走了過來。

「『恐怕要讓您在這裡等一下了。』他一邊說著，一邊推開了旁邊房間的門。這個房間很小，很安靜。一張圓桌擺在中央，幾本德文書散亂地放在上面。思塔科上校把燈放在一架琴上。『我不會讓您久等的。』說完之後他就走進黑暗中了。

「儘管我並不很懂德文，可我還是看了看那些放在桌子上的書。我看出其中有兩本應該是科學著作，而其他的則是詩集。後來我走到窗戶旁邊，以爲可以看到一點鄉下的景色，但是一扇關閉著的櫟木百葉窗遮擋了我的視線。房間裡靜得有點古怪，走廊裡有個舊鐘，我也說不清楚它放在哪裡，只聽見那鐘在不停地響著。除了這聲音外，其他就是一片死寂。我慢慢地感覺到一點不安，儘管這種感覺在當時還不很清晰。這些德國人究竟是什麼身分？他們爲什麼要居住在這麼偏僻的地方，他們有什麼目的？我現在所在的這個地方又是哪裡？我唯一知道的就是這裡距離艾津有十英里左右的路程，可是我連南北都分不清了。

「根據這個地方所在位置來判斷，在這個範圍之內應該還有其他比較大的鎮，因此這不大可能是一個非常偏僻的地方。可是這裡的安靜卻告訴我，我肯定是在某個鄉間。我在房間裡來回走動著，用低聲的哼唱來抵抗恐懼，只覺得我來這裡完全是爲了掙那五十幾尼。

「忽然，在這種絕對的安靜之中，我沒有聽到一點點聲音，那個女人卻慢慢地打開了我的房門。在她身後的大廳仍然是漆黑一片，透過屋裡那盞燈的昏黃燈光，我看到了她那張姣好的面容。可是我立刻看出了她的恐懼和不安，這同時也讓我很害怕。她哆嗦著用手勢告訴我不要出聲，迅速地對我說了什麼，聽起來應該不是英語。她的眼神就像受到驚嚇的馬，說話時還很緊張地回頭看自己身後黑暗的地方。

『如果我是你，早就跑了。』她說。看得出她在努力地使自己平靜下來，『如果我是你，我絕對不會留下的，因爲那麼做對你一點好處也沒有。』

『可是，夫人，』我說，『我來這裡要做的工作還沒有開始呢。我起碼要在檢查完機器之後再離開吧。』

『你這麼等著毫無意義，』她接著說，『你可以由這扇門離開這裡，而且不會遇到什麼阻攔。』看到我微笑著搖頭，她立刻沒了剛才緊張的神情，往前走了一步，緊握著兩手說道：『看在上帝的份上！』她低下頭來，說道：『現在逃跑還來得及，快點啊！』

「可是我這個人天生就很固執，要是我想做某件事情卻遇到了阻攔，那我就會更加執意去做完這事。我渴望可以得到那五十畿尼的酬金，剛才的行程使我很疲累，而擺在我面前的似乎是一個不怎麼愉快的夜晚，我怎麼能讓這些付出連一點回報都沒有呢？我爲什麼要在還沒有完成要做的工作，也沒有領取到應該得到的報酬之前就離開這裡？根據我的判斷，眼前的這個女人可能是個偏執狂，所以，雖然她的表情舉止給了我意想不到的震撼，可是我堅決地搖了搖頭，表示我還是要留在那裡。她正準備再一次要求我離開的時候，一聲很重的關門聲從樓上傳了下來，緊接著就是下樓的腳步聲。她仔細地聽了一會兒，用雙手做了一個絕望的姿勢，就像來時一樣悄無聲息地離開了。

「萊桑德．思塔科上校帶著一個身材矮胖、雙下巴上長著栗鼠鬍鬚的人走了進來。上校向我介紹了那位弗格森先生。

「『這位是我的秘書，也是我的經理，』上校說，『順便提一下，我記得剛才我已經把這門關上了，因爲怕風吹到您。』

「『不，』我說，『後來我打開了那門，因爲這房間實在是太悶了。』

「他看我的眼神充滿了懷疑。『那我們最好還是現在就開始工作吧，』他說，『弗格森先生和我帶您到上面看機器。』

「『我想戴上帽子會好一點。』

「『哦，那倒不必，那機器就在這棟房子裡。』

「『你說什麼？你們把挖漂白土的機器放在這棟房子裡？』

「『不是的，不是的，我們只是在這裡壓製磚坯。不過這並不重要。我們只是要您檢查一下這機器，然後告訴我們毛病究竟出在什麼地方。』

「我們一起走到樓上，上校提著燈走在最前面，胖經理和我跟在後面。這個古老的房子簡直就是一座迷宮，到處都是走廊、過道、狹窄的盤旋式樓梯、低矮的小門，而所有的門檻也都被好幾代的人踩得深深陷了下去。底層的地板上沒有鋪地毯，也看不出來是不是放過家具，牆壁上的灰泥已經剝落，濕濕的空氣還從綠色的污垢上散發出來。儘管我一再表示並不在意這些，可是並沒有完全忘記那個女人給我的警告；雖然我不眞的把那當回事。我仔細觀察著眼前這兩個人。弗格森看上去是那種很安靜的人，而且很怪，儘管他很少說話，但是從他說的那些話裡可以斷定他也是一個英國人。

「最後萊桑德·思塔科上校站在一個低矮的門前，將上面的鎖打開。門後的房間很小，呈正方形，連我們三個人要同時在裡面都容納不了。所以弗格森先不進去，由上校把我帶了進去。

「『我們，』他說，『實際上現在就在水壓機的內部了，要是有人把這機器打開，那後果將不堪設想。這個小房間上面的天花板，就是下降的活塞末端，它落下來時，這個金屬地板要承受好幾噸的重量。在它外面有一些橫向的水柱，裡面的水受到壓力後會把這些壓力傳導與增加，這原理你應該很熟的。要運轉機器不難，唯一的缺點就是它不夠靈活，所以有一小部分壓力被浪費掉了。麻煩您幫我們檢查一下，怎麼才能修好這機器。』

「我接過他手裡的燈，把那機器從頭到尾檢查了一遍。這台機器的確很龐大，可以產生巨大的壓力。從裡面出來後，我按下操縱桿，聽到有颼颼的聲音，我立刻意識到這是機器內部有細微的裂痕，這個裂痕使水順著一個通道向活塞回流。檢查後我發現傳動桿頭上的一個橡皮墊圈已經皺縮了，所以無法固定住在其中來回移動的橫桿。很明顯地，這就是壓力無法完全發揮的主因。我把觀察結果告訴了我在早上認識的朋友。他非常認眞的聽著我講的話，而且對於如何修理好這部機器，他也問了幾個很具體的問題。跟他們交代清楚後，我回到了機器的主室裡。在好奇心驅使下，我認眞地觀察著這個小房間。一看我就明白了，那個所謂的漂白土故事完全是捏造出來的。因爲要人相信這個大功率的機器只是爲了挖土而設計的，那就太好笑了。房間的牆壁是木製的，可是地板卻是由一個很大的鐵槽構成。後來我觀察到它上面佈滿了鐵屑。正當我彎下腰想仔細看看這究竟是什麼東西的時候，有人用德語低沉地驚叫出聲，而上校那死灰色的臉正盯著我。

『你幹嘛呢？』他問道。

「由於被他那個編造出來的故事給欺騙了，我感到很生氣。『我在欣賞漂白土呢，』我說，『我覺得如果我能知道您的機器眞正的用途，那我給您的建議將更有建設性，您覺得呢？』

「剛說完這些，我就後悔自己的魯莽了。他的臉色很難看，眼睛裡射出了凶光。

『太好了，』他說，『我會讓你知道這個機器所有事情的！』他往後退了一步，把小門給關上，並轉動了一下插在鎖孔上的鑰匙。我衝到門邊，用力拉著門上的把手，可是那門卻關得非常嚴實，就算我連踢帶踹，也沒有絲毫反應。

『喂！』我大聲地喊叫著。『喂，上校！讓我出去！』

「這時，寂靜之中傳來了一種聲響，聽到這種聲響讓我的心都快跳出來了。那是槓桿的鏗鏘聲和水管漏水的颼颼聲——機器被他給啓動了。地板上還有燈，是我檢查鐵槽時放下的。藉著燈光，我看到黑壓壓的天花板正壓下來。這時我的處境我自己最清楚——只消一分鐘，房間裡的這個機器就可以把我壓成肉醬。我大聲喊叫著，用身體試圖把門撞開、用手指去摳門鎖。我哀求上校把我給放了，可是那槓桿鏗鏘的聲音把我的呼救聲完全掩沒了。天花板現在就在我頭上方一兩英尺的地方，舉起手就可以摸到上面那堅硬粗糙的表面。我心中突然掠過一個念頭，想到一個人死前的姿勢，將在很大的程度上決定這個人死亡時有多痛苦。要我是趴著的，那麼天花板壓下來的重量會被我的脊梁承擔。只要想到骨頭被壓斷時那種可怕的劈啪聲，我就害怕得渾身打顫。或者另一個姿勢會好一點；不過我難道有這種膽量眼睜睜看著上面黑壓壓的東西向我壓下來嗎？我感覺自己已經站不直了，突然間一個東西吸引了我的目光，讓我心頭又迸發出希望的火花。

「我想我剛才已經跟您說過了，雖然天花板和地板都是鐵做的，可是牆壁卻是木頭的。我最後向四周看了一眼，看到兩塊牆板之間露出了一絲光線。一小塊嵌在裡面的木板被向後推進去以後，那道亮亮的光線就成了我逃生的希望，那一瞬間我簡直都不相信自己是怎麼從這個細縫裡逃脫出來的。我不顧一切地從那裡衝了出來，像失了魂一樣地躺在地板上。嵌板在我身後合上，我聽到房間裡傳來燈被壓碎的聲音，這聲音告訴我當時的逃脫是多麼地驚險。

「後來有人像瘋了一樣地拉著我的手腕，直到這時我才清醒過來。我發現自己躺在一條狹廊的石頭地面上，一個女人右手拿著蠟燭，左手使勁地拉著我。這個女人就是剛才那個好心的朋友！想我當時拒絕了她的警告是多麼愚蠢啊！

『快！快！』她喘著大氣急促地喊叫道，『要不了多久他們就會到這裡來的，要是被他們發現你不在那個房間裡，事情可就……別說了，我們趕緊走吧！』

「這一次我不再對她的勸告置之不理了。我艱難地站了起來，跟著她沿著走廊跑了過去，然後經過一座旋轉式的樓梯。下去後是另一條寬闊的過道。我們剛剛跑到過道，不遠處就傳來了兩個人的腳步聲和叫嚷聲。其中一個人就在我們剛才待著的那一層，而另一個則在他下面那一層，兩個人互相回應著。領我跑的那女人停了下來，朝四周看了看，好像是走到了路的盡頭。然後她很快打開了一扇臥室的窗戶，從這窗戶可以看到外面皎潔的月光。

「『這是您唯一的出路了，』她說，『儘管很高，但您也許可以跳下去。』

「她說這些話的時候，過道的盡頭開始閃現出燈光，甚至都能看見萊桑德・思塔科上校迅速奔跑時的身影了；他一隻手裡拿著那提燈，另一隻手裡拿著的簡直像是屠夫用的大刀。我跑進臥室，使勁推開窗戶向外看。在月光的照射下，那花園十分安靜，空氣中瀰漫著芳香，離這窗戶大約有三十英尺。我爬到了窗台上，可是突然想到，我跑了，救我的那個女人和追殺我的那個男人之間會發生什麼事？剎那間我猶豫了，沒有跳下去，因爲我決定，要是她遭到了脅迫，不管有多麼危險，我都要救她。當我剛剛有了這樣的想法，那個男人就已經站在門口。他想推開那女人進來，可是她卻用雙臂抱住他，用力地往後推。

『弗里茲！弗里茲！』她用英語喊著，『難道你忘記上次事後對我的承諾了嗎？你說過不會再做這樣的事了。他不會告訴別人的！真的，他不會告訴別人的！』

『你瘋啦，伊利斯！』他的聲音簡直像野獸的咆哮，竭力想從她的雙臂中掙脫出來。『你這麼做會毀了我們的。他知道的事太多了，你讓我過去！』那女人被他摔到一邊，他直接跑到窗戶旁邊，用手裡那笨重的兇器向我砍了過來。當時我的身子已經離開了窗口，但他朝我砍來時我的雙手還抓著窗口。然後我感覺到一陣疼痛，雙手抓不住而掉在下面的花園裡。

「我掉下來時只感覺到震動，其他並無大礙，所以就趕緊站起來，拚命向矮樹林裡衝了過去，因爲我知道我還沒有完全擺脫危險。不過，就在我向前跑時，一陣暈眩和噁心感向我襲來。我看了看那隻疼得開始抽搐的手，直到這時才發現我的大拇指被砍掉了，血正不斷從傷口流出來，於是我趕緊用手絹把傷口包紮起來。然後突然一陣耳鳴，我就昏迷了，倒在薔薇花叢中。」

「我不知道我昏迷了多久，我想一定很久吧，因爲當我醒過來時，已經是月落星沉，露水把我的衣服全都浸濕了，而我流出來的血則把袖子浸濕了。劇烈的疼痛提醒著我前一天晚上的遭遇，我想到可能還沒有完全逃脫出那個追捕我的人的手掌心，於是立刻跳了起來。可我往四周看時發現既沒有什麼花園，也沒有什麼建築，這使我嚇了一跳。原來我躺著的地方是一片距離公路不遠的草坪，不遠處有一排很長的建築。我走近一看才發現那就是我昨天晚上坐車的車站。如果沒有手上這個可怕的傷口，我眞會以爲之前發生的那些可怕的事情是一場惡夢。

「我精神恍惚地走進車站，打聽頭班火車的時間，知道在一個小時之內就會有一班開往雷丁的火車。我發現值班那個人就是我當時見到的那個拿提燈的人。我問他有沒有聽過萊桑德·思塔科上校這個名字，看來他對這個名字很陌生；我又問他有沒有注意到昨天晚上在車站等著接我的那輛馬車，他也說沒印象；然後我問他附近有沒有警察，他回答說在三英里外的地方才有一個。

「可我當時又受傷又疲累，根本不可能走那麼長一段路。所以我想我還是先回到城裡，然後再報警比較好。剛過六點我回到城裡，先去包紮了傷口，然後多虧這位醫生把我送到這裡。我現在就把這個案件交付給您，請您給我個建議，看我該怎麼辦才好。」

他的經歷的確不同尋常，聽完他的講述，我們倆坐在那裡好長時間一句話也沒有說。然後，夏洛克·福爾摩斯從架子上拿下一本很厚重的本子，那裡面是他剪輯的報紙資訊。

「我想你或許有興趣聽一聽這裡的一則廣告，」他說，「這則廣告刊登在大約一年前幾乎所有的報紙上。我唸給您聽聽：「尋人。耶利米・海林先生，二十六歲，水利工程從業人員，本月九號晚上十點離開寓所之後未歸。身穿……」

「等等，等等。哈！我猜，這可能是那個上校上一次大修他的機器的時間吧。」

「天哪！」我的病人忍不住大叫出來。「這也就解釋了那個夫人曾經說過的話了。」

「毋須懷疑了。很明顯，這個上校是一個冷血的亡命之徒，他不允許任何小事情來妨礙他的計畫，簡直像個海盜——絕不讓他們捉到的任何一個人活著離開他們的船。好啦，現在每一分鐘對我們來說都非常寶貴，我們得馬上趕到蘇格蘭警場報案去，這是我們去艾津的第一步措施。」

大概三個小時後，我們離開雷丁到伯克郡的小村子。我們一行有好幾個人——夏洛克・福爾摩斯、那個水利工程師、蘇格蘭警場的布雷茲特里特巡官，此外還有我和一個便衣偵探。布雷茲特里特把一張本郡的軍用地圖鋪在座位上，快速地用圓規在地圖上以艾津為圓心畫了一個圈。

「就是這裡了，」他說，「這個圓圈的中心是這個車站，半徑是十英里。我們的目標地點可能就在這個靠近邊界的小鎮上。先生，您說過那距離大約是十二英里是嗎？」

「馬車跑了有一個多小時呢！」

「您覺得他們是在您昏迷的時候，把您從那麼遠的地方送回到車站的嗎？」

「我覺得應該是這樣。當時我的記憶很模糊，但是好像覺得被他們抬到什麼地方過。」

「有一點我無法理解，」我說，「當他們發現你昏倒在花園裡時，怎麼會放過你呢？會不會是那個混蛋被那個女人給說服了？」

「這種可能性不大。我覺得那是我見過最冷酷的面孔。」

「哦，不用多久一切都會眞相大白了。」布雷茲特里特說，「你看，我們已經把這個圓圈給畫好了，現在只需要確定一下那個傢伙會在哪個點上。」

「我覺得我能指出來。」福爾摩斯平靜地說。

「是嗎？現在？」巡官叫了出來，「您已經推斷出來了啊！那眞是太好了，讓我們看看是不是有人和你的想法一樣。我覺得是在南面，因爲那一帶鄉間非常荒涼。」

「我覺得是東面。」我的病人答道。

「我覺得是西面，」那便衣偵探說道，「那裡有好幾個村落都非常安靜。」

「是北面吧，」我說，「因爲那一帶沒有山，而我的病人說他在去那裡的路程中沒有碰到上坡。」

「咳！」巡官笑著喊道，「意見分歧還眞嚴重，那麼您覺得誰說得對呢？」

「誰都不對。」

「不可能每個都不對啊！」

「是的，你們全都錯了。我的觀點是，」他將手指放在圓圈的中心，「我們應該到這個地方去找他們。」

「可是他是走了大約十二英里的路程啊！」哈瑟里反問道。

「往外走六英里再回來，這不是很簡單嘛。您曾經說過您在上車的前看了一眼那匹馬，那馬看上去精神很好，皮毛光澤也很好。要是牠奔跑了十二英里趕到車站去接你，你覺得那馬應該是什麼樣子呢？」

「不錯，這很有可能是一個詭計。」布雷茲特里特評論時似乎在思考著什麼，「當然，這樣一來這幫人的身分就很清楚了。」

「已經毫無疑問，」福爾摩斯說，「他們在大量製造假幣，那台機器製造出來的合金會被他們當作白金來使用。」

「我們早就發現有一幫聰明的傢伙在幹這種勾當了，」巡官說，「他們一直在製造半克朗的假貨幣。我們追蹤他們到雷丁，再往遠去就沒有線索了，因爲他們總有辦法來隱藏自己的行蹤。由此也可以看出他們很有經驗，是慣犯了。可是現在這個意想不到的機會卻使他們插翅難飛。」

可是這位巡官卻說錯了，這些罪犯命中注定不會被警察捉到。當我們所乘的火車駛進艾津車站時，一股巨大的濃煙從不遠處升了起來，著火的地方是附近的一個小樹叢後面，那煙霧看上去就像在美麗的田園上空，飄著巨大無比的鴕鳥羽毛。

「是房子著火了嗎？」當火車噴著氣開出車站時，布雷茲特里特問道。

「是的，先生。」車站站長回答說。

「這火是什麼時候開始著的？」

「根據我聽到的情況應該是昨天晚上，先生。可是火燒得越來越旺，現在已成了一片火海。」

「是誰的房子？」

「比徹醫生的。」

「請問，」工程師插了一句，「比徹醫生是不是德國人，非常瘦，鼻子很長還很尖？」

站長大笑了起來，「錯了，先生，比徹醫生是個英國人，在我們這個教會的區域裡就數他的穿著最講究了。據我所知，跟他住一起的還有一位先生，那個人不是英國人，還一直生著病；不過實際上呢，就算你要請他吃一頓英國牛排，他也不會感到肥膩。」

沒等站長說完，我們就匆忙向著火的地方衝了過去。這條路通向一座小山。一座高大的白灰粉刷的建築物出現在我們面前。所有的窗戶、所有的裂縫都在向外噴著火，前面的花園

裡有三輛消防車正在全力搶救。

「就是這兒！」哈瑟里看上去很激動地說，「看這裡的砂石路！還有那邊的薔薇花叢，那就是我曾經躺過的。我就是從那邊的第二個窗戶跳下來的。」

「那麼，」福爾摩斯說，「起碼你報仇了。毫無疑問，您的油燈被壓碎的時候點燃了這個房子。他們當時只顧著追你，沒有察覺到。您現在可以仔細看看周圍的人群裡有沒有你昨天晚上遇到的那幾個朋友；但是據我估計，他們應該已經離這裡一百英里遠了。」

福爾摩斯的擔心被後來的事實驗證了，因爲直到現在，那個美麗的女人、陰險的德國人，以及那個很怪的英國人，都杳無音訊。據說那天早上一大早，一個農民曾經看到一輛馬車，載著幾個人和幾只沉重的大箱子，朝著雷丁的方向飛快駛去。在這之後那些亡命之徒就銷聲匿跡，甚至連足智多謀的福爾摩斯，對於他們逃到哪裡去了，也找不到一點點線索。

消防隊員們覺得房子的佈置很奇怪，因此奮力搶救。而在三樓的窗台上發現的一截剛剛被砍下來的手指，則使他們感到很不安。太陽快要下山時，他們的努力有了結果，大火被控制住了。不過屋頂因爲大火坍塌了下來，整個現場變成了廢墟，只剩下一些彎曲的汽缸和鐵管子，那個曾經使我們這位朋友慘遭不幸的機器竟然沒留一點痕跡。在一間邊屋裡我們發現了大量的鎳錠和錫錠，不過沒有找到硬幣。也許這就解釋了爲什麼那個農民會看到他們車上裝著幾只很沉的箱子。

如果不是那鬆軟的泥土留給了我們有力的證據，可能永遠都無法解釋我們這個水利工程師是怎麼被從花園裡送到車站去的。很明顯，他是被兩個人抬過去的。其中一個人的腳很小，另一個人的腳卻特別大。看來，那個不怎麼說話的英國人並不像他的同夥那麼兇殘。是他和那個女人一起把我們的病人抬出了那個花園。

我們再一次坐上返回倫敦的火車時，這位水利工程師看起來很沮喪，他說道：「唉，這件事情對我來說眞是太糟糕了。沒了大拇指，沒了五十畿尼的酬金，我到底得到了什麼？」

「經驗！」福爾摩斯笑著說，「您要清楚，從某種意義上來說這可能是很有價値的——這件事情向外一宣揚，將會使您的事務所獲得很好的聲譽。」

第十篇　貴族單身漢案

隨著新的醜聞的出現，如今，聖席蒙勳爵的婚事和它奇怪的結局已不是上流社會人士所感興趣的話題了。而那些妙趣橫生的細節，也隨著時間流逝逐漸推向了幕後。然而，我堅信大眾並未眞正瞭解整個案子的眞相，而我的朋友福爾摩斯又爲了此案絞盡腦汁，頗費工夫，所以，如果不把這內幕公諸於世，那麼，對於他的業績的記錄將是莫大的遺憾。

那時我和福爾摩斯一起住在貝克街，幾個星期後我就要結婚。一天，福爾摩斯午後散步回來，看到桌子上有一封信。那一天，陰雨綿綿，秋風勁吹。我的胳膊隱隱作痛，一顆當年參加阿富汗戰爭時留下的阿富汗步槍子彈，在裡頭猖狂作祟，所以我只好整天待在家中。我找來一張安樂椅，把雙腿搭在另一張椅子上，埋頭於身邊擺滿的報紙堆，直到腦袋裡裝滿了當天的新聞，才把報紙丟開，無精打采地發呆。我一面瞅著桌子上那信封上面的巨大飾章和交織字母，一面懶洋洋地揣度著是哪位貴族給我朋友的來信。

他回來後，我說：「這兒有你的信，挺時髦的。在我記憶中，你早晨的那些來信，通常不是魚販子，就是海關檢查員寫的。」

「對，那些信件倒是有許多有趣的地方。」他笑了笑，「你知道嗎？越是普通的人寫來的信就越是有趣。不過這封呢——看起來像是一張不受歡迎的社交用傳票式的信，恐怕要讓人感到心煩意亂了。」

他拆開信封，細細地瀏覽起來。

「噢，你過來看看，很有趣的！」

「跟社交無關？」

「當然不是了，是業務！」

「是一位貴族的委託人寫來的？」

「不全對——是英國地位最高的貴族之一寫來的。」

「老兄，我衷心祝賀你！」

「說實話，華生，我可以肯定地對你說，對我而言，委託人的社會地位微不足道，我更感興趣的是案情。可是，在這件新案件的調查中，關於他的社會地位的情況或許是不可或缺的。你最近在關注報上的新聞，對嗎？」

「可以這麼說。」我指了指角落裡的一大堆報紙，「我還能做什麼呢？」

「好極了，希望你能向我提供一些最新情況！我除了犯罪報導和尋人啓事欄之外，別的一概不看。你知道，尋人啓事欄總是能使我受到啓發。你既然一直在看報，有沒有注意過關於聖席蒙勳爵和他婚禮的消息？」

「嗯，看到了，而且還很感興趣。」

「眞的？我手中這封信就是聖席蒙勳爵寫來的。我給你念念，你聽完一定要翻出所有的報紙，向我提供有關於這件事的消息。他是這麼寫的：

親愛的夏洛克・福爾摩斯先生：

從巴克沃特勳爵得知，您具有令人信服的分析和判斷力。所以我決定登門拜訪，就有關我婚禮後發生讓人非常痛心的意外事件向您請教。儘管蘇格蘭警場的雷思垂德先生已接手此案。但是他還是強烈建議我和您合作，並認為這樣可能會對案情有所幫助。下午四點，我將準時登門求教，屆時您如另有約會，希望稍後仍能惠予接見，因為此事對我至關重要。

您忠實的聖席蒙

這封信發自格羅夫納大廈，用鵝毛筆寫的。我們尊貴的勳爵先生一不小心在他右小指的外側沾上了一滴墨水。」福爾摩斯一邊疊著信一邊說。

「他說的是四點鐘？現在已經三點了，那麼他在一小時內就會到這裡來。」

「如果有你的幫助，我現在還來得及把這件事理出個頭緒。趕緊翻翻報紙，把有關的摘錄按時間順序排好，我來查查委託人的身世。」他從壁爐架旁的一排參考書中抽出一本紅皮書。「就是這個，」他說著坐下來，把書平鋪在膝蓋上，「羅伯特・沃爾辛厄姆・德維爾・聖席蒙勳爵，巴爾莫拉爾公爵的次子。噢！看他的紋章！天藍底色，用黑色線條區隔著三個鐵蒺藜。生於一八四六年，今年四十一歲，已經到了成熟的結婚年齡。在上屆政府中擔任過殖民地事務副大臣。父親曾是外交大臣。他們繼承了安茹王朝的血統，爲其直系後裔。母系血統則爲都鐸王朝。呵呵！這些都與本案無關啊。我看，華生，我還眞得請你提供一些更具體的情況了。」

「這好說，我沒費吹灰之力就找到了你想要的消息，」我說，「因爲事情發生沒多久，我印象很深。然而，我之所以過去沒敢對你說，是因爲我知道你手頭正接了一個案子，而你又不喜歡有其他事讓你分心。」

「噢，你是指格羅夫納廣場家具搬運車的那件小事吧。現在已完全搞清楚了——其實從一開始我就明白了。你說說翻檢報紙的結果吧。」

「這是我找到的第一則消息，登在《晨郵報》的啓事欄裡。日期是幾週以前：（據說）巴爾莫拉爾公爵的次子，羅伯特・聖席蒙勳爵，與美國加州舊金山阿洛伊修斯・朵蘭先生的獨生女哈蒂・朵蘭小姐的婚事，已經安排就緒，若上述傳聞屬實，最近即將舉行婚禮。就這些。」

「簡明扼要。」福爾摩斯說。他把自己那又細又長的腿往火爐旁邊靠了靠。

「在同一週內，有一份社交界的報紙對這件事有一段更詳細的記述。啊，我看看：在婚姻市場上，採取保護政策的呼聲越來越高，因爲當前這種自由貿易式的婚姻政策，對我們英國同胞極爲不利。大不列顛名門望族大權旁落，被一個又一個來自大西洋彼岸的女表親所掌握。上週這些嫵媚的入侵者在她們奪走的勝利品名單中，又添上了一位重要人物——就是聖席蒙勳爵。他二十多年來從未墜入情網，現在卻公然宣布即將與加州百萬富翁，令人一見傾心的女兒哈蒂・朵蘭小姐結婚。朵蘭小姐是家中獨女。她優雅的體態和甜美的容貌，在韋斯特伯里宮的慶典歡宴上，引起了在場一片驚呼。最近傳說，她的嫁妝將大大超過六位數，預計還會不斷增加。由於巴爾莫拉爾公爵近年來迫於生計，不得不出賣自己的藏畫，已成爲街知巷聞的秘密；而聖席蒙勳爵除了伯奇莫爾荒地那菲薄的產業之外，也一無所有，所以這位加州的女繼承人透過這一聯姻，使她由一位女共和黨人，一躍成爲不列顛的貴婦，雙方顯然都得到了好處。」

「還有別的嗎？」福爾摩斯打著呵欠問道。

「有，多著呢。《晨郵報》上還有另一則短訊說：婚禮將力求簡單；屆時預定在漢諾佛廣場的聖喬治大教堂舉行；婚禮只邀請幾位至親好友參加；禮後，新婚夫婦及親友等即返回阿洛伊修斯·朵蘭先生在蘭開斯特蓋特租的家具齊備的寓所。兩天後，也就是上星期三，有一則簡單的通告，宣告婚禮已經舉行。新婚夫婦將在彼得斯菲爾德附近的巴克沃特勳爵別墅歡度蜜月。這就是新娘失蹤前的全部報導。」

「在什麼以前？」福爾摩斯吃驚地問道。

「在這位小姐失蹤以前。」

「她什麼時候失蹤的？」

「在婚禮後吃早餐的時候。」

「呵呵，有趣！你不認爲這十分戲劇性嗎？」

「是的，正因此才引起了我的注意。」

「她們經常在舉行結婚儀式之前失蹤，偶爾也有在蜜月期間失蹤的。但是我還想不起來有哪一件像這次那麼直接乾脆的，麻煩你把細節全說給我聽聽。」

「別怪我沒提醒你，這些材料可是很不完整的。」

「我們可以試著把它們拼湊起來嘛。」

「嗯，昨天晨報上的一篇文章談得還比較詳細，我讀給你聽聽吧。標題是：《上流社會婚禮中的奇怪事件》。羅伯特·聖席蒙勳爵在舉行婚禮時發生的奇怪不幸事件，使他們全家陷於恐慌之中。昨天報紙對此已有簡單報導，婚禮儀式是在前天上午舉行的；但直到今天，仍有許多流言蜚語在民間盛傳。儘管親友們都在幫忙遮掩，但還是引起公眾很大的關注。使這件事已成爲公眾茶餘飯後的談話笑料，若再採取不搭理的態度，一點幫助也沒有。

「婚禮是在漢諾佛廣場的聖喬治大教堂舉行，儀式簡單而不張揚。除了新娘的父親——阿洛伊修斯・朵蘭先生、巴爾莫拉爾公爵夫人、巴克沃特勳爵、尤斯塔斯勳爵和克拉拉・聖席蒙小姐（新郎的弟弟和妹妹）以及艾麗西亞・惠廷頓夫人外，沒有其他人。婚禮後，一行人即前往在蘭開斯特蓋特的阿洛伊修斯・朵蘭先生寓所。寓所裡早餐已經準備就緒。恰在這時，有一個身分不明的女人引起了一些小麻煩。她跟隨在新娘及其親友之後，試圖強行闖入寓所，並聲稱她有權向聖席蒙勳爵提出要求。顯然她苦苦糾纏，但管家仍客氣地把她攆走。

「幸虧新娘在這之前已經進入室內，同親友一起共進早餐；可是她說突然感到不適，就回自己的房間去了。但她離席

後，久久不歸，人們不禁議論起來，於是她父親便去找她。但據女僕告知，她只到臥室逗留片刻，拿了一件長外套和一頂無邊軟帽，就匆匆忙忙下樓到走廊去了。一個男僕也聲稱他看到一個這樣裝束的太太離開了寓所，但他不敢確認那就是女主人，還以爲她和大家在一起。阿洛伊修斯・朵蘭先生在肯定女兒確實失蹤了以後，就立刻和新郎前去報警。目前整個案子正在嚴密調查之中。這件離奇的事情可能很快就會水落石出。然而，直到昨天深夜，這位失蹤的小姐依舊下落不明，反而還出現了許多關於這件事的謠言，比如說新娘可能遇害。據說警方拘留了那個最初引起糾紛的女人，懷疑她是出於嫉妒或其他動機，可能與新娘奇怪的失蹤有關。」

「就這些嗎？」

「在另一份晨報上只有一小則消息，卻很有啓發性。」

「說說內容。」

「芙羅拉・密勒小姐，即肇事的那個女人，實際上已被警方逮捕。她以前在阿利格羅當過芭蕾舞女演員，和新郎是老相識。此外沒有更多的細節了。現在整個案情你都已經大概瞭解了。」

「看來眞是一件非常有趣的案子，無論如何也不能放過。華生，你聽，門鈴響了，四點剛過一點兒，不是高貴的委託人還能有誰！別走，華生，因爲我需要一個見證人，就算是爲了檢驗一下我的記憶力也好。」

「羅伯特・聖席蒙勳爵到！」我們的小僮僕推開房門報告。一位紳士走了進來。他相貌堂堂，看來頗有教養。鼻梁高聳，面色蒼白，嘴角微露惱意，有著生來就發號施令那類人所具有的一雙神色鎮靜、睜得很大的眼睛。他動作靈活，外表顯得與年齡極不相稱。他走路時，背有些駝，還有點屈膝。頭髮稀疏，當他脫去頂上那帽簷高高捲著的帽子時，露出了頭部周圍一圈灰白的頭髮。然而他的穿著，卻是考究得近於奢華：高高的硬領，黑色的大禮服，白背心，黃手套，漆皮鞋和淺色的綁腿。他慢慢地踱進房內，目光從左邊游移至右邊，右手中還晃動著繫金絲眼鏡的鏈子。

「你好，聖席蒙勳爵。」福爾摩斯說著站起身來，鞠了個躬。「請坐在這把柳條椅上。介紹一下，這是我的朋友兼同事，華生醫生。請往火爐前靠近一點，我們來談談你的事情吧。」

「你能體會我此刻痛苦的心情嗎？福爾摩斯先生，我眞的是痛心疾首！先生，你曾經處理過好幾件這類案子，儘管我估計那些案子的委託人的社會地位和這件案子不能相提並論。」

「對，委託人的社會地位在下降。」

「什麼？我沒有聽清楚。」

「我上次這類案子的委託人是一位國王。」

「噢，真的嗎？這讓我意外，是哪位國王？」

「斯堪的那維亞國王。」

「什麼？他的妻子也失蹤了？」

「你應該明白，」福爾摩斯和藹地說，「我得保守每一位委託人的秘密，就像我答應對你的事情保守秘密一樣。」

「當然，當然，你這樣做很對！請你原諒。至於我這個案子，我準備把一切實情告訴你，好幫助你做出判斷。」

「謝謝，我已經大概從報紙上看了一些，也就是這麼多了。我想問，這些報導是不是屬實呢？比如這篇有關新娘失蹤的報導。」

聖席蒙勳爵看了看，「是的，這篇報導完全屬實。」

「不過在我做分析前，還需要大量的補充材料。能不能透過直接向你提問來得到我所要知道的事實呢？」

「你儘管問吧。」

「你第一次見到哈蒂・朵蘭小姐是在什麼時候？」

「一年以前，在舊金山。」

「當時你正在美國旅行？」

「是的。」

「你們那時訂婚了嗎？」

「沒有。」

「但是有著友好的往來？」

「對，我很高興認識她，她也是如此。」

「她父親很有錢？」

「據說他是太平洋彼岸最有錢的。」

「他是怎樣發財的呢？」

「開礦。幾年以前，他還是個窮光蛋。有一天，他挖到了金礦，於是投資開發，從此飛黃騰達成了暴發戶。」

「現在說說你對你妻子的印象吧！」

這位貴族凝視著壁爐，繫在他眼鏡上的鏈子晃動得更快了。「你知道，福爾摩斯先生，」他說，「我的妻子在她父親發財以前，就已二十歲了。在這期間，她在礦鎮上無拘無束、自由自在，整天不是在山上就是樹林裡遊蕩，所以她所受的教育，與其說是教師傳授的，還不如說是大自然賦予的。她性格潑辣、粗野而又任性，放蕩不羈，不受任何習俗的約束，完全就是一個我們英國人常常說的頑皮姑娘。她是個急性子，幾乎可以說是暴躁。她一方面能很輕易地做出決定，幹起事情天不怕、地不怕的；另一方面，要不是我考慮到她畢竟出身名門，」他莊重地咳嗽了一聲，「我是絕不會讓她享受我所享有的高貴稱號的。所以，我有理由相信，她完全能做出英勇的自我犧牲，絕不會再和任何有損名譽的事情沾邊了。」

「你有她的照片嗎？」

「我隨身帶著。」他打開錶鏈上的小金盒——這是一張非常迷人的女人面孔。而且與其說那是一張照片，還不如說是一幅象牙袖珍像。藝術家充分發揮了那光亮黑髮、幽深眼眸和優美小嘴的感染力。福爾摩斯認真地端詳那畫像許久，然後合上小盒，把它還給聖席蒙勳爵。

「那麼，是這位年輕的小姐來到倫敦後，你們重燃舊情？」

「是的，她父親偕同她來參加今年倫敦歲末的社交活動。我和她見過幾次，感覺頗佳，後來便產生了感情，締結婚約，現在又和她結了婚。」

「我聽說她的嫁妝相當可觀？」

「是很豐富，和我們家族通常的情況差不多吧。」

「既然婚禮事實上已經舉行過了，這份嫁妝當然也歸你了？」

「我沒有問過。」

「那是自然。婚禮前一天你見過朵蘭小姐嗎？」

「見過。」

「她心情愉快吧？」

「是的，她還一直談著她對我們未來生活的計畫。」

「眞的？那倒挺有趣。那麼在結婚那天早上呢？」

「她滿面春風，興奮異常，並且一直到婚禮結束都是這樣。」

「那麼這以後你注意到她有什麼變化嗎？」

「注意到了，而且說實話，這是我以前從未見過的——她顯得有些急躁。但畢竟是因爲件小事，不值一提，而且也不可能與這個案件有任何關係。」

「我想，你還是講講吧。」

「唉，她太孩子氣了。當我們去教堂的法衣室時，她不小心把手裡的花束掉在地上。恰好那時她正經過前排座位，花束就掉在座位前面。於是，座位上的先生把花束拾起來遞給她。

「花束看來依然完好無損。可是當我和她提起這件事時，她卻冷言冷語地回答我。並且在回

家途中的馬車裡，她仍在爲這件小事憂心忡忡，實在可笑。」

「噢？你說到在前排座位坐著一位先生，那麼可以推斷，當時在座的還有其他人？」

「你說的沒錯，教堂開門的時候，不讓他們進去是不可能的。」

「或許，這位先生是你妻子的一位朋友？」

「不是，你誤會了，我稱呼他先生只是出於禮貌，他看上去非常普通。我甚至沒有正眼看過他。但是……我想，談這些和我們的案子關係不大吧。」

「聖席蒙夫人婚禮結束後遠沒有她去時那麼心情愉快。那麼，在重新回到她父親寓所那段時間裡，她還做過什麼事？」

「和她的女僕說話。」

「她的女僕是哪裡人？」

「一個美國人，名叫艾麗絲，當初和她一起從加州來的。」

「是她的心腹？」

「這麼說可能不太禮貌，但在我看來她的女主人在她面前太過隨便，不拘禮儀。大概在美國對這一類事情有不同看法吧。」

「她們談了多久？」

「也就幾分鐘吧。當時我正在考慮其他的事。」

「你有聽到什麼嗎？」

「聖席蒙夫人好像說了類似『強占別人土地』的話，這些俚語她經常說，可我根本聽不懂。」

「美國的俚語很有自己的特點，比如說形象化。你的妻子和艾麗絲談話後還做了什麼？」

「她去了早餐間。」

「你們倆一塊挽著手進去的？」

「不，就她一個人。她向來不注重這類小細節的。後來，在我們入席大約十分鐘以後，她急急忙忙起身，道聲抱歉，便離開了房間。從此以後一去不返。」

「不過據我的瞭解，女僕艾麗絲曾經作證，女主人走進自己的房間後，在禮服上罩了一件長外套，戴上一頂軟帽才出去的。」

「可不是嘛。後來，有人看到她和芙羅拉・密勒一塊去了海德公園。芙羅拉・密勒現在已經被拘留了。就是她，那天早上在朵蘭的寓所裡給我們惹來很大的麻煩。」

「啊，是的。我還想多知道一些關於那位年輕女士的具體情況，以及你們之間的關係。」

聖席蒙勳爵微微聳了聳肩，眉頭緊鎖，「我們相識多年，私交頗深。她過去常在阿利格羅。我對她向來大方，她對我似乎也很滿意。但是，福爾摩斯先生，你是瞭解女人的，她雖然可愛迷人，卻是個急性子，而且對我糾纏不休。當她聽說我要結婚，就寫信來威脅我。為什麼我要悄悄地舉行婚禮呢？老實說，就是想避開她，以免到時在教堂裡成爲眾人笑柄。可是她卻恰恰在我們回來的時候來到朵蘭先生門前，並試圖闖入，甚至在門口不知羞恥地辱罵我的新娘，最後還威脅她。好在我預先有準備，提前找了兩名便衣，才把她給轟出門去。或許她後來也明白了自己的叫嚷完全是徒勞無功的，便悄悄離開了。」

「你妻子對這一切毫無覺察？」

「感謝上帝，她沒有聽到。」

「可是後來，有人看到她和這個女人一起出去了？」

「是的，所以蘇格蘭警場的雷思垂德先生認爲這件事情相當嚴重。我們判斷，芙羅拉對我的妻子使了某些陰謀詭計，把她誘騙出去。」

「不是沒有可能。」

「你也是這麼想的？」

「我並沒說事情就是這樣了，也許你自己也未必這麼想吧。」

「是的，以前芙羅拉可是連隻蒼蠅都不捨得傷害的呀。」

「是妒忌！嫉妒能奇妙地改變人的性格。請你告訴我，這事的前前後後，你是怎麼分析的？」

「天哪，我可是來你這兒尋求答案的，不是來提出見解的。反正我已經如實把全部經過告訴你了。既然你這麼問我，我想，或許是因爲結婚的事情對她刺激太大了，她一時間適應不了社會地位提高了那麼多，所以有些精神錯亂。」

「精神錯亂？就這麼簡單？」

「那當然！光是想想她拋棄了——我不是自誇——那麼多女人熱切渴望卻終生得不到的東西，我實在是無法理解！」

「呵呵，或許你是對的。」福爾摩斯微微一笑，「現在，聖席蒙勳爵，我需要的材料已經齊全了。只是想再確認一下，你們坐在早餐桌的周圍是不是就可以看見窗外的情形？」

「能看到馬路另一邊還有公園。」

「好吧，今天我就不耽擱你更多的時間了，以後我會和你聯繫的。」

「希望問題能快點得到圓滿解決。」聖席蒙勳爵說著站了起來。

「已經解決了啊。」

「不會吧？怎麼回事？」

「我是說，我已經解決了這案子。」

「你一定在跟我開玩笑！那我的妻子在哪兒呢？」

「我想你應該比我更清楚。」

聖席蒙勳爵搖了搖頭，「我不明白你的意思，我恐怕需要一個比你或比我更聰明的腦袋。」

他一邊說著，一邊行了一個莊嚴的老式鞠躬禮，邁出了大門。

「如果我的腦袋能和聖席蒙勳爵的腦袋相提並論的話，那眞是無上的榮耀！」夏洛克・福爾摩斯說著，不禁笑出聲來，「盤問了這麼長時間，或許得來一杯蘇打威士忌和一支雪茄犒勞自己了。其實，在他進門那一瞬，我就已經得出這個案子的結論。」

「老兄，你眞行！」

「我手頭有好幾個案件的記錄與之類似，只是沒有一個像這個這麼乾脆。剛才的全部調查也幾乎已肯定了我當初的推測。這些作爲旁證，無疑具有巨大的說服力！正如梭洛說過的一句話——就像你在牛奶裡發現了一條鱒魚一樣。」

「但是，剛才的話我也聽到了，卻怎麼就不明白呢？」

「那是因爲你缺少了我知道的舊案例知識。許多年前，在亞伯丁有一個相似的例子。普法戰爭後一年，慕尼黑也出現了類似的一個案子。所以這只不過是這類案例中的一個罷了！但是——嘿，看看是誰來了，雷思垂德！你好，我的朋友！酒杯在餐具櫃上，盒裡有雪茄。」這位官方偵探身著一件水手常穿的粗呢上衣，還打著一條老式領帶，活脫脫一副水手模樣。他放下手中提著的黑色帆布提包，寒暄了幾句，找張椅子坐下，將遞給他的雪茄點著。

「怎麼，出事了？」福爾摩斯幽默地眨了眨眼，「你似乎正爲某些事情煩惱呢。」

「你說的一點沒錯，不就是聖席蒙勳爵那件倒楣的案子嘛。我實在是想不通。」

「呵呵，這可讓我吃驚了。」

「你們聽說過比這更糟糕的事情嗎？竟然沒有一條線索是有用的！我忙了一整天，到頭來卻一無所獲。」

「呵呵，你看來全身都濕透了。」福爾摩斯說著，一隻手搭在他胳膊上。

「是的，我打撈了海德公園內的塞彭廷湖。」

「哦，爲什麼？」

「尋找聖席蒙夫人的屍體。」

福爾摩斯一聽仰靠在椅子上，捧腹大笑起來。

「你沒有去特拉法加廣場的噴水池裡打撈吧？」他問道。

「你這是在笑話我？」

「可是在那邊找到這位夫人的機會和在別處尋找的機會是一樣的啊！」

雷思垂德狠狠瞪著福爾摩斯，「你好像全知道似的。」他咆哮著說。

「唔，我剛剛才聽說了整個事情，不過我已經做出了判斷。」

「眞的嗎？是不是塞彭廷湖和這件事毫無關係？」

「根本不可能有關係！」

「那你解釋一下，我們在那裡找到這些東西是怎麼回事？」他邊說邊打開隨身的提包，拿出一件波紋綢結婚禮服，一雙白緞子鞋以及一頂新娘的花冠和面紗，一古腦兒倒在地板上。這些東西全褪了色，顯然都浸透了水。「還有，」他說著，把一枚嶄新的結婚戒指放到這堆東西上面。「福爾摩斯大師，接下來換你給我解釋了。」

「噢，眞的嗎？」福爾摩斯說著，優雅地向空中吐出一個個藍色菸圈。「這就是你從塞彭廷湖中打撈上來的東西？」

「不，是一個園丁在湖邊發現的，當時那些東西漂在湖上。目前已經確認是她的衣服，我想既然衣服在那兒，屍體也不會遠到哪裡去吧。」

「按照你這種英明的推論，每個人的屍體就都應該在他的衣櫥附近找到。請問你透過這個，又得出什麼結論呢？」

「我認爲我已找到了芙羅拉・密勒與失蹤有關的證據。」

「未必如此！」

「天啊，你到底在幹什麼？」雷思垂德暴跳如雷，「福爾摩斯先生，你的演繹法和推理根本就不實用！在兩分鐘內你竟然犯了兩個大錯誤，這些衣服的的確確與芙羅拉・密勒小姐有密切關

連！」

「悉聽尊言！」

「你看，衣服上的口袋裡有個名片盒，名片盒裡有張便條。便條，便條……」他嘟囔著把便條扔到面前的桌子上，「你聽我念念這上面寫的東西：『萬事俱備後，你自然會看到我的。到時候請馬上就來。F．H．M．。』所以說，聖席蒙夫人是被芙羅拉．密勒誘騙出去的。她和她的同謀者，都應該對這次失蹤事件負責。這張用她名字的起首字母簽署的便條，肯定是她在門口時悄悄塞給這位夫人的，以誘使她落入他們的圈套。」

「妙哉妙哉！雷思垂德，」福爾摩斯說著笑了起來，「你眞讓人吃驚，我來看一下。」他拿起那張紙條，突然像被什麼吸引住了，並且滿意地叫出聲來，「一點也沒錯，這太重要了！」他說。

「哈哈，你終於認同我的觀點了？」

「非常重要。來！讓我們爲此熱烈慶祝！」

雷思垂德猶如得勝將軍般站起來，就在眼睛餘光掃過紙條的一刻，「這是怎麼回事？」他失聲叫了起來，「你看反了！」

「恰恰相反，這才是正面。」

「正面？你簡直瘋了！看，這才是用鉛筆寫的便條。」

「不，請看這兒，這是一張旅館的帳單，我感興趣的是這個。」

「那上面全是一堆廢話！」雷思垂德說，「十月四日，房間八先令，早飯二先令六便士，雞尾酒一先令，午飯二先令六便士，葡萄酒八便士。這能說明什麼嗎？」

「你可能沒發現什麼，但它絕不能被忽略！當然，便條也很重要。或者說，起碼這些起首字母的簽字很重要，所以我還是要向你祝賀呀！」

「別再浪費我的時間了，」雷思垂德說著站了起來，「我只相信艱苦的戶外工作，讓你那些坐在壁爐邊編造出來的出色理論見鬼去吧。再見，福爾摩斯先生，我一定會先把這件事弄個水落石出的。」他拾起地上的衣服塞進提包，向門口走去。

「嘿，給你一點暗示吧，雷思垂德。」福爾摩斯懶洋洋地說，「我現在就可以把案子的眞相告訴你。聖席蒙夫人是位神話式的人物，過去沒有，現在沒有，將來也不會有！」

雷思垂德用陰鬱的眼神瞪了福爾摩斯一眼，又回過頭來瞧瞧我，嘲笑般地在前額上輕輕拍了三下，一本正經地搖了搖頭，就急急忙忙離去了。

他剛關上身後的房門，福爾摩斯立即站了起來，穿上外衣。「這傢伙說的戶外工作不無道理，」他說，「所以華生，我恐怕得把你撇下一會兒。你自己看報吧。」

夏洛克·福爾摩斯是在五點多離開的，但是我甚至沒有體會到寂寞的滋味，因爲還不到一個小時，就來了一個點心舖的小夥子，送來一盒很大的平底食盒。隨行的一個年輕人幫他打開食盒，映入我眼簾的是一份極其豐盛的冷食晚餐，將我們這個破舊的寓所襯托得有些寒酸了。兩對山鷸，一隻野雞，一塊肥鵝肝餅和幾瓶陳年老酒——沒有比這更值得高興的了！當我把這些佳餚美酒擺放好後，那兩位不速之客早已如天方夜譚裡的精靈，隨風逝去，留在我耳邊的只是幾句例行聲明：「東西已經付過帳了，我們是按照吩咐送到這裡來的。」

當鐘擺指向九點鐘時，福爾摩斯步履輕盈地走進房間。他嚴肅的神情之下，掩飾不住眼中的興奮，這使我充分相信，事情眞相已經呼之欲出了。

「喲，他們已經把晚餐送來了？」他搓著手說。

「你一會兒請了客人嗎？他們擺了五份。」

「是的，如果不出意外，會有貴客來訪的。」他說，「只是……怎麼聖席蒙勳爵還沒有到呢？哈哈，聽，腳步聲！我敢打包票他就在樓梯上。」

確實是上午來過的客人。他慌慌張張地走進來，更起勁地晃動著他的眼鏡，他那貴族氣派的面容上，露出了惴惴不安的神情。

「看來，我的信差已經去過你那裡了？」福爾摩斯問道。

「是的，信裡的內容讓我感到萬分震驚。你有充分的根據，證明信中每一句話都確鑿無誤嗎？」

「那是當然！」

聖席蒙勳爵一屁股癱坐在椅子上，一隻手按著前額，神情黯淡。

「如果讓公爵聽到他的家族成員中有人受到這般羞辱，他會有什麼反應呢？」他小聲地嘟噥著。

「我不認爲這是種羞辱，這只是一場美麗的誤會。」

「啊，此話怎講？」

「這件事情中，任何人都不應該受到責備，因爲除此之外，這位小姐也確實沒有更好的辦法了，雖然她對於整件事的處理過於唐突。讓人感到萬分遺憾。在這樣的關鍵時刻，如果沒有母親在跟前，又有誰願意爲她出主意呢？」

「這是一種蔑視，先生，公然的蔑視。」聖席蒙勳爵憤怒地用手指敲著桌子說。

「你一定要原諒她！這可憐的姑娘的處境是誰也不曾經歷過的。」

「絕不！我像隻可憐蟲一樣被玩弄了，換了你，能不生氣嗎？」

「等等，好像是門鈴響了。」福爾摩斯說，「樓梯口有腳步聲。如果我還是無法說服你對這件事放寬心的話，那麼，聖席蒙勳爵，我請來了一位神秘嘉賓，她會支持我的看法的，也許也只有她才能勝任。」

門開了，走進一位女士和一位先生。「聖席蒙勳爵，」他說，「請容我向你介紹，這是福蘭克・海・莫爾頓先生和夫人。至於這位女士，我想你應該不陌生。」

彷彿見到了幽魂一般，聖席蒙勳爵從椅子上一躍而起，筆直地立在原地，雙眼垂下，一隻手緊緊地插進大禮服的前胸，似乎他高貴的尊嚴受了極大損害。那位女士走上前，友好地伸出手，但他依舊不肯抬起頭，好像只是爲了表示某種可笑的決心，然而她那懇求的神情實在令人難以拒絕。

「你生氣了嗎？羅伯特，」她說，「非常抱歉，我想你是完全有理由生氣的。」

「你不用我道歉。」聖席蒙勳爵滿懷妒忌地說。

「我知道我對不起你。其實在我出走之前應當跟你說一聲，但是你知道嗎？我當時心煩意亂，而且又在那裡碰見了福蘭克，我簡直無法形容當時的複雜心情。可我竟沒在聖壇前摔倒昏厥，實在是上帝保佑。」

「莫爾頓太太，在你解釋的時候，是否需要我和我朋友暫時迴避一下呢？」

「對不起，我可以談談個人的一點看法嗎？」那位陌生的先生說道，「對於這件事，我們保密得確實有些過分。其實就我內心而言，倒是很希望整個歐洲和美洲的人都能瞭解事情的來龍去脈。」我看了看他，他身材修長結實、皮膚黝黑發亮，臉上刮得清清爽爽，面部輪廓稜角分明，舉止聰明、機警。

「好，現在就由我給大家講講這是怎麼一回事吧。」那位女士說道，「我和這位福蘭克的相識，大約是在一八八四年落磯山附近的麥圭爾營地。當時，爸爸是個礦場主人。我和福蘭克訂了婚。有一天，爸爸突然挖到一個富礦，一夜致富。可相反地，可憐的福蘭克所擁有的土地上的礦脈卻日益變小，以至於到了最後一無所有。爸爸與福蘭克之間的收入差距越拉越大，所以後來爸爸堅決反對我們的婚約。他把我帶去舊金山，試圖讓我們的愛情擱淺。但福蘭克非常執著，他甚至也跑到那裡，偷偷和我見面。我害怕爸爸知道了會大發雷霆，於是只好自作主張。福蘭克向我發誓，他要去賺好多好多的錢，直到像爸爸一樣富有，再回來迎娶我。

「所以我當時也答應愛他一輩子，並且發誓只要他活著，我就非他不嫁。『那麼，我們爲什麼不馬上結婚呢？』他說，『這樣我就能放心，用不著強求別人承認我倆之間的關係。』最後，我們商量妥當，把一切都安排好，就請了一位牧師，爲我們舉行婚禮。婚禮後，福蘭克就離開了我，奔赴前程，而我也回到了自己的家鄉。

「後來，我聽說他到了蒙大拿，接著又去亞利桑那探礦，再下來前往新墨西哥。那時當地報上登出一篇長篇報導，說有一個礦工營地慘遭亞利桑那印第安人的襲擊，長長的死亡者名單中福蘭克的名字赫然在列。我當時悲痛欲絕，數月臥床不起。爸爸擔心我得了癆病，幾乎找遍了整個舊金山的醫生。一年多來，福蘭克音信全無，我深信他是眞的死了。後來，聖席蒙勳爵來到舊金山，我們搬到倫敦。定下婚事後，爸爸興奮異常。但我的心已隨福蘭克而去，世界上再也沒有任何一個男人能取代他在我心中的位置。

「雖然是這麼想的，一旦嫁給聖席蒙勳爵，我還是會盡一個做妻子的本分。儘管愛情不可以勉強，但行動可以。因而我在聖壇起誓時，也是滿懷做好一個合格妻子的想法的。說到這裡，你們儘可以想像，當我步向聖壇欄杆時，回首一瞥，竟然看到福蘭克站在第一排座位，那是怎樣複雜的一種感覺！起初我還以爲是他的鬼魂回來爲我祝福了，但定睛一看，發現他癡癡地站著，眼中流露出疑惑的神色，彷彿是在問——見到我，你是高興還是難過呢？我只覺得整個世界天昏地暗，牧師的話就像蜜蜂嗡嗡作響，我一句都沒有聽進去。我只是在想是否應該打斷儀式，在教堂裡和他攜手離去？我望著他，他似乎也看穿了我的心思，便把手指貼在嘴唇上，示意我稍安勿躁。隨後他在一張紙上匆匆寫了幾個字，我明白他的意思，於是就在出來的路上，故意讓花束掉落在他座位前。當他把花束還給我時，悄悄把紙條也塞在我手裡。紙條上寫著，在他發出信號時，我就要馬上跟他走。

「那時我一心想照著他的要求去做，以彌補自己以前的過錯。於是，在回到寓所後，我跟女僕說，我要去見一個老朋友，這個人艾麗絲也認識，我讓她千萬不要告訴其他人，只要幫我準備好長外套就行了。我猶豫著是否該向聖席蒙勳爵道聲抱歉，但礙於他的母親和同席那些大人物，我只能選擇不辭而別，他日另作解釋。回到餐桌還不足十分鐘，我就看見福蘭克站在窗外馬路的另一邊向我招手示意，隨即溜進公園，於是我穿戴整齊跟出來。

「恰好這時一個女人過來跟我攀談，在隻言片語中似乎透露著我丈夫之前的某些秘密，但這時我已經管不了那麼多了，敷衍幾句後，我很快趕上了福蘭克。我們一同坐上了一輛出租馬車，迅速駛往他下榻的戈登廣場寓所。在經歷了漫長歲月後，我們終於可以在一起了，這才是我要的婚姻！福蘭克告訴我，在亞利桑那被印地安人囚禁後，他越獄逃跑，長途跋涉趕往舊金山，就爲了見我一面。但當他知道我誤以爲他死了，並且搬去英國時，又馬不停蹄地追到此處，終於在我舉行第二次婚禮的當天早上見到了我。」

「我是在一張報紙上知道這個事情的，」這位美國人補充道，「報紙上登了教堂的名字，但沒有提到新娘的居所。」

「接著我們一塊商量以後該怎麼辦，福蘭克主張公開整件事情。但由於我羞於面對公眾的流言蜚語，寧願從此銷聲匿跡，永遠不在世上出現——最多給爸爸寫張條子，表明我尚在人間，仍然牽掛著他。眞的，一想起那些爵士、夫人們圍坐在早餐桌旁等待的情形，我就忐忑不安。於是，福蘭克就把我的新娘服和其他物品捆到一個包裡，扔得遠遠的，好讓別人找不著我。按計畫，我們明天就要去巴黎了。也不知道這位好心的福爾摩斯先生怎麼發現了我們的地址，並且善意、明確地開導了我們，指出我的過錯。福蘭克的想法是正確的，不應該躲躲藏藏，那會造成更嚴重的後果！然後，他提出要讓我們和聖席蒙勳爵單獨談一次話，所以，我們就來了。好了，羅伯特，事情就是如此，如果我對你造成了傷害，在這裡我致以十二萬分的歉意！希望你能原諒，並且不要恨我太過卑鄙。」

聖席蒙勳爵整個人彷彿僵住了，眉頭緊皺，死死抿著嘴唇，在神情恍惚地聽完這篇冗長的描述後，「對不起，」他說，「如此公開地討論我個人的私事，我非常不習慣。」

「看來你是不肯原諒我了。你甚至不願意在我離開前

和我握一下手嗎？」

「噢，可以，如果這樣會讓你好受一點。」他冷漠地伸出手，輕輕碰了碰她的指尖。

「我原本打算，」福爾摩斯提議說，「大家能共進一頓友好的晚餐呢。」

「我覺得你的要求有點不近人情，」勳爵回答說，「即使我可能被迫接受這一切事實，但也別指望我會高興。如果你們不介意的話，我現在就祝各位晚安。」說著，他很快地鞠了個躬，昂首闊步地走出了房間。

「那麼，至少你們應該給我點面子吧，」福爾摩斯說，「和一個美國人打交道總是件心情愉快的事，莫爾頓先生；許多人都相信，多年以前一位君王的愚蠢行為和一位大臣的錯誤，是妨礙不了我們的子孫在某一天走到一塊，成為某一世界大國的公民的。在那個國土上，米字旗和星條旗將會鑲嵌在一起，以國旗的姿態在上空飄揚。」

「這案子非常有趣。」客人走後，福爾摩斯這麼說道，「因為它清楚地告訴我們，即便是一件在開始時看起來幾乎無法解釋的事情，後來卻能變得非常簡單。沒有哪件事比這位女士描述的事情更流暢自然的了。可是在另外一些人看來，比如說蘇格蘭警場的雷思垂德先生，就沒有比這結局更奇怪的了。」

「那麼，你一開始就判斷對了？」

「剛開始時，有兩件事情我很清楚。一是那位女士樂意舉行婚禮；二是她在回家後還不到幾分鐘的時間卻又後悔了。這個對比非常明顯，一定是早上發生了什麼，致使她改變主意。你想，她出門後，不可能跟任何人說話，因爲新郎一直陪在身旁。那麼，就有可能遇到什麼熟人了，如果是這樣，這個人必定來自美國。因爲她在這個國家無親無故，不可能會有人對她造成這麼深刻的影響，以至於她只看了那一眼，就完全改變了整個計畫。經過這番分析比較、去僞存眞，結論已經大概出來了，那就是她可能看到了一個美國人。可這個美國人是誰呢？爲什麼會對她有如此大的影響呢？或許是情人，或許是丈夫。我知道，她年輕時曾經度過一段艱難的日子。在我聽到聖席蒙勳爵的描述之前，我也確實只瞭解這麼多。但當他告訴我：在一排座位裡有一位男人，使新娘的態度起了變化時，我想，一定是爲了取得字條而演出掉下花束這一齣好戲！她求助於自己的女僕以及提到的侵占土地，在採礦者的行話中都有著很深刻的涵意——即意味著占據別人原來已占有的採礦權。整個眞相頓時昭然若揭：她跟一個男人走了！這個男人不是她的情人，就是她過去的丈夫，而丈夫的可能性要更大一些。」

「那麼，你又是如何找到他們的呢？」

「從理論上講的確不容易，但雷思垂德老兄的講述，給我提供了極具價値的情報。這裡面那幾個姓名的起首字母起了重要作用，因此我知道了他在一週內曾經在倫敦一所最高級的旅館結過帳。」

「你怎麼能推斷出來這是最高級的旅館呢？」

「是昂貴的價格告訴我的：八先令一個床位，八便士一杯葡萄酒，倫敦收費這麼高的旅館並不多。在諾森伯蘭大街，我訪問的第二家旅館裡，藉著查閱登記簿，我發現有一位美國先生，法蘭西斯・H・莫爾頓，剛在前一天離開。再查看他名下的帳目，恰好又是我在複寫的收據上看到過的那些。這位美國先生留下話要求將他的信件轉到戈登廣場二二六號。於是，我迅速趕往那裡，也幸運地發現這對愛侶正好在家，便冒昧地以長輩的身分向他們提出一點意見。我跟他們說，不論從哪方面來看，他們都最好向公眾，特別是向聖席蒙勳爵將他們的情況解釋得更清楚一點。我邀請他們到這裡來與他見面，之後的事情，你也看到了。」

「不過這個結局不太美滿，」我說道，「呵呵，他的舉止肯定不夠大方。」

「哈，華生，」福爾摩斯微笑著說，「假如當你親身經歷過求婚、結婚等一系列的麻煩事後，妻子和財富卻在轉瞬之間離你遠去，恐怕你會比他更沮喪。其實，我們應該對聖席蒙勳爵寬容一些，給他時間，並請上帝保佑我們不要有一天也落到如此地步。麻煩你向前挪挪，把那小提琴遞給我。現在還有一件事得解決，就是這漫漫的淒涼秋夜，該如何消磨呢？」

第十一篇　皇冠被盜

一天早上，我在窗前看下面人來人往的街道。我說：「福爾摩斯，那邊有個人瘋了似地朝我們這邊跑來了，如果他眞是瘋子的話，實在太可憐了。」

福爾摩斯慢慢地離開椅子站了起來，走到我身後。在這一個剛剛下過雪的冬日早晨，貝克街街道中心的積雪已被碾得到處都是車輪的痕跡，只有人行道上的積雪潔白如初。街上的行人寥寥無幾，而且多數是從車站方向朝這一邊走來，可是那個人卻獨自從另一邊跑來，顯得特別引人注目，因此很快吸引了我們的注意。

那個跑著的人是個英俊高大、大概五十來歲的男人。他上身是一件黯淡卻時髦的黑色大禮服，下身穿著考究的褲子和漂亮的高筒靴。但是，他那身高貴端莊的衣著和他荒唐的表現使人感到十分不可思議。他一路小跑，不時還像小孩那樣蹦幾下，一邊跑一邊使勁地揮舞著雙手，臉抽搐著使人不願多看一眼。

「那人怎麼了？」我忍不住問道，「他好像在找什麼似的。」

「我想他是來找我的。」福爾摩斯說。

「找你？」

「是的，我感覺到他可能要找我幫他解決什麼問題。哈！我說對了。」這時候那人已經到了門口，使勁地按著門鈴。

一會兒後他氣喘吁吁地進了屋子，面帶憂愁地向福爾摩斯做著手勢。見到他的樣子，我們都笑不出來了，驚訝和同情充塞我們心中。他像失去理智一樣，只是抓著頭髮抽搐著，半天說不出話來。突然，他使勁地將頭部往牆壁撞去，我們連忙制止他，把他拖開。福爾摩斯讓他在椅子上坐下，站在他旁邊輕輕拍著他，低聲安慰他。

「你有事找我幫忙，是嗎？」他說，「急急忙忙跑來一定累了，先休息一下吧，等會兒咱們再談談你的問題，我保證一定盡力而爲。」

一兩分鐘後，他終於平靜了下來。

他說：「你們一定以為我是瘋子吧？」

「我猜你一定是碰到什麼大難題。」福爾摩斯答道。

「誰也想不到我遇到了什麼難題！……它太突然、太可怕了，我早該瘋了。我可能要蒙受公開的恥辱，儘管我一直是個完美的人。每個人命中注定會有有各式各樣的煩惱，可是這麼可怕的事突然間發生，簡直快要把我逼瘋了。這件事得不到解決的話，我個人倒沒什麼，卻還要連累到女王。」

「先生，放輕鬆點兒，」福爾摩斯說，「先告訴我們你是誰，出了什麼事。」

他說道：「你們應該知道我，我是針線街霍爾德——史蒂文生銀行的亞歷山大·霍爾德。」

他是大家熟悉的倫敦城裡第二大私人銀行的主要合夥人。究竟發生了什麼事，會使倫敦這位一流公民落到如此可憐的境地？我們好奇地期待著他告訴我們在他身上到底發生了什麼事。

「我們沒有多少時間，」他說，「所以當警廳的人建議我來找你們時，我就一路趕了過來。我是先坐地鐵然後跑著來到貝克街的，因為下雪後馬車走得太慢了。我平時很少運動，所以跑了一會兒就這樣喘不過氣來。現在好了，我先扼要地跟你們說一下這件事。

「你們知道，一家銀行要成功的話就要有有效的資金投資，同時還要有資金的存入。我們投資資金獲利最有效的辦法之一，就是在擔保可信的情況下將錢貸出去。近年來我們這一方面的業務較多，不少大人物、大家族用名畫、藏書或金銀餐具等抵押，我們貸出了大量資金。

「昨天上午我上班時，職員拿了一張名片給我看。我一看那名片，簡直不敢相信，因爲名片上寫著英國最崇高、最尊貴的名字。這時他進來了，我正想表示對他垂青我們銀行的謝意時，他很著急地說明了他的來意。

『霍爾德先生，』他說，『我聽說你們有大量貸款業務。』

『如果有擔保的話，我們可以借錢出去。』我回答說。

『我急著用錢，』他說，『能從這兒貸款五萬英鎊嗎？當然，我要是想要的話，向我的朋友借五十萬都是小事一樁，但我不想隨便找個人很快把這件事辦了。如果你是我的話，你也不想欠別人人情吧！』

『我能問一下您要借多長時間嗎？』我問。

『我有一大筆錢下週一到期，所以下週一絕對可以把這筆錢還回，你想要多少利息都行，只要別太過分。』

『我很想拿我私人的錢借給您，這樣省事得多，』我說，『不過因爲五萬英鎊對我來說並不少，再者，我以銀行的名義借出這筆錢，會對我的合夥人公平點；那麼，既然公事公辦，您能給我們隨便什麼東西作爲擔保嗎？』

『我很樂意這樣做。』他說著便拿出一個黑色四方形摩洛哥皮盒，『你肯定知道綠玉皇冠。』

「『天哪，綠玉皇冠！我當然知道。』我說。
「『好。』他打開盒子，取出那件國家珍寶，接著說：『這皇冠上有三十九塊大綠寶玉，還有鏤金雕花，可稱得上是無價之寶。我就拿它作抵押吧。』
「我小心地把皇冠拿在手裡，細細地端詳著。
「『你不相信它的價值嗎？』他問。
「『不，不，我只是……』
「『你不必擔心我把它作爲擔保是否合適，因爲我絕對保證在四天之內還清貸款。我從沒想過要這樣做的，這只是作爲形式而已。這擔保行嗎？』
「『當然行了。』
「『霍爾德先生，是因爲我對你的一切都很瞭解，知道你完全値得信任，所以才願意拿它作爲擔保。我希望你不要令我失望，能保證它的絕對安全，若有小小的差錯，可是任何人都擔當不起的。對這個世界上絕無僅有的皇冠而言，即便是小小的損壞，也和丟了它差不多，因爲不可能再找到這樣的綠玉。在星期一之前我完全相信你能保管好它。』

「因爲他急著要離開，我就沒再多說，馬上叫來出納員，幫我的委託人辦好手續並把錢借給

他。他走後，我一個人對著這頂珍貴的皇冠，對我開始要承擔的責任擔心了起來。如果這件國寶有什麼意外，那我面對的將是全國人民的責問和憤怒。我馬上開始後悔同意讓他用這國寶作爲擔保。可是後悔已經晚了，也只好先這樣了。

「傍晚時，我想把這麼重要的東西放在辦公室裡不太保險。銀行的保險櫃以前曾被盜過，萬一這種事也發生在我辦公室裡，後果將不堪設想。最後我想還是隨身帶著比較安全，於是我那天就帶著這件珍寶回到家裡。我住在斯特里漢姆，直到我把它鎖在臥室的大櫥櫃裡，才鬆了一口氣。

「現在我向你介紹一下我家裡的情況，福爾摩斯先生，那樣您能對這件事更清楚一些。我的馬夫和聽差都不住在房子裡面，他們沒什麼嫌疑。我有三個跟隨我多年的女傭人，她們也可以排除在外。此外，還有一個叫露西・帕爾的侍女，她來我家的時間雖然不長，但她應該也是個靠得住的人。她是個好姑娘，只是因爲長得十分漂亮，經常有愛慕她的小夥子纏著她。

「我家裡的情況就是這些了。我喪妻多年，只有一個叫亞瑟的孩子。這孩子不爭氣，是我寵壞了他。我妻子去世得早，他是我唯一的親人，我無法不寵他，我甚至想讓他無時不刻都高興。其實我應該管他嚴些，這樣對他才好。

「我本想把我的事業傳給他，可惜他放蕩不羈，不是幹大事業的料，所以我連大筆的款項都不放心讓他經手。他小小年紀就已學會在俱樂部、牌桌、賽馬場和他的那幫朋友大手筆揮霍。我多次勸他，但在他的朋友喬治・波恩威爾爵士的影響下，他最終還是回到他們之中去了。

「喬治・波恩威爾爵士這樣的人可以讓我的孩子回到他們之中，早在我的意料之中，有時就連我也難免被他的外表所迷惑。他比我兒子年長一些，倒也見多識廣，能說善道，而且英俊瀟灑。然而，當我們留意一下他的品行和爲人時，他的言語談吐，都使人無法信任。我的小瑪麗也和我深有同感，她具有女性特有的敏感和洞察力。

「接下來我再說一說我的姪女，也就是前面提到的瑪麗。我兄弟是五年前去世的，我就把她當親生女兒收養了。她懂事可愛、美麗文靜，是我得力的助手，而且我現在都有點兒離不開她了。唯一不如意的是，我兒子曾兩次誠心誠意地向她求婚，但都遭到她的拒絕。我很希望他們倆能結爲夫妻，因爲我認爲只有她能使我兒子改變，使他走上正路。可是，現在看來已經晚了。

「福爾摩斯先生，我把家裡的情況講完了，接下來的事情是這樣的。

「那天晚飯後，我把一切經過告訴了我兒子亞瑟和瑪麗，除了委託人的名字沒提外，我把寶物帶回家的經過都跟他們說了。那天露西・帕爾端來咖啡後就離開了，只是不確定她出去時有沒有把門關上。瑪麗和亞瑟對這件事很感興趣，並求我讓他們看看這頂舉世無雙的皇冠，我沒答應。

「『你把它放在什麼地方？』亞瑟問我。

「『我把它鎖在我的櫃子裡。』

「『唔，夜裡別被偷。』他說。

「『我鎖好了。』我回答說。

「『哎，沒用，那破鎖什麼鑰匙都能開，我小時候就曾用那把開貯藏室食品櫥的鑰匙打開過那把鎖。』

「他說話很少有正經的時候，所以我沒當一回事。那天他神色沉重地跟我進了屋。

「他低著頭說，『爸，你能不能給我兩百英鎊？』

「『不，這次不行！』我嚴厲地回答，『我以前太寵你了！』

「『你一向這樣，』他說，『您就給我吧，要不，我再也沒臉進那俱樂部了！』

「『那正好，我就希望這樣！』我嚷著。

「『你就忍心讓我顏面掃地嗎？』他說，『那樣沒面子地離開我可不幹。你不給的話我自己想辦法。』

「我當時非常生氣，他這個月已經向我要過兩次錢了。『你休想讓我再給你一便士！』我大聲說。於是他鞠

了一躬，不再說什麼就離開了房間。

「他走後，我打開大櫥櫃，檢查皇冠是否安全無事，然後再鎖上。接著到各間房又檢查了一遍。要在平時，這些事是瑪麗在做的，但那晚我親自檢查了。當我下樓梯時，瑪麗一個人站在大廳窗邊。我走過去時，她趕緊把窗戶關上並插上了插鎖。

「她神色慌張地問我：『爸，您今晚有讓露西出門嗎？』

「『沒有啊。』

「『我覺得她剛剛是去見完什麼人進來的，爸，那寶物您要小心點。』

「『你明天和她說說，如果你覺得需要我親自和她說的話，我明早就和她說。都關好了嗎？』

「『都關好了，爸。』

「『那，早點休息！』我親了她一下便回到臥室去，很快就睡著了。

「我把這些都告訴您了，福爾摩斯先生，因爲我想這也許跟案件有些關係。您有什麼不清楚的就提出來。」

「不，不，你講得很清楚。」

「接下來我要說的就是事件的關鍵部分。我並沒有睡得很沉，畢竟有那麼重要的一樣東西就在我身邊。大概凌晨兩點鐘時，我迷迷糊糊地聽到什麼聲音。可當我完全清醒後它便沒有了，好像是一扇窗戶輕輕地關上。我轉身仔細地聽著。忽然間，隔壁輕輕但清晰的腳步聲使我不安了起來。我提心弔膽地下了床，從臥室門縫往外看。

『亞瑟！』我驚呼了起來，『你這敗家子，誰讓你動那皇冠？』

「我可憐的亞瑟只穿著襯衫和睡褲站在昏暗的煤油燈旁，呆呆地拿著那頂皇冠，正用盡全力掰著。我驚呼時他手一抖，那頂珍貴的皇冠便掉到地上。他臉色慘白地站在一邊，不知道怎麼辦好。我跑過去撿起皇冠，發現它的邊角處已丟了三塊綠玉。

「『你這混蛋！』我快氣瘋了，『你怎麼把綠玉弄下來的？你這敗家子！你把你偷的那幾塊玉藏在哪裡了？』

「『偷？』他叫了起來。

「『不是你偷的嗎！』我掐著他的肩膀使勁叫道。

「『不，不，不可能丟掉的。』他說。

「『不可能丟掉？那這三塊玉怎麼不見了，你把它們藏到哪裡去了？難道你偷了東西還要說

謊嗎？我親眼看見你正使勁把第四塊綠玉掰下來！』

「『你夠了沒有？』他說，『既然你這麼不信任我，我也不想多說了。明天一早我就離開這個家，我再也受不了了，我要你知道沒有你我照樣能活。』

「『我馬上就報警！』我被這敗家子氣壞了，『我一定要找到你藏綠玉的地方！』

「『你休想從我這兒知道什麼情況。』他出乎我意料地激動氣憤，『報不報警，隨你便！』

「我們的叫聲把大家都吵醒了。瑪麗是第一個進來的，一看見當時的情況，她就知道發生了什麼，可憐的瑪麗進來後尖叫了一聲就昏倒了。我馬上叫女傭去報警，讓他們馬上過來。不一會兒警察就來了，亞瑟把兩臂抱在胸前默不作聲地站著，只是問我是不是打算把他交給警察。我說他幹出這種事使整個國家受辱，已經不是家庭內部私事，而是一件關係國家榮譽的公事了。目前也只有把他交給警察，一切依法行事。

「『但是，』他說，『我希望你能給我五分鐘時間，就五分鐘，這樣對你對我都有好處。』

「『五分鐘？你要我給你五分鐘時間幹什麼？乘機逃跑？乘機把那幾塊玉藏到警察找不到的地方？』我說。這時他已知道後果的可怕，我告訴他，要是不快把東西交出來，不僅是我，還有那位尊貴的客人都會受到牽連，使他的名譽受損，甚至變成轟動全國的醜聞。只要他說出把玉藏在哪裡，那就什麼事都沒有了，而且我也會當作什麼都沒發生過。

「『你要慎重考慮，』我說，『我親眼看到你拿著皇冠想把第四塊玉掰下來，你再爭辯也沒用，現在唯一的辦法就是把藏綠玉的地方說出來，那咱們就當一切都沒發生過。』

「『我不需要你寬恕我什麼。』他輕蔑地看我一眼，轉身就走了。我知道和他說什麼也沒用了，唯一的辦法就是先叫警察把他看管起來，然後在他可能藏寶石的所有地方仔細搜查一遍，但是我們把所有能想到的地方都搜了，卻一無所獲。我們用盡一切方法威脅利誘，可亞瑟就是什麼也不說，今天早上我只好讓警察先把他帶進監牢裡。我在警察局辦完需要辦的事後，就馬上趕過來找您。警察並不否認他們眼下沒有絲毫收穫，也無從下手。只要您能把綠玉找回來，花多少錢都行！我已經懸賞一千英鎊了。我一夜之間什麼都沒有了，沒了信譽，沒了寶石，沒了兒子，我該怎麼辦呢？我該怎麼辦呢？」

他抱住自己的腦袋，自言自語地說著，表情非常的痛苦。

夏洛克・福爾摩斯對著爐火靜靜地坐了幾分鐘。

「平常到你家的客人多嗎？」他問。

「一般都是我的合夥人以及他們的家眷，偶爾還有亞瑟的朋友。喬治・波恩威爾最近倒是經常來。除了這些人外沒別人了。」

「你常出去參加各類社交活動嗎？」

「亞瑟常去。瑪麗和我不太喜歡參加這類活動。」

「一個年輕姑娘不喜歡這類活動倒很少見。」

「她生性這樣。再說，她也不小了，已經二十四歲了。」
「聽你說，她好像對這件事非常震驚。」
「是啊，反應比我還激烈。」
「你們倆都肯定寶石是你兒子偷的嗎？」
「當然，那是我親眼所見。」
「我倒不認爲你看到的那一幕就能肯定那些寶石就是你兒子偷的。皇冠的其餘部分都還完好嗎？」
「不，它被扭歪了。」
「那你有沒有想過可能是你兒子要矯正它？」
「我非常感謝您這麼信任亞瑟，但他究竟在那裡幹什麼，除了他，誰也說不清。而且如果他什麼壞事也沒幹，爲什麼不說話呢？」
「可是你想想，如果寶石眞是他偷的，他爲什麼不編個謊言來騙你？他什麼都不說有兩種可能，這案子有幾個可疑的地方。警察怎麼解釋那個把你從睡夢中吵醒的聲音？」
「他們說這可能是亞瑟關他臥室房門的聲音。」
「好像有些道理！可是您想過沒有，存心偷寶石的人爲什麼要那麼大聲地關門把你給吵醒？還有，對這些寶石的失蹤，他們怎麼認爲？」

「他們的搜查此時還在進行。」

「他們沒到房子外面看看嗎？」

「去過了，他們很賣力地搜查，連花園也仔細檢查過了。」

「到目前爲止，我親愛的先生，」福爾摩斯說，「很顯然這件事比剛開始時您想像的要複雜得多。你們剛開始以爲這件案子沒什麼難的，但現在看來，我認爲這件案子並不簡單。看看你們的分析：亞瑟從床上下來，然後輕輕地走到你的臥室，打開床邊的櫃子取出裡面的皇冠，接著又費力拿下三顆寶石，再到別處去，把那三顆寶石藏在你們找了好長時間都找不到的地方，然後又回到房間裡，冒著危險拿第四顆寶石。你覺得這樣分析說得過去嗎？」

「不然還能作什麼別的分析？」這位銀行家顯然失望了，「如果不是他作賊心虛，怎麼會什麼也不說？」

「這正是你得來找我的原因，」福爾摩斯回答說，「如果您不反對的話，霍爾德先生，咱們現在就到你斯特里漢姆的家去，我想實地去看看。」

福爾摩斯堅持要我一塊去。其實我也非常想知道這件事的眞正經過，霍爾德先生說的那些話讓我充滿了好奇心和同情心。但當時我對案子的看法和霍爾德先生比較一致，都認爲亞瑟很明顯就是偷寶石的人；然而，我仍然十分相信福爾摩斯的判斷力。既然他覺得那種分析是錯的，那他一定有自己更好而且是正確的分析。在去斯特里漢姆的路上，福爾摩斯只是托著下巴沉思，用帽子遮住眼睛沉浸在專心的思考中。霍爾德先生從他的沉思中看到了一線希望，開始有了點信心，心情也漸漸好轉，甚至和我閒聊起來。下了火車，走一小段路，我們就到了霍爾德先生在斯特里漢姆的住處。

那是一所用白石砌成、相當大的房子，地處偏僻。房子右邊是一小叢灌木，邊上有一條用小樹木圍成籬笆的狹窄小徑；這條小徑從馬路口一直通到廚房門前，是供小販送貨進出用的。在左邊還有一條小路通到馬廄，看來很少有人走。福爾摩斯讓我們在門口等著，他繞房步行一周詳細地檢查了一遍，特別專心地檢查了前面說的那兩條小道。霍爾德先生和我沒耐心等到他都走完就先進屋了，坐在壁爐邊等他。我們靜靜地坐著等福爾摩斯時，一位年輕的女士推開門走了進來。她身材苗條，頭髮烏黑，皮膚白皙，是個長得很漂亮的女人，只是臉色有點過於蒼白，嘴唇也看不出什麼血色，眼睛紅腫，應該是哭泣造成的。她默不作聲地走進了來，讓我覺得她比霍爾德先生還難過，可我覺得她應該是一個極有個性、自控能力強的女性。她好像沒見到我一樣，逕直走向霍爾德先生跟前，溫柔地撫摸著他的頭。

「你已經叫警察把亞瑟釋放了，是嗎？爸。」她問。

「沒有，沒有，我的瑪麗，我必須找到綠玉。」

「但女人的直覺和本能告訴我，他是無辜的。他沒做錯什麼事，你這樣把他當成偷寶石的人，你會後悔的。」

「可是，如果他眞是清白的，爲何什麼都不說？」
「誰知道？也許你不信任他，讓他故意這樣做。」
「當時我親眼看到他手裡拿著皇冠，你叫我怎麼不懷疑他？」
「哎，萬一是他把皇冠撿回來的呢？相信我吧！他是清白的。就當什麼事也沒發生，好嗎？想到我們親愛的亞瑟還在監獄裡，我是多麼難受！」
「不，我一定要把綠玉找回來！瑪麗，我知道你的心情，我又何嘗不是一樣？但是你知道這件事的後果有多嚴重嗎？不找回寶石我絕不甘休，我從倫敦請了福爾摩斯來更深入地調查這個案子。」
「是這位先生？」她看著我向霍爾德先生問道。
「不，這位先生是福爾摩斯先生的朋友。福爾摩斯要我們讓他一個人走走。哦，他現在在馬廄那條小道。」
「馬廄那條小道？」她皺了皺眉，「我眞不知道能在那找到什麼。哦，他進來了。」瑪麗對我的朋友說道：「我相信，先生，您絕對有辦法證明我的堂兄亞瑟是無辜的，是嗎？先生。」

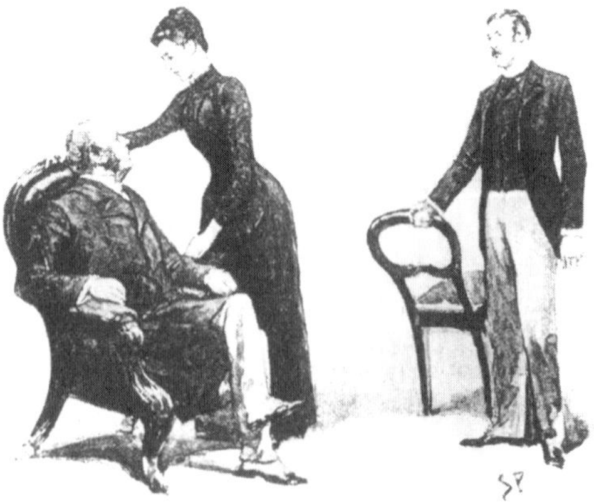

「是的，我相信我們會證明這一點的，特別是有你在。」福爾摩斯一邊答話，一邊用門口的擦鞋布把鞋上的雪擦掉。「你就是瑪麗・霍爾德小姐吧，很高興認識你，我能問你幾個問題嗎？」

「當然可以，先生，如果這些問題對您破案能有所幫助的話。」

「昨晚你聽見了什麼沒有？」

「沒有，是叔叔和亞瑟吵起來，我才醒的。」

「你可以肯定你昨晚確實把所有的窗戶都關好了嗎？」

「都鬥上了。」

「今天早上還關著嗎？」

「都還關著。」

「昨天晚上你曾告訴你叔叔，家裡的女僕出去和她的情人約會了？」

「是的，那個在客廳的女僕昨晚出去見了她的情人，有可能聽到叔叔和我們談論皇冠的事。」

「你覺得是她出去把皇冠的事和她的情人說了？有可能是她和她的情人偷了皇冠？」

「這些毫無根據的假設有什麼用呢？」霍爾德先生不耐煩地嚷了起來，「我不是說過亞瑟拿著那頂皇冠是我親眼看到的嗎？」

「別著急，霍爾德先生，得把這件事弄清楚。霍爾德小姐，你應該看見女僕見完她的情人是從廚房門那邊回來的，是嗎？」

「是的，我當時在檢查門窗有沒有關好，正好看見她悄悄地進來。我還看見她的情人了。」

「你認識他嗎？」

「噢，我認識！他就是常賣菜給我們的法蘭西斯．普羅斯珀。」

「他站在，」福爾摩斯說，「遠離這條路的門左邊？」

「是的。」

「他是個用木頭假腿的殘疾人？」

瑪麗漂亮的眼睛裡充滿了驚訝。「啊，先生，您眞不可思議！」她說，「你怎麼知道他是個用木頭假腿的殘疾人？」她勉強地微笑著，但福爾摩斯卻顯得十分嚴肅。

「我現在想上樓去看看，」福爾摩斯說，「不過也許在上樓之前我最好也到那扇窗戶下面走走。」

他在一扇扇窗戶下面迅速地看了一遍，而在那扇可以看到馬廄小道的大窗戶看了很久。他拿出放大鏡

對著窗台仔細看了半天。最後他說：「好，現在可以到樓上去了。」

霍爾德先生的臥室十分簡樸，房間不大，鋪著地毯。家具不多，除了一張床外，就是一個櫃子和一面鏡子。福爾摩斯走到大櫥櫃前，對著上面的鎖看了半天。

「這鎖是用什麼鑰匙開的？」他問道。

「就是亞瑟說的那把用來開貯藏室食品櫥的鑰匙。」

「在哪兒？」

「放在化妝台上的那一把。」

福爾摩斯用它打開了櫃子的鎖。

「開鎖時根本就沒什麼聲音，」福爾摩斯說，「怪不得你剛開始沒被驚醒。那皇冠就是放在這盒子裡面嗎？我可以打開它吧？」他打開盒子，拿出了那個舉世無雙的皇冠，那麼漂亮精美的寶石，我還是第一次見到。皇冠上有一道裂痕，因被偷走三顆寶石留下了三個小洞，讓人無法不為之感到遺憾。

「現在，霍爾德先生，」福爾摩斯說，「這個邊角和被偷走三顆綠玉的那個邊角是相對的。你試一試能不能把它掰開。」

霍爾德先生驚慌地往後退了幾步，說：「掰開它？我怎麼敢呢？」

「那就我來吧，」福爾摩斯使盡全力掰它，但那皇冠還是原封不動。「您看見了吧，」他說，「我都用盡力氣了，還是掰不開它，亞瑟就更掰不開了。那麼，霍爾德先生，假設我眞的掰開了它，會是什麼情況呢？肯定會發出巨大的聲音。這樣的話，就在隔壁的你會一點聲音都沒聽見嗎？」

「我不知道，我看我是急壞了。」

「現在咱們開始有眉目了。你說是吧，霍爾德小姐？」

「我和叔叔一樣還是不太明白。」

「當你從臥室出來時，亞瑟穿鞋了沒有？」

「沒有，他只穿了褲子和襯衫。」

「謝謝你。這個答案對我幫助很大，如果不瞭解這些事，我會很棘手的。霍爾德先生，我現在想再到外面去看看。」

他說爲了不留下太多不必要的腳印爲破案帶來更大難度，只想一個人去。大約過了一個多小時，他帶著滿腳的積雪回來了，仍然是那副神秘莫測的表情。

「在這裡該看的我都看了，霍爾德先生，」他說，「我想我最好現在就回去。」

「可是福爾摩斯先生，您還要幫我找那些綠玉呢，能找得到嗎？」

「難說。」

「那我永遠找不到它們了！」霍爾德先生失望地大聲地說，「還有我的亞瑟，你不是說能證明他是無辜的嗎？」

「是的，直到現在我還相信這一點。」

「那麼，爲什麼昨晚皇冠會在他手上？」

「要是您明天上午九、十點能來找我，我將會把我所瞭解、分析的一切都告訴你。你現在可以把這件事交給我，只要能找回那些寶石，您不會在乎花多少錢，是嗎？」

「只要能把它找回來，花掉所有的錢我都不在乎。」

「好的，我明天上午以前會著手調查。再見，霍爾德先生，傍晚以前我可能還會回來。」

我從福爾摩斯的語氣和表情中知道，我的朋友已經對這案子有了十分把握，然而到底他會查出什麼來，我還是想不出來。在回家的路上，我好幾次都想問他，但他總是和我聊別的話題，最後只好作罷。我們回到家時還不到三點，他快步地走進他的房間，轉眼間便以一個常見的流浪漢形象出現在我面前。他翻著領子，穿著破外衣，繫著紅領帶，腳上穿著一雙破皮鞋，像個十足的流浪漢。

「看不出破綻吧？」他一邊說一邊在鏡子前照著，「我很想讓你和我一起去，

華生，但恐怕不行。我可能馬上就知道謎底，也可能是白跑一趟，不過很快就會知道是哪種可能。我想我很快就會回來。」他從餐櫃上割下一塊牛肉，然後帶上兩片麵包，塞進口袋就走了。

不久後，他手裡拿著一隻舊靴子與高采烈地進來了。他把舊靴子扔到一邊，倒了杯茶喝。

「我只是順路回來看一下，」他說，「馬上就要走了。」

「去哪裡？」

「噢，到西區那邊去。這一次可能要用較多時間，你不用等我了。」

「案子進展如何？」

「還可以，全在意料之中。我走後又到斯特里漢姆去了，不過沒進屋。我不能輕易放過那個有趣的小疑點。哦，沒時間了，回來再說，我必須把這套行頭換下來。」

從他的言語和舉動中，我可以知道事情已有很大突破，應該比他說的更令人滿意，因爲他原本蒼白的臉色變得紅潤起來，眼睛也格外有神。他匆匆上了樓，一會兒後，大廳的門砰地關上，他又一次開始發揮他的天才了。

那天直到半夜福爾摩斯還沒回來，我等不及就先睡了。連續好幾天外出追查一個線索對他而言是家常便飯，所以我並不擔心。第二天早上我下樓用餐時，他已經在餐廳裡喝咖啡、看報紙了；我不知道他昨晚多晚才回來，可是早上他竟然神采奕奕，看來案子進展順利。「對不起，華生，我沒等你就自己先享用美食了，」他說，「但是你應該記得我約霍爾德先生今天早上來。」

「現在還不到九點吧，」我回答說，「不過他好像來了，我聽見有人在按門鈴。」

果然，我開門時站在門口的正是霍爾德先生。這兩天發生的事使他原本英俊結實的臉龐明顯消瘦了，白髮也增了不少。他帶著委靡失望的倦容走了進來，看起來比他第一次來時更加痛苦。我把他帶到扶手椅上，他疲倦地坐了下去。

「我不知道爲什麼上帝要這樣懲罰我，」他說，「兩天以前我還有亞瑟，還有幸福的生活，還有無憂無慮的日子。現在一切都沒有了，我的名譽，我的亞瑟，我以前的生活。在這種時候我的姪女瑪麗竟也離我而去。」

「離你而去？」

「是的。今天早上我到她房間時，她已經不在了，是昨晚走的。她在大廳的桌子上留了一張紙條。我昨晚曾憂傷地假設，要是她答應嫁給亞瑟，那件事就不會發生了。也許我這樣說傷了她，她留下的紙條是這樣寫的：

我最親愛的叔叔：

我想我繼續留下來只會為您帶來煩惱，如果我做出另一種選擇，就不會給您帶來巨大的不幸。自從有了這種想法，我就再也無法像以前那樣快快樂樂地和您住在一起了，只能永遠離開您。您不用為我的以後擔心，我能找到屬於自己的地方並照顧好自己；最重要的是，你不要找我了，您找不到我的，而且就算找到了也不是我希望的事。不管我生死與否，我永遠都是你最親愛的瑪麗。

「她這些話是什麼意思，福爾摩斯先生？她會自殺嗎？」

「不，不，她不會自殺的。我想這或許是最好的解決辦法了。霍爾德先生，您不用發愁，事情馬上就能解決。」

「哈！你說馬上就能解決？你查到什麼了，福爾摩斯先生，你找到那些寶石了嗎？」

「如果你願意以一千英鎊買回一塊綠玉的話。」

「只要能找到，一萬英鎊都可以。」

「那倒不必，只要用三千英鎊就夠了。我想，另外還需要一筆小小的酬金。你身上帶支票了嗎？筆給你，開張四千英鎊的支票就夠了。」

霍爾德先生將信將疑地如數開了支票。福爾摩斯走到他的桌子前，拿出一包小紙包，打開後，赫然露出了那三顆寶石。

霍爾德先生發出一聲喜悅的尖叫，一下子把那紙包抱在懷裡。

「你找到了！」他興奮地說，「這下好了！這下好了！」

他的高興和他第一次快瘋了時的痛苦一樣激烈。他緊緊地把那些失而復得的寶石抱在胸前。

「您還有一筆債沒還，霍爾德先生。」福爾摩斯認眞地說。

「還有一筆債？」他拿起一支筆，「是多少，我馬上就還。」

「不，這筆債不是欠我的，而且不是用錢能還的。你應該向你高尙的兒子亞瑟好好道歉，因爲他默默把一切攬到自己身上。若他是我的兒子，我會爲他感到驕傲的，霍爾德先生。」

「亞瑟眞是清白的？」

「我再重複一遍我早就說過的話——亞瑟並不是偷綠玉的人。」

「這樣的話，那咱們快點去找他，讓他知道你已經證實他的清白了。」

「他已經知道了。在這之前我已經和他談過了，剛開始他不願告訴我實情，我和他說了我追查的結果，後來他終於說我是對的，並且補充了幾個我還不明白的細節。你把今天早晨的紙條給他，他一定能把一切說出來。」

「我的天哪！您快給我講講這一切的經過吧。」

「我馬上就詳細地告訴您，並且我要對你說明查清這個案子的具體過程。首先，有些話不太好說，你也不希望聽到這樣的事情，那就是喬治．波恩威爾爵士和你的姪女瑪麗合謀偷了寶石，現在他們倆已經一塊逃走了。」

「你說是瑪麗偷的？不可能！」

「我也覺得很遺憾，但事實就是這樣。你的兒子和喬治．波恩威爾爵士認識時並不瞭解他的本性，而把他帶到家裡更是危險。他是一個沒有良知、窮困潦倒且好賭的賭徒。瑪麗對這種人一無所知。他對瑪麗像對其他女人那樣信誓旦旦地說著甜言蜜語，瑪麗這樣毫無經驗的少女很容易就會相信他那些甜蜜的謊言。於是在喬治・波恩威爾爵士那個惡棍花言巧語哄騙下，瑪麗很快就陷進了他設下的愛的圈套，開始經常和他約會。

「不，不，你瞎說！」霍爾德先生使勁搖著他的頭，臉色蒼白。

「霍爾德先生，等我告訴你那天晚上發生的一切你就會相信了。瑪麗等你進了臥室後，就悄悄溜下來和她的情人說悄悄話，他們就是在朝向馬廄小道那扇窗那裡幽會的。那天我觀察的便是喬治・波恩威爾爵士久久站在那裡留下的深深的腳印。無意中瑪麗和他說起了你帶回皇冠的事，這激起了喬治・波恩威爾爵士那個惡棍的貪欲，於是他就用花言巧語誘騙瑪麗聽從他。不可否認，瑪麗也是愛你的，但作爲一個初涉愛河的女人，她對情人的愛要遠遠大於對其他人的愛。他們的話還沒有說完，剛好你下樓看窗戶關好了沒有，於是她就急忙關上窗戶，並跟你說了女僕和她賣菜的情人約會之事，不過，她說的這件事倒也是事實。

亞瑟向你要錢沒要到後，就上床去睡覺，但是他欠的那筆債使他無法安然入睡。到了半夜，他聽見屋裡有一陣腳步聲，於是起床看到底是怎麼回事，可是他竟然發現瑪麗躡手躡腳走向你的臥室。亞瑟無法相信他剛剛看到的不可思議情景，於是急忙隨便披上一件襯衣，然後仔細確認他有沒有看錯。這時他靠著過道那灰暗的燈光，看到了瑪麗拿著那頂舉世無雙的皇冠從你房裡出來，走向樓梯。他一下慌了，跑過去躲在你臥室旁邊的簾子後面。他看見瑪麗偷偷打開窗戶，把那頂皇冠遞給窗外的人，然後飛快地回到了自己房間。

亞瑟沒有當場制止瑪麗的行爲，是因爲他深深愛著瑪麗，不想當面使她因爲這種無恥行爲而難堪。但她一進屋，亞瑟馬上想起皇冠被偷的嚴重後果，而當時把它奪回來或許還來得及，所以他急奔下樓，越過那扇窗戶，跳到窗外的雪地裡，沿著小道追了出去。很快，他在月光下追上了喬治·波恩威爾爵士，並努力要從他手中奪回皇冠。在爭奪扭打間，亞瑟朝喬治·波恩威爾的眼睛打了一拳，然後聽到一聲斷裂聲，低頭一看發現已經奪回了皇冠，便急忙跑回來。回來之後他才發現皇冠已經弄壞了，於是努力想把它扭正，此時，你從臥室裡出來了。」

「這怎麼可能呢！」霍爾德先生滿頭冒汗地說。

「他奪回皇冠後覺得你應該非常感謝他，可是你卻一進來就一口咬定是他偷了皇

冠，這使他非常生氣，可是他又不能說出實情使他深愛的人難堪並受罰，於是騎士風度在他身上發揮了作用，他決定什麼也不說。」

「所以瑪麗一看到那頂皇冠便尖叫一聲昏了過去，」霍爾德先生大聲叫道，「噢！我的上帝！我眞是頭蠢驢！亞瑟說過讓我給他五分鐘！我親愛的兒子原來是想去找回那三顆掉了的寶石。我錯怪他了，我錯怪他了！」

「我們一塊到你住處時，」福爾摩斯接著說，「我馬上到房子四周仔細看了一遍，找找那裡有什麼線索沒有。剛好從前天晚上到現在沒有再下過雪，而且雪也還沒開始融化。我在離廚房門稍遠的地方，發現有兩個人的腳印，其中有一個是圓的，所以我斷定其中一人有一條木製假腿。從留下來的前腳印深、後腳印淺的痕跡我還看出，他們說到一半的時候，那個女人就趕緊跑回屋裡，那兩個人應該就是女僕和她的情人。他們的事你和我說過，而且現在也可以證明那是事實，不過他們並沒有偷皇冠。我接下來繞了花園一圈，除了警察留下的雜亂腳印外，什麼也沒發現。幸好我找到了通往馬廄的小道時，找到了對此案非常關鍵的線索。

「那裡也有兩個人的腳印，一個人穿了雙靴子，而另一人赤腳。你曾經告訴過我，你由臥室出來時亞瑟是赤腳的。穿鞋的腳印是來回走的，而赤腳的腳印有些蓋在那穿靴的腳印上，這說明赤腳的人是從後面追上來的。這些腳印從大廳的窗戶下面開始，從窗戶下面的痕跡來看，那個穿鞋的人在窗下站了有一段時間。

「隨後我從那條路上的一些腳印看出，那地方曾經發生過一場激烈搏鬥，後來我又發現路上有血跡，這證明我的猜想沒錯。從那些血跡可看出，那個穿鞋的人逃跑時受了傷。當他跑到大路時，那條路已被掃過，看不出有什麼痕跡了。

「我進了你的房子後，用放大鏡檢查了那個窗台和窗框，那上面有人爬過的痕跡。到此爲止，這個案子已經有了些眉目。

「我的推論是，一個人等在窗外，然後屋裡有人將綠玉皇冠從窗戶遞給他，這個過程剛好被亞瑟看到了。後來他追了出去，並奪回了皇冠，而那個皇冠的損壞也是在那次爭奪時造成的。這就是我當時所能做出的推測，後來證明這是對的，可是要破案還要知道進一步的情況。

「接下來的問題是，亞瑟是奪回了皇冠，但那三顆寶石卻被那人拿走了。可那人是誰？而從裡面給他皇冠的人又是誰？我開始一一排除，你，亞瑟都可以排除了，剩下的只有瑪麗和女僕們。但如果是女僕們做的，亞瑟看到後不可能什麼也不說，換成是瑪麗，亞瑟的那種作法便是可以理解的了——他愛她，不會說出她見不得人的不光彩行爲。後來我想起你說過下樓檢查窗戶時她站在窗戶那裡，以及她後來一出來見到那皇冠的反應，這些都讓我認爲她的嫌疑最大。

「但是，那個從窗戶外面拿走皇冠的人是誰呢？最有可能的就是她的情人，因爲你把她當親生女兒看待，她也十分愛你，能使她這樣做的就只有她的情人了！你說過她和你一樣不喜歡出門，認識的人肯定不多，而喬治・波恩威爾爵士就是其中之一。我對他的惡行略有耳聞，所以猜想那個從窗外拿走皇冠的人很有可能就是他。他知道亞瑟發現了他，但他也知道亞瑟因爲瑪麗的緣故不會說出來。

「現在你可以猜出我接下來怎麼做了。我以一個流浪漢的身分去了喬治爵士住處，設法結識了他的貼身僕人，瞭解到喬治・波恩威爾爵士前天晚上的確受了傷。最後我又設法買到喬治・波恩威爾爵士的那雙舊鞋。我帶著那雙鞋來到你房子旁邊的路上，結果那個腳印和那雙鞋完全相符。」

「原來昨天晚上我見到的那個流浪漢就是你啊。」霍爾德先生說。

「是的，那就是我。接著我馬上回家更換衣服，因爲我不能讓這件事發展成醜聞，而狡猾的喬治・波恩威爾爵士也一定知道這一點。我找到他時，一開始他並不承認。後來，我把每個具體的細節描述給他聽時，他從牆上拿下棒子企圖嚇唬我。可惜他碰到的是我，在他舉棒打我之前，我已將手槍對著他的腦袋，這時他才老實了一點。我告訴他我可以用錢換回那些寶石。這時他後悔地說道：『啊唷，糟透了！』他說他把寶石以每顆六百英鎊的價格賣出去了。他求我不要告發他，然後告訴我把寶石賣給了誰。我找到了那個人，經過討價還價，最後以每塊一千英鎊成交了。接著我就去找亞瑟，告訴他事情已經解決了。哈，過程就是這樣。」

霍爾德先生站起身來，「先生，我不知該如何感謝您，您眞是太神奇了。現在我馬上向我親愛的亞瑟道歉，至於可憐的瑪麗，我不想再提她了。就算想找她，恐怕連您都沒辦法吧！」

「我可以向你保證，」福爾摩斯回答說，「喬治．波恩威爾爵士那個惡棍在哪裡，她就在哪裡。我還可以保證，他們最終是要受到懲罰的。」

第十二篇　銅山毛櫸案

這是一個寒冷的初春早晨。吃過早餐後，我和福爾摩斯在貝克街老房子裡爐火旁邊，相對而坐。爐火燒得很旺，一陣濃霧滾滾而出，在成排的暗褐色房子之間瀰漫開來。對面的窗戶在這深黃色的團團濃霧中，隱隱約約成爲一片陰暗的、不成形狀、模糊不清的東西。我們點著了汽燈，燈光照在白色桌布上，照在微微閃光的瓷瓶和金屬器皿上；因爲當時餐桌還沒有收拾乾淨，雜亂中又透出些溫馨。福爾摩斯整個早上一直都不說話，埋頭翻閱一系列報紙的廣告欄。最後他放棄了翻閱，似乎有點沮喪地針對我文筆上的缺點教訓了我一頓。

他把《每日電訊報》的廣告專刊扔在一邊說：「一個爲藝術而藝術的人，常常從最不重要和最平凡的形象中獲得最大樂趣。華生，從你做的那些案件記錄中，很高興看到你已經掌握了這一眞理。不過，我冒昧地講一句，有些地方你還需要加以潤色，應該凸顯的不是那些我曾經參與過的著名案件的偵破和轟動一時的審訊，而應該是那些情節本身可能平凡瑣細的案件；正是這些案件才更有發揮推理和邏輯綜合才能的餘地，我已經把它們列入特殊研究範圍之內，要對它們進行詳細研究。」

「但是，」我笑笑說，「我得承認在記錄中採取了一些誇張的手法。」

「也許你在某些方面確實有錯，」他一邊說一邊用火鉗夾起火紅的爐渣點燃他那把長柄櫻桃木菸斗——當他在與人爭論而不是在思考的時候，常常用這把菸斗來替換陶製菸斗。「錯就錯在總想讓你的每項記述生動活潑，而不側重在記述表現事物因果關係的嚴謹推理上；實際上，這才是事物唯一値得注意的地方。」

「在這個問題上我看我對你的看法還是十分公正的，」我淡淡地說，因爲我不止一次爲我朋友的性格中強烈的自以爲是而反感。

「不，這絕不是我自私自利或者自高自大，」他回答道。和往常一樣，他並不是針對我所說的話，而是針對我的思想。「我不是要求你爲我的能力揚名。那不是我一個人的努力，它不屬於我個人。犯罪是常有的事，邏輯才是難得的東西，因此你需要詳細記述的應該是邏輯而不是罪行。可是你的記述把應該當作一門課程來講授的規律降低爲一連串的故事。同時，」他稍微停頓了一下，一邊坐著抽長菸斗，一邊盯著爐火說，「不會有誰指責你採用了讓人覺得是危言聳聽的誇張手法的，因爲在你很感興趣的那些案件中，有相當大的一部分並非法律意義上的犯罪行爲。我盡力幫助波希米亞國王的那件小事，瑪麗·薩瑟蘭小姐離奇的經歷，有關那個歪嘴唇男人的謎團，以及那個貴族單身漢的麻煩事件，都是屬於法律範圍以外的事情。雖然你盡力避免聳人聽聞，但我還是擔心你的記述過於繁瑣了。」

「可能會這樣，」我回答說，「但是我所採用的方法是十分別緻而且有趣的。」

「啐，我的好夥計，對公眾，大部分不善於觀察的公眾來說，他們根本不可能從一個人的牙上看出他是一名紡織工，更不可能從一個人的左手拇指看出他是一名排字工，他們才不會去注意分析和推理的細微差別哩！但是，如果你確實寫得很瑣細，我也不能怪你，因爲現在已經不是辦大案的時代了。一個人，至少一個會犯刑事案件的人，已經沒有過去那種冒險的勇氣和創新精神了。我的工作似乎也退化成一家代辦所的境地，只能辦理一些替人家找一找丟掉的鉛筆，或者替寄宿學校的年輕姑娘們出出主意之類的事情。我想，無論如何，我的事業已經無可挽回一落千丈了。這是我今天早上收到的條子，我想，它正可代表我的事業已跌入谷底。你看看吧！」他扔給我一封已經揉成一團的信。

這是前天晚上從蒙塔格奇萊斯寄來的，以下是具體內容：

親愛的福爾摩斯先生：

我萬分焦急地想找你商量一下，有關是否接受人家聘請我當家庭女教師的問題。如果可能，我將於明天十點三十分到府上詳談。

你忠實的韋奧萊特・亨特

「這位年輕的小姐你認識嗎？」

「不認識。」

「現在已經十點半了。」

「對，肯定是她在拉門鈴。」

「這件事也許比你想像的要有趣得多，你忘了藍寶石事件嗎？最開始調查時好像也不過是出於一時的興趣，後來卻發展成嚴肅的調查，說不定這件事也會如此呢！」

「唔，希望如此吧。要是我沒搞錯的話，我們的疑團很快就會解開，當事人這就來了。」

話音未落，房門開了，一位年輕的小姐走進房間。她衣著樸素、整齊，年輕，充滿生氣，雖然長著像鳥蛋那樣的雀斑，但仍顯得聰明伶俐。她動作敏捷，像個爲人處世很有主見的女子。

我的同伴起身迎接她。她說：「希望你能原諒我的冒昧來訪，我遇到一件非常奇怪的事。由於我無親無故，沒有人可以請教，所以我想也許你會好心地指點我。」

「請坐！亨特小姐，我很高興能爲你效勞。」

看得出來福爾摩斯對這位新委託人的舉止和談吐印象良好。他上下打量了她一番，然後垂下眼皮，指尖頂著指尖，聽她講事情的經過。

「我曾在斯彭斯·芒羅上校的家裡做了五年的家庭女教師，」她說，「但是兩個月前，因上校奉命到新斯科細亞的哈利法克斯去工作；他的幾個孩子跟他一起到美洲去了，我便失業了。我在報上登廣告找工作，並按報紙上的徵人廣告前往應徵，但都沒有成功，最後我僅有的一點兒積蓄慢慢花光，幾乎就到了走投無路的地步。

「西區有一家叫作維思塔韋的有名的家庭女教師介紹所，我每星期都要到那裡看看是否有適合我的。維思塔韋是這家營業所創辦人的名字，但實際管事的是一位名叫絲托泊的小姐。她坐在自己的小辦公室裡，求職的婦女在前面的接待室裡等待，然後逐個被領進屋，她則查閱登記簿，看看是否有適合的工作。

「唔，上個星期當我像往常一樣被領進那間小辦公室時，我發現屋子裡並非只有絲托泊小姐一個人，另外還有一個十分魁梧的男人在。他的下巴又大又厚，一層又一層地掛到他的喉部。當時他笑容滿面地坐在絲托泊小姐肘邊，鼻子上戴了一副眼鏡，仔細地觀察進來的人。當我走進去時，他在椅子上猛地顫動了一下，然後很快又轉身面向絲托泊小姐。

『這就行，』他說，『我無法要求比這更好的了。很好！好極了！』他看上去十分熱情，搓著兩隻手，表現出再親切不過的樣子。他這麼和氣，使我感到很愉快。

『你是來求職的吧？小姐。』他問。

『是的，先生。』

『做家庭教師？』

『是的，先生。』

『你要求多少薪水？』

『我以前在斯彭斯・芒羅上校家時是每月四英鎊。』

『哎喲，嘖！嘖！眞苛刻啊……眞是夠苛刻的，』他一面嚷著，一面伸出那雙胖胖的手，就像多數情緒激動者那樣在空中揮舞著。『怎會有人出這麼微薄的薪水給如此一位有魅力、又有修養的小姐呢？』

『我的修養嘛，先生，可能不如你想像的那麼深，』我說，『我只懂一點法文，懂一點德

文、音樂和繪畫……』」

「『嘖，嘖！』他喊道，『這些都不重要，關鍵是你身上是否具有教養婦女的舉止和風度？簡單地說，你要是沒有，那就不適宜於教育將來可能會對國家歷史產生重大影響的孩子；但是你已具備那些修養，那麼，那位先生怎麼好意思讓你受委屈，只給你少於三位數的報酬？小姐，我給你的薪水，至少一百鎊一年。』

「你可以想像，福爾摩斯先生，這樣的待遇，發生在我這樣窮人家身上無異是天方夜譚！那位先生，大概是看出了我臉上的疑惑，便打開錢包抽出一張鈔票。

「『這也是我的習慣，』他說，笑得兩隻眼睛在他那張佈滿皺紋的臉上只剩下兩條發亮的細縫，『預付一半薪水給我年輕的小姐，好讓她應付旅費上的開銷，另外再添置一兩件衣服！』

「我從沒遇過這麼吸引人、這麼體貼人的人。我那時還欠小商販一筆錢，這預付的錢當然對我有很大的誘惑。然而，在整個洽談過程當中，我總覺得有些地方不大對勁，所以我決定先多瞭解一些情況後再表態。

「『能否告訴我你住在什麼地方，先生。』我說。

「『漢普郡——可愛的鄉村地區。銅山毛櫸距離溫徹斯特才五英里。我親愛的小姐，那眞是再可愛不過的鄉村，並且還有一座非常可愛、古老的鄉村房子。』

「『那麼我的工作呢？先生，我很想知道我去該做些什麼。』

「『一個小孩子——一個剛滿六歲的小淘氣，很惹人疼愛。哎喲，你要是能夠看見他用拖鞋打死蟑螂啊，那就大開眼界了！啪噠！啪噠！啪噠！你眼睛都還沒來得及眨一眨，三隻就已經陣亡了！』他靠在椅背上，笑得眼睛瞇成了一條縫。

「我很驚訝那孩子有這樣的興趣，但是他爸爸的笑聲讓我認爲也許他是在開玩笑而已。

「『那麼，我的工作，』我說，『就只是照顧一個孩子？』

「『不，不，還有其他的，我親愛的小姐，』他大聲說，『你的任務應該是，像你這樣聰明的人應該能夠想得到，就是聽候我妻子的任何命令；當然，這些命令都是一位小姐理應遵從的。你看，沒什麼困難，是嗎？』

「『我很樂意爲您效勞。』

「『那太好了，現在說說服裝。比如說，我們喜歡時尚，雖然有時尚癖，可心眼還不壞。倘若我們給你件服裝要你穿的話，你不會介意我們小小的怪癖吧？』

「『不。』我說，但對他的話感到很吃驚。

「『叫你坐在這裡，或者坐在那裡，這不會使你不高興吧？』

「『啊！不會的。』

「『或者讓你到我們那裡工作之前把頭髮剪短呢？』

「我差點兒以爲是我聽錯了。我的頭髮，福爾摩斯先生，正如你能見到的，長得相當濃密，並且有著栗子一樣的光澤，十分漂亮；我作夢也想不到會就這樣隨隨便便地把它剪掉。

「『這恐怕不大可能，』我說。他的小眼睛一直熱切地注視著我，當我說這話的時候，我注意到他臉上掠過一絲不快。

「『不過，我認爲這一點是相當必要的。』他說，『這是我妻子的小小癖好，夫人們的癖好。小姐，你是知道的，夫人們的愛好我們必須考慮。這麼說，你是不打算剪掉頭髮了？』

「『是的，先生，我實在不願意。』我堅決地回答說。

「『啊，好吧，那麼就算了。眞可惜，其他方面你實在都很合適。既然這樣，絲托泊小姐，最好讓我再多看幾位你這裡的姑娘。』

「那位女經理正坐在那裡忙著看文件，一句話也沒有說。可是現在她顯得十分不耐煩地瞪著我，使我不禁懷疑因我的拒絕會使她失去一筆可觀的傭金。

「『你願不願意在登記簿上繼續保留你的名字？』她問我。

「『如果你樂意的話，我願意，小姐。』

「『唉！其實登記似乎也沒用，人家提供這麼優越的機會都被你拒絕，』她刻薄地說，『我們很難再爲你另外找一個這樣的機會。改天見吧！亨特小姐。』她按了一下檯上的叫人鈴，一個僕人進來把我帶了出去。

「唔，福爾摩斯先生，我回到住處，打開食品櫃，發現裡面已經沒有明天的食物了，桌子上又放著兩三張索款單。這時我開始想自己是不是做了一件蠢事。畢竟，如果這些人有怪癖又希望別人能滿足他們最不尋常的要求，那麼，他們一定是準備爲他們的怪癖付出代價的。在英國，家庭女教師能夠賺到一年一百鎊的薪水是很少見的，再說，頭髮對我有什麼用？好多人剪短頭髮後都顯得更精神了，也許我也應該把頭髮剪短。第二天，我覺得我大概是錯了，再過一天，我簡直就肯定自己錯了。就在我要壓住傲氣、重新前往介紹所詢問那個位置是否依然空缺的時候，我收到那位先生的親筆信。我把它帶來了念給你聽。

寄自溫徹斯特附近，銅山毛櫸

親愛的亨特小姐：

多虧絲托泊小姐好心地將你的地址告訴我，讓我可以寫信問你是否願意重新考慮我們的要求。我太太熱切地盼望你的到來，因為我對你的描述使她很感興趣。我們願意每季多給你三十英鎊，即一年一百二十英鎊，用以補償我們的癖好可能為你帶來的小小不便。畢竟這些要求對你而言不算十分苛刻。我的妻子偏愛很深的鐵藍色，並希望你早晨能在室內穿著這種顏色的服裝；當然，你無需自己花錢去買，因為我們親愛的女兒艾麗絲（現在美國費城）就有一件這樣的衣服，依我看這衣服很適合你。其次，對於坐在何處，或者按照指定的方式來消遣，我認為都不會使你感到任何不便。而你的頭髮無疑最讓人遺憾，特別是在和你短暫的會見時，我就因它的美麗而印象深刻。但在這一點，我恐怕必須堅持，只希望能增加薪水來彌補剪髮對你造成的損失。至於照顧孩子是很輕鬆的。望你務必前來，我將乘馬車到溫徹斯特來接你。請通知我你乘哪班火車。

你忠實的傑夫羅・盧卡思爾

「我剛收到此信，福爾摩斯先生，我已決定接受這個職位。不過，我認為在最後答應前最好把事情的全部經過告訴你，請你幫我權衡一下。」

「唔，亨特小姐，既然你已經拿定主意了，那就這麼辦吧。」福爾摩斯微笑著說。

「難道你不認為我應該拒絕？」

「我承認，如果是我的姐妹去申請那樣的職位，我會阻攔她的。」

「這是什麼意思？福爾摩斯先生。」

「嗳，我沒有證據，說不上來，也許你對此事已經有你自己的想法。」

「哦，我想只有一種可能的解釋。盧卡思爾看來和藹可親，脾氣很好，他的妻子會不會是個瘋子？而他想對此保守秘密，以免他太太被送進精神病院，所以就採取各種辦法來滿足她的癖好以防止她發病？」

「這種解釋說得過去，實際上，事情可能就是這樣，這種解釋還算合情合理。但是無論如何，對於一位年輕的小姐來說，它並不是一戶理想的人家。」

「可是，薪水不少！福爾摩斯先生，薪水不少啊！」

「嗯，是的，當然那薪水很高……不過太高了，這正是我擔心的原因。爲什麼他們要給你一年一百二十英鎊呢？他們完全可以以四十英鎊請一個，這背後一定有特殊的原因。」

「我想我把情況告訴你，以後如果請你幫忙的話，你就能很快明白是怎麼回事。而且，我覺得如果有你的支持，我心裡會更踏實一些。」

「啊，你可以這麼想。我向你保證，你的小麻煩有可能成爲接下來幾個月讓我最有興趣的事。這裡有一些細節顯然很奇怪，如果你自己感到疑惑或遇見了危險……」

「危險？你認爲會有什麼危險？」

福爾摩斯嚴肅地搖搖頭，「如果我們能夠確定，那就不是危險了。」他說，「但是不論什麼時候，不管白天或是晚上，你只要拍封電報，我就會馬上趕去幫你。」

「這就夠了，」她高興地從座椅上站起來，臉上的愁容一掃而光。「我現在可以安心到漢普郡去了，我會馬上寫信回覆盧卡思爾先生的，今天晚上我就剪掉我可憐的頭髮，明天早晨動身到溫徹斯特去。」她對福爾摩斯說了幾句感謝話後，就跟我們倆告別離開。

聽著她走下樓梯時敏捷、堅定的步伐，我說：「我覺得她應該是位很會照顧自己的姑娘。」

「她必須如此，」福爾摩斯嚴肅地說，「如果我們多天以後還得不到她的消息，我就完全錯了。」

不久，福爾摩斯的預言果然應驗了。兩個星期過去了，在這期間我時常發現自己情不自禁地想到她，擔心這個孤單的女孩誤入什麼不可思議的人間歧途。高得令人難以置信的薪水、奇怪的條件、輕鬆的職務，這一切都說明此事非比尋常，儘管我無法確定這件事是出於一時的癖好還是一個陰謀，這個人是個慈善家或是個惡棍。至於福爾摩斯，我常看到他一坐就是半個小時，皺著眉頭獨自發呆，可是我一提到這件事，他就把大手一揮表示不想提。「證據！證據！證據！」他不耐煩地嚷道，「巧婦難爲無米之炊！」可是隨即他又會咕噥著說，他絕不會讓自己的姐妹接受這樣的職位。

一天深夜我們終於接到一封電報。當時我正打算就寢，福爾摩斯正要安頓下來並通宵達旦地做他的化學實驗。我說過，他酷愛化學實驗。通常我晚上離開他時，他總是彎著腰在試管或曲頸瓶上做實驗，第二天早上我下樓吃早飯時發現他還在那裡。他打開黃色信封看了一下電報內容，就扔給了我。

「立刻去查一下開往布雷德肖的火車時刻表。」他說，接著就又轉身繼續做他的化學研究。

電報很短：

請於明天中午務必趕到溫徹斯特黑天鵝旅館。一定要來！我已無計可施！

亨特

「願意跟我一起去嗎？」福爾摩斯抬眼看了我一下問著。

「當然願意。」

「那就去查一下火車時刻表。」

「九點半有一班車，」我查看著我要找的布雷德肖，「十一點半可以到達溫徹斯特。」

「正合適。好吧，我想我最好把丙酮分析延遲一下，以保證明天早上我們能有最佳的精神和體力。」

第二天十一點鐘，我們已經在前往英國舊都的途中了；福爾摩斯一路上只顧埋頭讀報，過了漢普郡邊界以後，他扔下報紙欣賞起風景來。這是春天裡理想的好天氣：蔚藍的天空中點綴著朵朵浮雲，由西往東悠悠地飄著。春陽燦爛耀眼，雖然早春天氣仍然凜冽，但清新的空氣令人心曠神怡、精神振奮。遠處環繞著奧爾德肖特連綿的山崗，一派田園風光。農宅散落在青山綠水間。

「眞美啊！」看慣煙霧騰騰的貝克街的我，耳目爲之一新，禁不住大聲稱讚起來。但是福爾摩斯嚴肅地搖了搖頭。

「知道嗎，華生，」他說，「我把觀察的事情和我探討的特殊問題聯貫起來，這就是我性格中令人討厭的一面。你見到這些零星散佈於樹叢間的房子，會爲景色的秀麗而感嘆；但我看到它們時，唯一的想法是這些互相隔離的房子很可能發生犯罪行爲而不被人察覺，因此兇手就可以逍遙法外。」

「天啊！」我叫了起來，「誰會把犯罪和這些可愛的古老民宅聯繫起來呢？」

「它們經常讓我充滿恐怖之感，華生，根據我的經驗，這令人愉悅的美麗鄉村裡，很可能會發生比倫敦最卑賤、最骯髒的小旅館裡更恐怖的罪行。」

「你別嚇我了！」

「但這道理是顯而易見的，在城市裡，公眾輿論的壓力往往比法律更有權威。聽到孩子被虐待挨打的哀叫聲、或一個醉漢打老婆的毆打聲，人們都會感到同情和憤怒的。而且，整個司法機構近在咫尺，一提出控訴就可以採取行動，犯罪和被告席只有一步之遙。但是你看這些孤伶伶的房子，每幢都建在自己的田地裡，裡面居住的大多是愚昧無知的鄉民，他們對法律知之甚少。想想看，兇惡殘暴的行爲，暗藏的罪惡，可能在這些地方年復一年連續不斷地發生而不被人發覺。

向我們求援的亨利小姐要是住在溫徹斯特，我就絕不會爲她擔憂，但可怕的是她住在五英里之外的農村。不過，她的人身安全很明顯沒有受到威脅。」

「是的，如果她能夠到溫徹斯特來和我們見面，說明她還是能脫得了身的。」

「一點不錯，她還沒有失去自由。」

「那麼，會是什麼事呢？你能猜出來嗎？」

「我曾想過七種不同的解釋，每一種都適用於到目前爲止我們所知道的事實。但它們當中究竟哪一種是正確的，只能在得到事實依據後才能肯定。好了，那邊就是教堂的塔，我們不久就會見到亨特小姐，她會告訴我們一切。」

「黑天鵝」是這條大路上一家有名的小旅館，離火車站不遠。那位年輕的小姐就在那裡等待著我們，她已經預定了一個房間，我們的午餐也已經在桌上擺好。

「你們能來我眞高興！」她熱情地說，「非常感謝你們兩位，因爲我實在不知道該怎麼辦，你們

的指點對我很重要。」

「請告訴我們你碰到了什麼事。」福爾摩斯問。

「我會講，而且還必須趕快講，因爲我答應盧卡思爾先生要在三點鐘以前回去。今天早上我是向他請假到城裡來的，不過他不知道我是爲什麼事出來。」

「請你將所有的事一件件地按順序講，」福爾摩斯把他又瘦又長的腿伸到火爐邊，一副鎮定自若的樣子。

「首先，請放心，實際上我可以說不曾受到盧卡思爾先生和他夫人的虐待；對他們而言，我這樣講是公平的。但是我覺得他們很奇怪，我無法理解，所以很不放心。」

「你無法理解他們什麼？」

「他們爲自己的行爲做出的辯解。我會一一講述的。當初我來這裡時，盧卡思爾先生在這兒接我，並用馬車接我到銅山毛櫸。那裡，如他所言，環境很優美，但房子本身卻並不美。它是一幢很大的、四四方方的房子，刷成白色，被潮濕和惡劣氣候侵蝕得已經露出斑斑點點的污漬。它周圍有空地，三面是樹林，另一面是一塊有些傾斜的平地，通向南安普敦公路。屋前的這塊空地屬於這棟房子，至於周圍所有的樹木，則是薩瑟頓領主的部分防護林木。一叢銅山毛櫸就長在房子大廳門前的正對面，所以這地方就以銅山毛櫸命名。

「盧卡思爾先生駕車載我回家。他還是和上次一樣和藹可親，那天晚上他將我介紹給他的妻子和孩子。福爾摩斯先生，我們在貝克街所猜測的情況並不符合事實。盧卡思爾太太不是瘋子，她是一位恬靜的女人，只是臉色有些蒼白，比她的丈夫也年輕許多。我猜她不到三十歲；至於盧卡思爾先生，應該不會少於四十五歲。從他們談話中我瞭解到他們大約已結婚七年。他的前妻留下的唯一一個孩子是個女兒，已經到美國費城去讀書。盧卡思爾私下對我說，女兒離開他們是因爲她對她後母有一種說不出的反感。因爲他女兒已經二十多歲了，因此我完全可以想像出她和年輕的繼母在一起，有多麼尷尬。

「在我看來，盧卡思爾太太是個很普通的人，無論心智還是長相都很一般。我對她既無好感，也不討厭。看得出她是賢妻良母，一顆心都用在她丈夫和兒子身上。她無時無刻不關注著丈夫和兒子，一旦發現他們有什麼需求，就會竭力去滿足。盧卡思爾對她也很好，雖然不夠溫柔體貼。總體來說，他們倆看上去很像是一對幸福的夫婦。雖然，很顯然地，盧卡思爾太太有心事。她常會一個人坐在屋裡發呆，滿面愁容，我不止一次撞見過她掉眼淚，我有時想她一定是爲兒子不成材而傷心。眞的，這孩子簡直被寵壞了。他比大多數同齡人要矮，但腦袋很大，天天不是大吵大鬧，就是板著臉生悶氣。他唯一的消遣好像就是對那些可憐的小動物施加酷刑，在捉老鼠、小鳥、蟲子方面，簡直是個天才。算了，我還是不要在小傢伙身上浪費口舌了；福爾摩斯先生，實際上他與這件事情沒有多大關聯。」

「你所談的全部細節對我而言都有價值，」我的朋友說，「雖然你可能認爲它們與你無關。」

「好吧，那我儘量不遺漏任何重要環節。這個家庭最讓我不愉快的是僕人們的長相和行爲。他們只有兩個僕人，一個男人和他的妻子。男的叫托勒，又粗魯又笨拙，頭髮灰白，蓄著落腮鬍子，酗酒，而且總是酒氣熏天。有兩次他醉得很厲害，然而盧卡思爾先生卻視若無睹，管都不管。托勒太太則又高又壯，長相凶惡，像盧卡思爾太太一樣不愛說話，但遠不如她和氣。他們夫妻兩個都很討人厭。不過，幸運的是我大部分時間待在育嬰室和我自己的房間裡，不用和他們來往。育嬰室和我自己的房間緊鄰著，都在整棟房子的角落裡。

「我到銅山毛櫸後的頭兩天過得很平靜。第三天早餐後，盧卡思爾太太下樓來，低聲和她丈夫說了些什麼。

「然後盧卡思爾先生便轉向我說：『亨特小姐，我們十分感謝你爲遷就我們的癖好把你美麗的長髮剪掉。我保證這絲毫沒有使你顯得難看。我們現在來看一看你穿鐵藍色服裝合適不合適。衣服就放在你床上，如果你能穿上它，我們會很高興的。』

「我要穿的那件衣服是一種特殊的暗藍色，用一種極好的料子做的，但是一眼就能看出是穿過的衣服。我穿上後覺得再合身不過了，就像是比著我的身材做的一樣。盧卡思爾先生和他夫人看後都顯得異常高興，甚至有些誇張。他們在客廳裡等我。他們的客廳很寬敞，占了房子的前半部分，有三扇落地窗，靠中間那扇窗前放著一張椅子，椅背朝著窗戶。他們要我坐到這張椅子上。接著，盧卡思爾先生在客廳的另一邊走來走去，邊踱步邊給我講一連串我從來沒有聽過的笑話。你們肯定想像不出他有多搞笑，我笑得肚子都疼了。可是盧卡思爾夫人顯然沒什麼幽默感，甚至連笑也沒有，只是把雙手搭在膝蓋上端端正正地坐在那裡，臉上一副焦慮的樣子。大約過了一個小時的樣子，盧卡思爾先生突然宣布我該開始一天的工作了，要我馬上更換衣服到育嬰室去找小愛德華。

「兩天後，同樣的事情又重新發生。我又一次被要求換上衣服，坐到那窗戶旁邊的椅子上，聽盧卡思爾講他那些說不完的可笑故事，然後又一次禁不住大笑。接著，他遞給我一本黃色封面的小說，又把我的坐椅向旁邊移了一下，以免我的影子擋住書本。他要求我大聲念給他聽。我從某一章的中間部分開始念，念了差不多有十分鐘，正當我把一個句子念了一半時，他又突然叫我停下來，換掉衣服。

「你想像得出吧，福爾摩斯先生，我眞不明白這麼怪異的表演究竟爲了什麼。我能察覺到他們總是小心翼翼地讓我的臉背著那扇窗戶，不讓我看到背後到底發生了什麼事情，但我眞的很想

知道身後發生了什麼。起初，這好像不可能，不過我很快就想出了一個辦法。我的小鏡子被打破了，我就偷偷地把一片碎片藏到手帕裡。在下一次的表演時，當我正在發笑的時候，我把手帕舉到眼睛前面，稍微調整一下，就能夠看到背後發生的一切了。我承認剛開始我有些失望，因爲什麼也沒有看到，至少第一印象是如此。可是第二次我再一看，卻看到有一個男人正站在南安普敦路那邊，好像正在向我這一方向張望。南安普敦路是一條重要的公路，平時就很繁華，路上總是有人來往。可是這個人卻斜靠在我們的欄杆上，很認眞地朝這邊張望。我把舉著的手帕放低一些，掃了盧卡思爾夫人一眼，發現她正緊盯著我，目光犀利。她什麼也沒有說，但我相信她已經猜出來我手裡握著一面鏡子，並且也已看到了我背後的情形。她馬上站了起來，說：『傑羅夫，路那邊有一個人正盯著亨特小姐。』

「『是你的朋友吧？亨特小姐。』盧卡思爾先生問。

「『不是，我在這裡一個人也不認識。』

「『是嗎？這多不禮貌！你回過身去對他揮揮手叫他走開吧。』

「『我想還是不理他更好些。』

「『不，不，那他會經常在這裡遊蕩的。請你轉過身去，像這樣揮手叫他走開。』

「我照他吩咐的那樣做了，與此同時，盧卡思爾夫人把窗簾拉了下來。這是一星期以前的事了，從那時起，我就不用穿著那身藍衣服，坐到窗戶那邊了，也沒有再看到那個男人出現在路上。」

「說下去，」福爾摩斯說，「你說的這些很有意思。」

「我怕我講得有些雜亂，也缺乏條理，不過，也許這正表明我所講的這些怪事之間沒有什麼必然的關聯。我剛到銅山毛櫸的第一天，盧卡思爾先生帶我經過廚房門附近的一間小外屋時，我聽見裡面有一根鏈條噹啷作響，還有一頭大動物在走動的聲音。

『朝裡看！』盧卡思爾先生指點我從兩塊板縫中間往裡看，『是不是一個漂亮的傢伙？』

「我從板縫中往裡望進去，覺得像有兩隻閃閃發亮的眼睛和一個模糊的身軀蜷伏在黑暗裡。

『別害怕，』我的老闆看見我吃驚的樣子笑了起來，說：『那是我的獒犬卡羅。雖然名義上牠是我的，但實際上只有飼養員老托勒才能夠對付得了牠。我們一天只餵牠一次，不能餵得太多，只有這樣牠才能總是像芥末那樣有股熱辣勁。托勒每天晚上放牠出來，如果有誰膽敢私自闖進來，只要碰上牠的尖牙齒，就只有求上帝保佑了。看在老天爺的份上，你可千萬不要以任何藉口在晚上把腳跨過那扇門檻，那樣做很危險，等於不要命了。』

「這警告並不是危言聳聽。第三天晚上，我湊巧在大約淩晨兩點從臥室窗戶向外眺望。那天晚上月色很美，屋前的草坪在月光下閃著銀光。我正站在那裡欣賞寧靜美麗的月色，忽然間發現有什麼東西正在樹叢間緩緩移動。當牠出現在月光底下時，我清楚地看到那是一隻像小牛犢那麼大的巨犬。皮毛呈棕黃色，顎骨寬厚下垂，有一張黑嘴巴，骨骼碩大突出。牠慢慢地走過草坪，消失在另一角的陰影裡。我心裡不禁打了個寒噤，以前還從沒有什麼能讓我這麼害怕。

「對了，我還有一件很奇怪的事要告訴你。你知道我是在倫敦剪掉頭髮的，我把剪下的一大綹頭髮放在箱底。有一天晚上，我把小愛德華安頓上床後，就開始收拾房間裡的家具，整理我自己的小東西消磨時光。房間裡有一個舊衣櫃，上面兩個抽屜沒有上鎖，裡面什麼也沒有，下面的一個抽屜則鎖上了。我把上面兩個抽屜都裝滿了，還是沒有把衣服放完。但是第三個抽屜鎖著沒法用，這不得不讓我有些沮喪。我突然想到它可能是無意間被隨便鎖上的，所以試著拿出一大串鑰匙去開它。正好第一把鑰匙就能打開，於是我就把它打開了。抽屜裡只有一樣東西，可是我保證你們永遠猜不到它會是什麼——竟然是我的那綹頭髮！

「我細細地檢查了一下。無論是那種罕見的色澤還是密度，都和我的一模一樣。分明是不可能的事卻眞實的擺在我眼前——這個抽屜裡怎麼會鎖著我的頭髮呢？我雙手顫抖地將我的箱子打開，把裡面的東西統統倒了出來，在箱子底抽出自己的頭髮。我敢向你們保證，兩綹頭髮放在一起時完全一樣！這多奇怪啊！我不明白是爲什麼，但從心眼裡覺得奇怪。我把那綹奇怪的頭髮重新放回抽屜裡，對盧卡思爾夫婦隻字不提，因爲我覺得不應該打開人家已經鎖上的抽屜。

「福爾摩斯先生，我天生愛留心觀察身邊的事物。不久我腦子裡對整個房子就有了一個很清楚的輪廓。有一邊的廂房看來是空的，好像從來就沒有人住。托勒一家住處的通道對面的一扇門可以通向這間廂房，但是這扇門總是鎖著。可是有一天我上樓去時，瞧見盧卡思爾先生正從這扇門裡走出來，他手上還拿著鑰匙。他那時的樣子和我平常看到那個長得胖胖的、總是很愉快的盧卡思爾先生簡直判若兩人——他的面頰因爲發怒而脹得通紅，眉頭緊皺，太陽穴兩旁的青筋也露了出來。他鎖上那扇門後便急匆匆地從我身邊走過，一句話也沒說，甚至都沒看我一眼。

「這讓我很好奇，所以當我帶著小愛德華到空地散步的時候，就設法繞到房子那一邊，這樣可以觀察到房子這一邊的窗戶。那裡有四個窗戶排成一排，其中三個很髒，第四個是關著的，並且拉下了百葉窗。顯而易見，這些窗戶已很久不用了。我來回散著步，不時用眼睛掃一眼窗戶。這時，盧卡思爾先生走到我面前，和往常一樣和藹可親，很高興的樣子。

『啊！』他說，『我親愛的年輕小姐。請別介意我一言不發地從你身邊走過，我剛才很忙。』

「我說：『您盡可放心，我沒有認爲您冒犯了我。順便問一句，』我說，『上面好像有一整排空房間，而且其中一間的窗戶是關著的。』

「我覺得他聽了我的話有些意外，或者說還有些吃驚。

『我喜歡照相，』他說，『那邊幾間是我的暗室。哎呀，我年輕的小姐！你這麼細心！眞是令人難以相信。』他開玩笑地說。但是我從他眼中看到的只有擔憂和煩惱，他絕不是在開玩笑。

「唔，先生，自從我明白這排房間裡有許多我不知道的事後，心裡更想要查個水落石出。我承認我和別人一樣好奇，但這件事與其說是好奇心在作怪，倒不如說是責任感，一種認爲查明這裡的內幕說不定倒是一件好事的感覺。也許這種感覺就出自人們常說的女人本能。不管怎麼說，這種感覺確實存在。我密切注意可以衝進門裡看個究竟的機會。

「直到昨天，機會終於來了。我可以告訴你，除了盧卡思爾先生外，還有托勒和他妻子都曾在這空房間裡彷彿忙著什麼。我曾看過托勒抱著個大黑布袋從那房裡出來。最近，他常恣意酗酒，昨天晚上就醉得一塌糊塗。我上樓時，看到門上還插著鑰匙，我肯定是托勒留在那裡的；盧卡思爾夫婦那時都在樓下，小愛德華也和他們在一起，我覺得機不可失。我把鑰匙輕輕一轉，開了門便悄悄溜了進去。

「出現在我面前的是一條小過道，沒有裱糊過，也沒有鋪地毯。過道走到盡頭拐彎的地方是個直角，轉過去並排有三扇門，兩邊的門是敞著的，可以看到裡面是一間空房，屋裡又髒又暗，一間有兩扇窗戶，另一間只有一扇。窗戶上積了厚厚一層土，傍晚的光線照到那裡顯得非常昏暗。中間那扇門關著，並用一根鐵床上的粗鐵棒擋著。鐵杠的一頭栓在牆上的一個環上，另一頭是用一根粗繩綁在牆上。門本身也上了鎖，但門上沒有鑰匙。中間這扇門顯然和外面那扇關著的窗戶是同一個房間的，而且從它下面透出的微弱光線中，可以看出那房間裡並不很暗。無疑裡面有天窗，可以從上面透進光線。我站在過道裡，盯著那扇緊鎖著的、吉凶未卜的門，不知道裡面會藏著什麼樣的秘密。

這時房間裡忽然有腳步聲傳出，從房門底下小縫裡透出的微光中，我看見有一個人影在來回走動。我心裡陡然升起一陣強烈的無名恐懼。福爾摩斯先生，我的神經緊張得無法控制，立刻掉頭就跑，好像後面有一隻可怕的手正抓著我的衣裙似的。我沿著過道一陣狂跑，跨過那扇門，一直衝到等候在外面的盧卡思爾先生懷裡。

『不錯，』他微笑地說，『真的是你，我看見門開著，就猜到一定是你。』

『啊，嚇死我了！』我驚魂未定，喘著粗氣說。

『我親愛的年輕小姐！我親愛的年輕小姐！』你可能無法想像他表現得有多親熱、多體貼，『什麼東西把你嚇成這個樣子？』

「他說話的語氣簡直就像在哄孩子。他做得太過火了，而我對他可是處處小心。

「『我到那邊的空房間去了。多傻呀，』我回答他，『在昏暗的光線下，那裡顯得那麼淒涼，那麼嚇人！嚇得我趕緊跑了出來。哎呀，裡面死氣沉沉，安靜得嚇人！』

「『就這些嗎？』他的眼睛銳利地注視著我。

「『不然您以爲還會有什麼呢？』我問。

「『你怎麼看待我把門鎖上這件事？』

「『我不知道。』

「『就是不想讓閒人進去，你明白嗎？』他還是微笑著，無比親切的樣子。

「『我原來不知道，如果知道，我一定——』

「『那麼，好啦，現在知道了吧！要是你下次再把腳跨過那扇門檻……』說到這裡，他的微笑剎那間變成齜牙咧嘴的獰笑，一張魔鬼似的臉瞪著我，『我就把你扔給那隻獒犬。』

「我當時嚇壞了，不知道做了些什麼，大概是飛快地從他身邊直奔進我的房間吧。我什麼也想不起來了，直到躺在床上，還渾身抖個不停。於是我就想到了你，先生。要是沒人給我出主意的話，我再也不能在那裡待下去了。我害怕那間房子、那個男人、女人、那些僕人，甚至那個孩子，我害怕那裡的一切。要是我能領你們到那裡去，就太好了。當然，我本來可以逃離那所房子，但在我心中，好奇和恐懼一樣強烈。所以我下定決心發份電報給你。我穿戴整齊，走了半個多英里的路到電報局，給你發了電報，回去時心裡踏實多了。可我一走近大門，心裡又忍不住不安起來，生怕那隻狗已經被放出來了。不過我很快就想起托勒已經喝得爛醉如泥，而且我還知道除他之外，這家裡沒人能對付這畜牲，所以沒有人敢冒險把牠放出來。我偷偷溜了進去，平安無事。晚上躺在床上，想到不久就可以見到你們，我開心得大半夜沒闔眼。今天早上我很輕鬆地就請了假到溫徹斯特來。但是我必須在三點鐘前趕回去，因爲盧卡思爾先生和太太要出去作客，今天晚上不在家，所以我必須照看小愛德華。我已經講完全部歷險經過了，福爾摩斯先生，要是你能告訴我這一切意味著什麼，那就太好了；更重要的是，下一步我該怎麼做？」

福爾摩斯和我聽這離奇的故事聽得著了迷。福爾摩斯站了起來，兩手插在衣袋裡，在房間裡踱著步，臉色顯得極其深沉嚴肅。

「托勒是不是仍酒醉未醒？」他問。

「是的，我聽見他老婆對盧卡思爾太太說她一點兒辦法也沒有。」

「很好，盧卡思爾夫婦今天晚上要出門去？」

「是的。」

「那裡有沒有一間地下室和一把結實的好鎖？」

「有，那間藏酒的地窖就是。」

「亨特小姐，從你處理這件事的經過來看，你稱得上是一位十分機智勇敢的姑娘。你看你還能不能再做一件了不起的大事。正因為我認為你是個十分卓越的女性，才會提出這樣的要求。」

「我試試看，要我做什麼呢？」

「我們將於七點鐘到達銅山毛櫸。那時候盧卡思爾夫婦已經出門，而托勒，我們希望到時候他仍沒有行動能力。那麼，家裡就只有托勒太太，她可能報警。你要是能叫她到地窖裡去幹活，然後把她鎖在裡面，這件事幹起來就順手多了。」

「行，我就這麼做！」

「很好！下面我們就來徹底調查這件事。當然，只有一個理由可以講得通——你是被請去冒充某人，而那人實際上被囚在那間屋子裡，這點很清楚。至於這個被囚的人，我敢斷定就是那個女兒艾麗絲·盧卡思爾小姐。我沒記錯的話，盧卡思爾說她已經到美國去了。無疑，你的高度、身材和你頭髮的色澤和她一樣，所以他們選中了你。好好的頭髮被剪掉很可能是因為她曾得過什麼病，所以你也必須犧牲掉你的頭髮。你瞧見那綹頭髮完全是碰巧。那個在公路上的男人無疑是她的什麼朋友，還很可能是未婚夫。而且毫無疑問，正因為你穿著那個姑娘的衣服，又那麼像她，所以他每次看見你的時候，從你的笑容中，以及從你的動作中，相信盧卡思爾小姐確實很快樂，並認為她不再需要他的關懷而死心。晚上放出那隻狗就是為了防止他們有所接觸。所有這些都十分清楚，這樁案件最奇怪的一點就是那孩子的性情。」

「這和孩子又有什麼關係？」我突然叫了出來。

「親愛的華生，當醫生要逐漸地瞭解一個孩子的癖性，就要從研究他的父母親開始，反之也是同樣的道理。我時常從研究孩子著手來深入瞭解他父母的道德情操。這孩子異常殘忍，而且是為殘忍而殘忍。不管這種性格是繼承自他笑瞇瞇的父親還是他的母親，對那個在他們掌握之中的可憐姑娘肯定是不妙的。」

「我完全相信你是對的，福爾摩斯先生，」我們的委託人大聲說，「現在回想起那些事，我非常確定你說得十分正確，我們一刻也別耽擱，趕快去營救那可憐的人吧！」

「我們必須小心謹慎，因為對手很狡猾。七點前我們辦不了什麼事，一到七點我們就會和你在一起。用不了多久，我們就可以知道謎底了。」

我們說到做到，七點整準時到達了銅山毛櫸，並把雙輪馬車停放在路旁一家小旅館裡。那一叢樹上的黑葉，像擦亮了的金屬，在夕陽的餘輝中閃閃發光。即使亨特小姐沒有站在門口台階上微笑地等候我們，我們也能認出這棟房子。

「你都安排好了嗎？」福爾摩斯問。

這時，從樓下的什麼地方傳來了響亮的撞擊聲。「那是托勒太太在地窖裡，」她說，「托勒先生正在廚房的地毯上鼾聲如雷地酣睡著。這是他的鑰匙，和盧卡思爾先生的那串鑰匙完全一樣。」

「你做得眞漂亮！」福爾摩斯先生熱情地嚷道，「現在你在前邊帶路，我們就要看到這醜惡勾當的結局了。」

我們走到樓上去，把那扇門的鎖打開，沿著過道往裡走，一直走到亨特小姐所描述的障礙物前面。福爾摩斯割斷繩索，挪開那根橫擋著的粗鐵棒，然後用那串鑰匙一把一把地試開那道鎖，但都開不了。屋子裡一點動靜也沒有。一片寂靜中，福爾摩斯的臉色陰沉了下來。

「我相信我們來得並不太晚，」他說，「亨特小姐，我想你最好還是不要跟我們進去。現在這樣，華生，你用你的肩膀頂住它，看看我們到底能不能進去。」

這扇門已經很古老了，而且有些搖晃。我們合起來一使力，門便立刻塌下來。我們兩人衝進門一看，只是一間空蕩蕩的房間，除了一張簡陋的小床，一張小桌子以及一筐衣服，什麼家具也沒有。上面的天窗開著，被囚禁的人已不在了。

「這裡面有些鬼把戲，」福爾摩斯說，「這個傢伙大概已經猜到了亨特小姐的意圖，搶先將受害者弄走了。」

「怎麼弄出去的？」

「從天窗。我們很快就可以知道他是怎麼弄出去的。」他爬到屋頂。「哎呀，是這樣，」他叫著，「這裡有一架輕便長扶梯，一頭靠在屋簷上，他就是這樣把受害人弄出去的。」

「但這不可能，」亨特小姐說，「盧卡思爾夫婦出去的時候，這扶梯不在那裡。」

「他又跑回來搬的，我告訴過你這個人又狡猾又危險。聽，現在又有腳步聲上樓來。如果這不是他那才是活見鬼呢。我想，華生，你最好把你的手槍準備好。」

他話音未落，只見一個很肥胖、粗壯結實的傢伙已經站在房門口，手裡拿著一根粗棍子。亨特小姐一看見他立即尖叫一聲，縮著身子靠在牆上。但是福爾摩斯縱身向前，鎮定地面對他。

「混蛋！」他說，「你把你女兒弄到什麼地方去了？」

盧卡思爾打量了一下四周，又看看上面打開的天窗。

「這句話應該由我問你們才對！」他厲聲叫喊著，「你們這幫賊探子！我可捉住你們了，是不是？你們掉進我的手掌心了，我要給你們點顏色看看！」他轉過身去，咯噔咯噔地儘快跑下樓。

「他是去找那隻狗來的！」亨特小姐大聲說。

「我有左輪槍！」我說。

「最好把門關上。」福爾摩斯說，於是我們一起衝下樓。還沒到達大廳，便聽見獵犬的狂吠

聲，然後是一陣淒厲的尖叫和可怖的獵犬撕咬的聲音，聽了令人毛骨悚然。一個紅臉蛋、上了年紀的人揮舞著胳膊跌跌撞撞地從邊門走了出來。

「天啊，」他大聲喊著，「誰把狗放出來了，牠已經兩天沒吃東西啦，快！快！不然就來不及了！」

福爾摩斯和我飛奔出去轉過房角，托勒緊緊跟在我們後面。只見盧卡思爾先生的喉嚨被那龐大的、餓慌了的畜牲的一張黑嘴緊緊咬著，正在地上打著滾，發出淒厲的號叫。我跑上前去就是一槍，將獵犬的腦袋打開了花。它倒了下來，鋒利的白牙仍然嵌在盧卡思爾先生肥大的、滿是皺褶的脖子。我們費了好大力氣才把人和狗分開，然後將他抬到房子裡。人雖然還活著，然而已是嚇人的血肉模糊了。我們把他放在客廳的沙發上，並派已嚇醒了的托勒送信去通知盧卡思爾太太，我則儘可能減輕他的痛苦。我們圍成一圈聚在他身邊，這時，屋門被打開，一位瘦高的女人走了進來。

「托勒太太！」亨特小姐喊道。

「是的，小姐，盧卡思爾先生回來後先把我放出來，然後才上去找你們。小姐，如果你事先讓我知道你的打算，就不用費這麼大的勁了。」

「哈！」福爾摩斯敏銳地注視著她說，「顯然，托勒太太對這件事比任何人都知道得多。」

「是的，先生，我確實知道。我將把我所知道的全都告訴你們。」

「那麼，請坐下來，讓我們聽聽看。我必須承認對這事還有幾點不太明白。」

「我會對你們講明白的。」她說，「要是我能早點從地窖裡出來的話，肯定已經這麼做了。如果這件事要鬧到違警罪法庭上去，你要記住我是你們的朋友，我支持你們。我也是艾麗絲小姐的朋友。

「艾麗絲小姐在家裡從來就不快樂，自從她的父親再娶後，艾麗絲小姐就一直鬱鬱寡歡。她在家裡受到怠慢，對任何事情都沒有發言權。但是她在朋友家裡碰到福勒先生之前，情況確實還不算很壞。據我所知，根據遺囑，艾麗絲小姐有她自己的權利，但她爲人安靜、忍讓，從來不曾講過一句關於這權利的話，什麼事都交給盧卡思爾先生處理。他知道和她在一塊可以很放心，但是如果艾麗絲小姐結婚，就會有一個丈夫，那他一定會要求在法律範圍內實現自己的權利。於是她的父親認爲應該制止此事發生。他要他女兒簽署一個字據，聲明不管她結婚與否，他都可以用她的錢。但艾麗絲小姐不願意簽，他一直鬧到她得了腦炎，六個星期後差點兒就死了。最後她逐漸康復了，但也已經瘦得變成皮包骨，就連美麗的頭髮也被剪掉了。可她年輕的男朋友並沒有因此變心！他對她仍然忠貞不渝。」

「啊，」福爾摩斯說，「聽了你的說明，這件事情已經一清二楚了，其他部分我可以推斷得出：盧卡思爾是不是因此就採取了監禁的辦法？」

「是的，先生。」

「專程把亨特小姐從倫敦請來，是爲了擺脫福勒先生的苦苦糾纏？」

「正是這樣，先生。」

「就像一名好水兵所必須具備的特質那樣，福勒先生是一位堅持不懈的人，他封鎖了這所房子。後來遇見你以後，就用金錢或其他方式買通了你，使你相信你們有共同利益。」

托勒太太平靜地說，「福勒先生是一位說話和藹、出手大方的人。」

「他設法讓你的男人不缺酒喝，要你當主人一出門就準備好一架扶梯。」

「說得對，先生，是這樣。」

「我們應當謝謝你，托勒太太，」福爾摩斯說，「因爲你把一切使我們迷惑不解的問題都解開了。現在，村裡的醫生和盧卡思爾夫人就要來了，華生，我認爲，我們最好護送亨特小姐回溫徹斯特去，因爲我覺得我們在這裡似乎不大合法。」

我們解開了門前有銅山毛櫸的那所不吉祥房子之謎。盧卡思爾先生總算倖免於死，然而已是接近行屍走肉了，只是因著他那忠心耿耿的妻子照顧，才得以苟延殘喘。他們的老傭人們還和他們住在一起。大概是他們知道太多盧卡思爾這家人過去的事，所以盧卡思爾先生很難辭退他們。福勒先生和盧卡思爾小姐在他們出走後的第二天就在南安普敦申請到特許證書結了婚。福勒先生現在毛里求斯島擔任政府職務。至於韋奧萊特·亨特小姐，由於她不再是他問題中的一位重要人物，他就不再對她有進一步的興趣了，這讓我有點失望。我知道，她目前是沃爾索爾地區一家私立學校的校長，我相信她在教育工作上應該是很有建樹的。

福爾摩斯延伸探索

蕭仕涵

年代	作者柯南·道爾大事	年代	年代大事記
一八五九	出生於英國蘇格蘭愛丁堡附近的皮卡地普拉斯。	一八五九	
一八七六	進入愛丁堡大學攻讀醫學系。	一八七六	英國維多利亞女王兼任印度女皇。愛迪生在美國建立了美國第一個工業研究實驗室，即「愛迪生發明工廠」。
一八八二	畢業於愛丁堡大學醫學院。	一八八二	達爾文（Charles Darwin，一八〇九～一八八二）逝世，遺體被安葬於西敏斯特大聖堂。
一八八五	開始醫生的工作，取得愛丁堡大學醫學院醫學博士學位。並與露薏絲·霍金斯小姐結婚。	一八八五	中法戰爭，並簽訂《中法新約》，法軍被迫撤出台灣。法國著名的紅磨坊夜總會落成。著名的英國作家D·H·勞倫斯（David Herbert Lawrence一八八五～一九三〇）出生於英國諾丁漢市。
一八八六	完成《血字的研究》。	一八八六	法國為慶祝美國建國一百週年，送給美國自由女神像。
一八八七	沃德·洛克公司出版《血字的研究》。	一八八七	法國為了世界博覽會，建造艾菲爾鐵塔。
一八九〇	《四簽名》問世。	一八九〇	印象派畫家梵谷（Gogh,Vincent van 一八五三～一八九〇）自殺身亡。
一八九一	短篇《波希米亞醜聞》在《岸邊雜誌》上發表。	一八九一	英國著名《岸邊雜誌》於一八九一年創刊。

一八九二	《波希米亞醜聞》、《紅髮會》、《失蹤的新郎》、《波思克姆比溪谷祕案》、《致命的橘核》等短篇集結成《冒險史》出版。另外以《銀色馬》開始的十二個故事陸續在《海濱雜誌》發表。	一八九二	膾炙人口的《魔戒前傳—歷險歸來》（The Hobbit or There and Back Again）、和《魔戒》（The Lord of the Rings）的作者，英國文學家托爾金（J.R.R.Tolkien，一八九二～一九七三）誕生。
一八九四	以《銀色馬》開始的十二個故事匯集成《回憶錄》出版。柯南·道爾決心停止寫作這類故事，因此讓福爾摩斯在一次戲劇性的時刻，墜入深淵中淹死，而讓華生來結束《最後一案》這個故事。	一八九四	日本向朝鮮發動侵略，並對中國海陸軍進行挑釁，爆發中日甲午戰爭。
一九〇〇	柯南·道爾以軍醫身份到南非參與布爾戰爭（The Bore War）。	一九〇〇	英國與南非爆發布爾戰爭（The Bore War）。 因中國義和團事件，慈禧太后向八國宣戰，八國聯軍入侵中國。
一九〇一	以福爾摩斯早期生活為題材的偵探小說《巴斯克維爾的獵犬》出版。	一九〇一	八國聯軍戰爭中，中國大敗，慈禧太后與各國議定條約，為「辛丑和約」。
一九〇二	為英國在南非戰爭的政策辯護而被冊封為爵士。	一九〇二	一九〇二年埃及博物館開幕。
一九〇三	柯南道爾在《空屋》這一故事裡使福爾摩斯死裡逃生，從而開始了另一組故事，《歸來記》出版。	一九〇三	莫里斯·盧布朗（Maurice Leblanc）開始偵探小說的創作，第一篇作品〈亞森·羅蘋被捕〉甫刊出，立即造成轟動，引起讀者廣大迴響，而「怪盜亞森·羅蘋」這個小說人物更使作者一夕成名。

一九一五	完成第四部長篇《恐怖谷》	一九一五	愛因斯坦創立廣義相對論。
一九一七	《最後致意》出版。	一九一七	俄國爆發十月革命，成立以列寧為首的蘇維埃政府。
一九二七	《新探案》出版。	一九二七	美國奧斯卡前身，『美國影藝學院』The Academy of Motion Picture Arts and Sciences，正式成立。
一九二八	所有關於福爾摩斯的故事在英國出版為《福爾摩斯探案全集》。	一九二八	希臘發生大地震。
一九三〇	七十三歲的柯南道爾與世長辭	一九三〇	國際足協決議每四年會舉行一次世界盃（World Cup）比賽。。
一九九五	紐約公共圖書館為慶祝其成立一百周年，挑選並展出對本世紀具有影響力的一百五十九本經典書籍「世紀之書」（Books of the Century）的展覽，亞瑟·柯南道爾（Arthur Conan Doyle, 一八五七~一九三〇）的《巴斯克維爾的獵犬》（The Hound of the Baskervilles）榮獲一九〇二年通俗文化和大眾娛樂類圖書。	一九九五	

一、抽絲剝繭亞瑟・柯南・道爾（Arthur Conan Doyle，一八五九～一九三〇）

提到偵探小說，相信首屈一指的代表性作家非柯南・道爾莫屬，雖然在柯南・道爾之前有一位更具權威的美國作者——愛倫・坡，但是柯南・道爾將夏洛克・福爾摩斯帶入讀者的日常生活當中，讓這位活在現實與虛幻中的主角，成爲偵探界家喻戶曉的大人物，因而柯南・道爾被譽爲英國的「偵探小說之父」。亞瑟・柯南・道爾，一八五九年五月廿二日出生於英國蘇格蘭愛丁堡附近的皮卡地普拉斯。父親是政府建築工部的公務員，他還有兩位姐姐，在家排行老三。從小柯南・道爾即展現出相當豐富的文采，十四歲時已能閱讀英國、法國等文學作品，創作上的表現也相當傑出，中學時曾擔任學校校刊主編。一八八二年畢業於愛丁堡大學醫學院，並開始醫生的工作，一八八五年取得同校醫學博士學位。十九世紀的英國，醫生的待遇很差，柯南・道爾的診所收入並不多。於是他開始找尋兼職的副業，文采豐富的他以醫學與文學的雙重背景，踏入創作的領域，寫作開始成爲他業餘的收入。柯南・道爾在廿九歲時寫出第一部偵探小說《血字的研究》，首度把夏洛克・福爾摩斯與華生醫生介紹給讀者。柯南・道爾將演繹學、偵探學、犯罪學、心理學、地質學、解剖學等學問應用於推理辨案中，更藉由書中配角——華生醫生，以第一人稱回憶的方式道出主角福爾摩斯對於案件的解讀與推論，以一位曾經歷案發現場的人，敘說給讀者的故事手法，不僅增加故事的眞實性，更讓讀者有身歷其境之感。這部中篇小說當初投稿時並不被看好，曾被許多出版社退稿，最後由沃德・洛克出版公司錄用，於柯南・道爾三十歲那年出版。《血字的研究》初試啼聲之後，英國著名的《利平科特雜誌》的編輯開始向柯南・道爾邀稿。兩年之後，柯南・道爾再次出版了《四簽名》這部長篇小說，「夏洛克・福爾摩斯」開始聲名大噪，在英國讀者中成了眾所皆知的英雄人物。因此各家雜誌競相向柯南・道爾約稿，到了一八九一年柯南・道爾正式成為專業作家，全力投入寫作。一九三〇年七月七日，七十一歲的柯南・道爾與世長辭，但他筆下的福爾摩斯卻仍然活在讀者的心中。數以萬計的讀者來到英國倫敦貝克街，尋訪故事中的福爾摩斯；各國爭相出版《福爾摩斯探案全集》，該書已經被翻譯成數十種語言的版本，總印數多達五百萬冊以上。許多喜愛文學或著推理的讀者，談起福爾摩斯，就像談論自己的老朋友。福爾摩斯並且還從書中走上影視舞臺，有關福爾摩斯的神奇故事影響了一代又一代，至今依舊膾炙人口。

二、活在現實與虛幻中的主角——夏洛克・福爾摩斯

夏洛克・福爾摩斯於一八八七年在小說家亞瑟・柯南・道爾《血字的研究》一案中首次粉墨登場。他和他的醫生伙伴約翰・華生一起活躍在維多利亞時代的迷霧之都——倫敦。一八七七年「福爾摩斯偵探社」正式開業。最初偵探社位於大英博物館附近的蒙塔格街，後來福爾摩斯經濟稍為寬裕時才與華生合租貝克街二二一號B座的公寓。福爾摩斯辦案，華生行醫，從一八八一

到一九三〇年，在倫敦貝克街二二一號B座那幢小樓裡解決了許多疑難案件。夏洛克．福爾摩斯會乘坐大家熟悉的馬車或火車，出現在倫敦的大霧當中，他在眾所周知的博物館出沒，閱讀《每日電訊報》和其他當代流行的書報，與社會上各個階層的人們往來接觸。他所偵辦的各種探案，也都涉及到當時現實中的英國社會，使讀者很容易相信他是現實社會中的一員。福爾摩斯擁有詳細的家庭生活與求學經歷，他利用一切有關偵探的經驗和科學去推理案件，也因此他所進行的各種偵探都合乎邏輯；他對各種案件的解釋和判斷，有條不紊，使讀者容易接受並相信。福爾摩斯就活生生的生存在現實生活裡面，難怪所有的讀者，都以爲他是一位有血有肉的人物啊！

三、親臨事件現場——倫敦貝克街二二一號B座

解決無數奇案的英國名偵探，總是帶著一頂獵帽的福爾摩斯，在柯南道爾（Arthur Conan Doyle）塑造下成爲聞名全球的名偵探，與他的助手華生醫生在維多利亞時代的英國，屢屢偵破連警方也束手無策的案件。在這一系列的小說中福爾摩斯所居住的地方爲貝克街（Baker St）二二一號B座，就成爲相當著名的觀點景點。

來到英國倫敦，走出地鐵貝克街站的牆上即是由瓷磚拼貼而成福爾摩斯側面像，一走出地鐵站更可看到一位身著福爾摩斯裝的偵探散發名片，博物館對面也有福爾摩斯紀念品店。買票之後博物館給的收據就是一張由韓德森太太出具的住宿證明，是相當特別的票據。

一九九〇年時在貝克街（Baker Street）二二一號B座這個地點成立了福爾摩斯博物館（Sherlock Holmes Museum），館內的佈置擺設都以小說中描述的情節爲主，更增添福爾摩斯舊居的眞實性。

小說中福爾摩斯和華生住在貝克街二二一號B座的二樓，前方是他們共用的書房，後端則是福爾摩斯的臥室，書房中陳列著許多福爾摩斯的日常用品，如獵鹿帽、放大鏡、煙斗、煤氣燈等。博物館三樓是華生醫生的臥室，擺設也是充滿維多利亞時代的風格。四樓則是呈現不同小說中的知名場景的情節展示區，許多故事中的經典場景都精采的重現了小說中的片段，讓福爾摩斯迷對此驚喜不已。

之後是小說中福爾摩斯的房東——韓德森太太（Mrs. Hudson）的住處，這裡是熱門的紀念品販售區，總是擠滿了欲罷不能的福爾摩斯迷。在這裡提供了所有關於福爾摩斯的產品，如各種不同版本的書籍、還有他身上的所有物品，特別是他手上的招牌煙斗，更是許多讀者不可或缺的珍藏。

年代	夏洛克・福爾摩斯大事記
一八五四	出生於英國，祖母是法國人。有一個哥哥，名為麥克羅夫・福爾摩斯。比他年長七歲。
一八六六	福爾摩斯進入貴族學校就讀。
一八七二	進入英國牛津大學主攻化學。
一八七七	「福爾摩斯偵探社」開業，設於大英博物館附近的蒙塔格街。福爾摩斯一邊研究科學，一邊接辦同學介紹的案件。
一八七九	偵辦「馬斯格雷夫禮典」案，此案使福爾摩斯邁出成功的第一步。
一八八一	與華生醫生共同承租貝克街221號B座的公寓。
一八八二	接辦「血字的研究」案。福爾摩斯獨特的辦案法，在這一案之後，廣為人知。
一八八三	接辦「帶斑點的帶子」案。
一八八七	福爾摩斯因操勞過度而病倒，前往薩里郡的賴蓋特休養。因而接辦「賴蓋特的鄉紳」一案。
一八八八	於一月接辦「恐怖谷」案。福爾摩斯的宿敵莫里亞蒂教授首次露面。 七月時接辦「四簽名」案。透過華生的記述，福爾摩斯首次公開他辦案所採用的「演繹邏輯法」的精髓。 接辦「希臘譯員」一案。福爾摩斯首次透露他的身世背景，以及成為私家偵探的緣由。 十月，接辦「貴族單身漢」案。 福爾摩斯為刺激頭腦思考，開始染上服用古柯鹼的惡習。
一八八九	接辦「波希米亞醜聞」案。案中艾琳・艾德勒，使得一向看不起女人的福爾摩斯改變了想法。 接辦「聖科賴爾失蹤」案。 六月接辦「駝背人」案。 六月接辦「證券經紀人的書記員」案。

一八八九	六月接辦「波思克姆比溪谷」案。 七月接辦「海軍協定」案。 七月接辦「工程師大拇指」案。 九月接辦「致命的橘核」案。 華生的妻子回娘家，華生再度成為貝克街的常客。 十月接辦「巴斯克維爾的獵犬」案——發生在英國某個小區域沼澤地帶的傳奇故事，是福爾摩斯探案中少見的帶有靈異色彩的案件。
一八九〇	接辦「失蹤的新郎」案。 接辦「紅髮會」案。 十二月，接辦「鵝肚裡的寶石」案。
一八九一	福爾摩斯受法國政府之託，於一八九一年冬天開始追捕倫敦犯罪集團首腦莫里亞蒂教授。接辦「最後一案」時，與宿敵莫里亞蒂教授一同墜瑞士萊辛巴赫瀑布中，從此生死不明。
一八九四	福爾摩斯失蹤三年後，以老藏書家的偽裝面貌出現。他向華生交代了自己在墜入萊辛巴赫瀑布之後獲救的始末，以及其後在世界各地浪遊的經過。同時接辦「空屋」案。八月接辦「諾伍德的建築師」案。期間因華生的妻子過世，福爾摩斯請求華生搬回貝克街，與福爾摩斯合住。並在華生協助下戒除服用古柯鹼的惡習。 十一月接辦「金邊夾鼻眼鏡」案。
一八九五	四月時福爾摩斯與華生在某大學城住了幾週，研究英國早期憲章並在當地接辦「三名大學生」一案。 四月同時亦接辦「孤單的騎車人」一案。 六月接辦「黑彼得」案 十一月接辦「布魯斯—帕汀敦圖紙」案。 同年福爾摩斯獲維多利亞女王接見，並獲授綠寶石領帶別針一枚。
一八九六	接辦「戴面紗的房客」案、「失蹤的中後尉」案。

一八九七	接辦「格蘭奇莊園」一案。 接辦「魔鬼之踵」一案。 由於日夜操勞，福爾摩斯健康轉壞。在辦案過程中，福爾摩斯坦承從未戀愛過。
一八九八	接辦「跳舞的小人」案、「退休的顏料商」案。
一九〇二	五月接辦「修道院公學」一案 此案結束後，福爾摩斯獲賞六千英鎊。 六月接辦「三個同姓人」一案。 九月接辦「不尋常的委託人」一案，但是在辦案的過程中，福爾摩斯因遇襲而受傷。 接辦「紅圈會」案，本案的空間幅度與所涉入人物的身份之複雜，空間橫跨歐洲、美洲，時間從從第一次世界大戰中直到戰後。不單純的僅只是謀殺案，同時還牽扯到國際犯罪，諜報活動，幫會、特務、政變。可說是福爾摩斯最具難度的一次演出。 同年，福爾摩斯獲爵士勛位封號，但他卻拒絕受封。
一九〇三	一月接辦「皮膚變白的士兵」案。 華生再婚離開貝克街，此案由福爾摩斯親自撰寫。 接辦「皇冠被盜」一案。 九月接辦「爬行人」一案，案子結束後，福爾摩斯即宣告退休。
一九〇七	福爾摩斯離開倫敦，到塞克斯研究養蜂、享受退休後的田園生活。但仍是有許多案件，等待福爾摩斯解決。 接辦「退休案」。 七月接辦一起發生在福爾摩斯隱居地附近的命案「獅鬃毛」一案，由福爾摩斯親自撰述。
一九一二	在首相的力邀下重出江湖接辦「最後致意」案，花了兩年之久，在美國、愛爾蘭各地展開調查，最後一舉殲滅德國間諜集團。此時福爾摩斯已高齡五十三歲，這也成為他真正的「最後一案」。 結案後，福爾摩斯到英國南部鄉間隱居，專心研究養蜂事業。
一九一四	福爾摩斯出版《養蜂實用手冊，兼論隔離蜂王的研究》。此後音訊全無，也未傳出死訊。

本書《冒險史》12 篇故事連載時間

英文原名	中文篇名	英國《岸邊雜誌》連載時間
A Scandal in Bohemia	波希米亞醜聞	1891 年 7 月
The Red-Headed League	紅髮會	1891 年 8 月
A Case of Identity	失蹤的新郎	1891 年 9 月
The Boscombe Valley Mystery	波思克姆比溪谷秘案	1891 年 10 月
The Five Orange Pips	致命的橘核	1891 年 11 月
The Man with the Twisted Lip	聖科賴爾失蹤案	1891 年 12 月
The Adventure of the Blue Carbuncle	鵝肚裡的寶石	1892 年 1 月
The Adventure of the Speckled Band	帶斑點的帶子	1892 年 2 月
The Adventure of the Engineer's Thumb	工程師大拇指案	1892 年 3 月
The Adventure of the Noble Bachelor	貴族單身漢案	1892 年 4 月
The Adventure of the Beryl Coronet	皇冠被盜	1892 年 5 月
The Adventure of the Copper Beeches	銅山毛櫸案	1892 年 6 月

福爾摩斯探案系列全集（柯南・道爾著）一覽表

連載時間	英文書名・中文書名・好讀出版冊次
1887	A Study in Scarlet 血字的研究（中篇故事） 好讀出版／收錄於福爾摩斯探案全集 01《血字的研究》
1890	The Sign of the Fou 四簽名（中篇故事） 好讀出版／收錄於福爾摩斯探案全集 01《血字的研究》
1891-1892	The Adventures of Sherlock Holmes 冒險史（十二篇短篇故事） 好讀出版／收錄於福爾摩斯探案全集 02《冒險史》
1892-1893	The Memoirs of Sherlock Holmes 回憶錄（十一篇短篇故事） 好讀出版／收錄於福爾摩斯探案全集 03《回憶錄》
1901-1902	The Hound of the Baskervilles 巴斯克維爾的獵犬（長篇故事） 好讀出版／收錄於福爾摩斯探案全集 05《巴斯克維爾的獵犬》
1903-0904	The Return of Sherlock Holmes 歸來記（十三篇短篇故事） 好讀出版／收錄於福爾摩斯探案全集 04《歸來記》
1908-1917	His Last Bow 最後致意（八篇短篇故事） 好讀出版／收錄於福爾摩斯探案全集 07《最後致意》
1914-1915	The Valley of Fear 恐怖谷（長篇故事） 好讀出版／收錄於福爾摩斯探案全集 06《恐怖谷》
1921-1927	The Case-Book of Sherlock Holmes 新探案（十二篇短篇故事） 好讀出版／收錄於福爾摩斯探案全集 08《新探案》

國家圖書館出版品預行編目資料

福爾摩斯探案全集 . 2 : 冒險史 / 柯南 . 道爾著 ; 蕭宇譯 .
—— 三版 . ——臺中市 : 好讀 , 2018.11
面：　公分，——（典藏經典；4）

譯自：The adventures of sherlock holmes

ISBN 978-986-178-474-8（平裝）

873.57　　107017759

好讀出版

典藏經典 4
福爾摩斯探案全集 2
冒險史【收錄原著插畫】

原　　著／柯南．道爾
翻　　譯／蕭宇
總 編 輯／鄧茵茵
文字編輯／莊銘桓
行銷企劃／劉恩綺
發 行 所／好讀出版有限公司
台中市 407 西屯區何厝里 19 鄰大有街 13 號
TEL:04-23157795　FAX:04-23144188
http://howdo.morningstar.com.tw
（如對本書編輯或內容有意見，請來電或上網告訴我們）
法律顧問／陳思成律師

總經銷／知己圖書股份有限公司
106 台北市大安區辛亥路一段 30 號 9 樓
TEL：02-23672044　23672047 FAX：02-23635741
407 台中市西屯區工業 30 路 1 號 1 樓
TEL：04-23595819 FAX：04-23595493
E-mail：service@morningstar.com.tw
網路書店：http://www.morningstar.com.tw
讀者專線：04-23595819 # 230
郵政劃撥：15060393（知己圖書股份有限公司）
印刷／上好印刷股份有限公司

線上讀者回函：
請掃描 QRCODE

三版／西元 2018 年 11 月 1 日
三版二刷／西元 2022 年 6 月 15 日
定價／ 169 元
如有破損或裝訂錯誤，請寄回台中市 407 工業區 30 路 1 號更換（好讀倉儲部收）

Published by How-Do Publishing Co., Ltd.
2022 Printed in Taiwan

ISBN 978-986-178-474-8